SCIENCE FICTION

Herausgegeben
von Wolfgang Jeschke

Von Lyon Sprague de Camp erschienen in der Reihe
HEYNE SCIENCE FICTION & FANTASY:

Der Schmetterlingsthron (06/3439)
Die Uhren von Iraz (06/3484)
Die Räder der Zeit (06/3575)
Das Orakel der Fremden (06/3584)
Ein Yankee bei Aristoteles (06/3719)
Neu-Arkadien (06/3728)
Ein Dämon mit kleinen Fehlern (06/3747)

Zusammen mit Fletcher Pratt:
An den Feuern des Nordens (06/3768)
Die Kunst der Mathemagie (06/3814)
Die stählerne Festung (06/3854)
Der grüne Magier/Die Mauer der Schlangen (06/3881)
Geschichten aus Gavagans Bar (06/3887)

Conan-Saga:
Conan (06/3202)
Conan von Cimmerien (06/3206)
Conan der Pirat (06/3210)
Conan der Wanderer (06/3236)
Conan der Abenteurer (06/3245)
Conan der Krieger (06/3258)
Conan der Thronräuber (06/3263)
Conan der Eroberer (06/3275)
Conan der Rächer (06/3283)
Conan von den Inseln (06/3295)
Conan der Barbar (06/3889)
Conan der Schwertkämpfer (06/3895)
Conan der Befreier (06/3909)
Conan der Freibeuter (06/3972)
Conan und der Spinnengott (06/4029)
Conan von Aquilonien (06/4113)

Krishna-Zyklus:
Die Königin von Zamba (06/4086)
Die Suche nach Zei (06/4087)
Die Rettung von Zei (06/4088)
Die Geisel von Zir (06/4089)
Die Jungfrau von Zesh (06/4090)
Der Turm von Zanid (06/4091)

Sachbuch:
New York lag einst am Bosporus (01/7001)
Versunkene Kontinente (01/7010)

L. Sprague de Camp

Die Geisel von Zir

Vierter Roman des Krishna-Zyklus

Fantasy-Roman

Deutsche Erstveröffentlichung

WILHELM HEYNE VERLAG
MÜNCHEN

HEYNE-BUCH Nr. 06/4089
im Wilhelm Heyne Verlag, München

Titel der amerikanischen Originalausgabe
THE HOSTAGE OF ZIR
Deutsche Übersetzung von Joachim Pente
Das Umschlagbild schuf Paul R. Alexander

Redaktion: Friedel Wahren

Printed in Germany 1984
Umschlaggestaltung: Atelier Ingrid Schütz, München
Satz: Schaber, Wels
Druck und Bindung: Elsnerdruck GmbH, Berlin

ISBN 3-453-31062-4

Inhalt

1

Fechter wider Willen

Als die *Goyaz* auf dem Flugfeld von Novorecife aufsetzte, dröhnte es aus den Lautsprechern: »*Chégamos; todos passageiros fora!* Wir sind angekommen; alle Passagiere aussteigen!«

Luftschleusen zischten, Türen knallten, und die Passagiere trotteten die Landerampe hinunter. Für Terraner, die zum ersten Mal den Planeten betraten, waren die spektakulären Wolkenformationen und die eigentümliche Vegetation mit ihren grünen, rosafarbenen, blauen und lilafarbenen Laubblättern immer wieder ein verblüffender Anblick. Gierig sogen sie die warme subtropische Frühlingsluft ein.

Am Fuß der Rampe stand Cristôvão Abreu, der fette Sicherheitsoffizier, um sie in Empfang zu nehmen. Die zwölf Touristen der Reiseagentur ›Fliegender Teppich‹, zu erkennen an ihren roten Armbinden, bildeten einen geschlossenen Block in der Mitte der Schlange. Abreu entdeckte ihren Leiter, Fergus Reith, der wie ein aufgeregter Schäferhund um sie herumflitzte, seine Schäfchen zählte und sie gestenreich in Reih und Glied scheuchte. Dieser blasse junge Mann mit seinem karottenroten Haar machte auf Abreu nicht gerade den Eindruck eines souveränen, furchtlosen Führers. Mit dem Instinkt des altgedienten Polizisten witterte Abreu, daß es mit dieser Gruppe noch einiges an Ärger geben würde.

Wenig später scharten sich die zwölf Touristen und ihr Reiseleiter um die Schalter im Zollabfertigungsraum. Unter der Oberaufsicht eines finster blickenden großgewachsenen Russen durchstöberten die Zollbeamten ihr Gepäck.

Otto Schwerin, der untersetzte Tourist mit den schlechten Zähnen, der über und über mit Kameras behängt war, bekam Ärger. Ein paar seiner Kameras waren weder klein genug, um sie in der Hand zu verstecken, noch waren sie mit dem vorgeschriebenen Selbstzerstörungsmechanismus ausgerüstet. Trotz wortreicher Protesttiraden in einer Mischung aus Deutsch und gebrochenem Englisch mußte er sie schließlich gegen eine Quittung hinterlegen.

Nachdem sie den Zoll passiert hatten, wurde ihnen fast eine Art Staatsempfang zuteil. Der *Comandante,* der silberhaarige William Desmond Kennedy, schüttelte jedem einzelnen persönlich die Hand und stellte ihnen Sicherheitsoffizier Abreu, Rechnungsprüfer Angioletti und Richter Keshavachandra vor.

»Sie sind Berühmtheiten«, sagte Kennedy. »Die erste organisierte Reisegruppe auf Krishna. Zwar kommen schon seit Jahrzehnten Erdbewohner zu Besuch auf diesen Planeten, aber der Großteil davon waren Wissenschaftler, Abenteurer, Missionare und Beamte. Dies darf mit Fug und Recht als der Beginn des organisierten Tourismus bezeichnet werden.«

»Dann ist also die Reiseagentur ›Reich der Mitte‹ noch nicht aufgetaucht?« erkundigte sich Fergus Reith.

»Nein, Sir. Sie sind die ersten.«

»Das freut mich. Es gab nämlich einen Wettlauf zwischen den Reiseveranstaltern, wer es schaffen würde, die erste Gruppe nach Krishna zu bringen, und wir dachten schon, die Chinesen wären schneller als wir. Schließlich kann unsere Firma mit den Mitteln eines staatlichen Unternehmens kaum ernsthaft konkurrieren. Aber wenn ich das Kompliment zurückgeben darf, Mr. Kennedy: Sie sind selbst so etwas wie eine Berühmtheit. Die terranische Presse nennt Sie den erfolgreichsten aller terranischen Verwalter auf fremden Planeten.«

»Tut sie das? Das schmeichelt mir sehr. Aber Sie dürfen nicht vergessen, Mister – eh – Reith, wir Iren galten schon in den Zeiten des Britischen Weltreichs immer als sehr erfolgreiche Kolonialverwalter.« Kennedy gab ein leises Kichern von sich. »Da wir in einer Atmosphäre von Gastlichkeit, Schmeichelei, Verrat und Mord großgeworden waren, waren wir nicht überrascht, als wir diese Dinge auch in den Kolonien antrafen.«

Ein kleiner, an ein Eichhörnchen erinnernder Mann kam in diesem Moment herein. »Darf ich Ihnen Senhor Herculeu Castanhoso vorstellen, den Assistenten von Senhor Abreu?« fragte Kennedy. »Er ist für Ihre Ausstattung und Betreuung zuständig.«

Castanhoso führte die Gruppe zu ihren Quartieren. Als Reith sein Portugiesisch an ihm ausprobierte, mußte er lachen.

»*Que está cômico, o Senhor Dom Herculeu?*« fragte Reith verdutzt.

»Verzeihen Sie mir«, erwiderte Castanhoso, »aber ich habe mich über Ihre europäische Aussprache gewundert.«

»Nun, der Sprecher auf den Schallplatten, nach denen ich gelernt habe, sprach europäisches Portugiesisch.«

»*Bem.* Unsere brasilianische Form, wie wir sie bei den Viagens Interplanetarias sprechen, ähnelt mehr dem Spanischen. So, ich denke, wir treffen uns alle in – sagen wir – einer Stunde hier an der selben Stelle wieder und gehen dann gemeinsam zum Ausstattungsgeschäft.«

Der Ausstatter war der erste Krishnaner, den Reith aus der Nähe zu sehen bekam. Er war von Größe und Statur her einem hochaufgeschossenen, schlanken Terraner vergleichbar – größer als Reith, der selbst nicht gerade zu den Winzlingen zählte. Die Haut hatte einen leichten olivgrünen Stich, das Haar schimmerte bläulich-grün. Die Gesichtszüge waren denen von Reiths Touristen – alles Kaukasoide, bis auf eine Ausnahme – nicht unähnlich, jedoch wirkten sie leicht abgeplattet und orientalisch.

Als Reith genauer hinschaute, entdeckte er noch viele andere kleine Unterschiede: so die spitz nach oben zulaufenden Ohren und die anders geformten Zähne. Der augenfälligste Unterschied jedoch waren die externen Riechorgane des Krishnaners: zwei federartige Antennen, ähnlich den Fühlern eines Insekts. Sie sprossen über der Nasenwurzel hervor, wie ein Paar zusätzlicher Augenbrauen.

Castanhoso erklärte: »Vor ein paar Jahren noch gingen Terraner nur als Krishnaner vermummt ins Landesinnere, mit künstlichen Antennen, künstlichen Ohrenspitzen und gefärbten Haaren. Als Terraner zu reisen, wäre zu gefährlich gewesen. Mittlerweile pflegen wir normale Beziehungen zu den angrenzenden Staaten, und die Bewohner wissen, daß wir nicht alle Schurken oder Zauberer sind. Auch lassen sie sich nicht mehr so leicht täuschen wie früher. Die meisten von ihnen vermögen einen Terraner an der Stimme zu erkennen. Für Reisen in die entlegeneren Regionen jedoch empfehlen wir immer noch die alten Verkleidungen. Ich darf Ihnen jetzt Mr. Sivird bad-Fatéhan vorstellen, unseren Ausstatter.«

»Mögen die Sterne Ihnen günstig sein«, begrüßte sie der Krishnaner. »Senhor Dom Herculeu und ich haben bereits besprochen, was Sie brauchen: Das wichtigste sind feste, derbe Kleidung für draußen und förmliche, feierliche Garderobe für den Besuch am Hofe von Dur ...«

Aus Platzmangel hatten die Touristen nur wenig Kleidung zum Wechseln mitnehmen können. Für die meisten Besichtigungen und Ausflüge reichte terranische Kleidung aus; für den Besuch beim Hof von Dur schien es indes angebracht, den einheimischen Gepflogenheiten zu folgen.

»Ist das einer dieser Höfe«, fragte Sylvester Pride, »wo die Damen mit nackten Titten herumlaufen? Junge, auf den Anblick bin ich vielleicht gespannt!«

»Ich muß Sie enttäuschen, Mister Pride«, sagte Castanhoso kühl. »Das ist Brauch in Rosid und Hershíd. Baianch liegt immerhin fast tausend Kilometer nördlich von hier. Ich möchte Ihnen allen dringend ans Herz legen, sich mit warmer Kleidung einzudecken. Es ist kalt dort oben. Etwa so, wie wenn Sie von Ihrem Philadelphia nach ... nach ... was wäre ein angemessener Vergleich, Mister Reith?«

Reith dachte nach. »Montreal.«

»Nach Montreal fahren würden«, vollendete Castanhoso.

Als förmliche Kleidung wählten die meisten der Gruppe schlichte gedeckte Anzüge, die Frauen die entsprechenden Kostüme. Considine und Turner jedoch, die beiden jungen braungebrannten, mit Klunkern behängten Muskelprotze, die sich meistens etwas abseits von den anderen hielten, takelten sich auf, als gelte es, einen Faschingskostümwettbewerb zu gewinnen. Auch das hübsche venezolanische Paar namens Guzmán-Vidal entschied sich für farbenprächtigen Balzstaat. Valerie Mulroy, eine hochaufgeschossene, etwas kantige, gleichwohl gutaussehende Frau, wollte partout ein busenfreies Gewand. Es bedurfte der vereinten Überredungskünste von Sivird und Castanhoso, sie davon abzubringen. Reith war darob sehr erleichtert; wie er aus eigenäugiger Betrachtung wußte, lagen ihre Vorzüge nicht gerade auf der Vorderseite ihres Oberkörpers.

Am nächsten Morgen begrüßte Castanhoso Reith: »*Bom dia, Senhor Dom Fergus! Como vai?*«

»*Bem, obrigado. E o Senhor?*«

»Gut, danke. Ich bringe Sie jetzt zum *Ginásio,* zum Training.«

»Und was mache ich derweil mit meinen Touristen?«

»Wir haben ein paar kleine Ausflüge in die nähere Umgebung geplant, um sie bei Laune zu halten, während Sie sich der liebevollen Betreuung von unserem Senhor Heggstad erfreuen.«

Letzterer erwies sich als ein stämmiger glatzköpfiger blauäugiger Kraftbolzen, der gerade auf einem Barren herumturnte, als Reith in die Turnhalle trat.

»Senhor Dom Fergus«, sagte Castanhoso, »darf ich Sie mit Ivar Heggstad bekanntmachen, unserem Verantwortlichen für körperliche Ertüchtigung? *Até logo!*«

»Guten Tag, Mister Reckstand«, sagte Reith artig.

Heggstad befühlte Reiths Bizeps. »*Uff!* Zu mager. Wie wollen Sie so in einer Welt überleben, wo alles auf die körperliche Konstitution ankommt, junger Mann?«

»Bitte! Ich habe mich nicht um diesen Job gedrängt, aber jetzt habe ich ihn nun mal und muß das Beste draus machen.«

»Ach, Sie sind gar kein regulärer Reiseleiter?«

»Beileibe nicht! Ich war stellvertretender Bürochef beim ›Fliegenden Teppich‹ in Philadelphia. Der Reiseleiter, der diese Tour eigentlich übernehmen sollte, hat kürzlich geheiratet. Und da wollte seine Braut ihn natürlich nicht gleich wieder für ein Vierteljahrhundert objektiver Zeit aus dem Haus lassen, verständlich. Diese enorme Differenz zwischen objektiver und subjektiver Zeit ist auch der Grund, weshalb für diesen Job fast immer Junggesellen oder Leute ohne sonstige engere Familienbande genommen werden. Nun, sein Stellvertreter lag im Krankenhaus, und alle unsere anderen Reiseleiter waren gerade auf Tour oder schwanger oder sonstwas. Einen freiberuflich arbeitenden Reiseleiter konnten wir auch nicht finden, tja, und da ich weder verheiratet noch sonstwie familiär gebunden bin, mußte ich eben ran.«

»Aber man konnte Sie doch nicht zwingen! Sie hätten doch einfach kündigen können! Oder haben sich die Zustände in Amerika inzwischen geändert?«

»Natürlich hätte ich kündigen können. Aber – nun ja – irgendwie hat der Job mich auch gereizt. In allen Science Fiction-Geschichten, die ich als Junge gelesen habe, war es immer so, daß der Held auf irgendeinen fernen Planeten reist, spannende Abenteuer erlebt und zum Schluß eine wunderschöne Eingeborenenprinzessin heiratet. Ein Bursche, Otis Burroughs oder so ähnlich, hat jede Menge solcher Geschichten geschrieben ... Aber keiner von diesen alten Romanschreibern hat was von den praktischen Schwierigkeiten erwähnt.«

»Wer liest schon gern Geschichten über praktische Schwierigkeiten? Nun, haben Sie denn überhaupt irgendwelche Erfahrung als Reiseführer?«

»Nicht viel. Ein paar Stadtführungen durch das historische Philadelphia und eine kleine Lateinamerika-Tour. Und die verlief ziemlich katastrophal. Erst ging in Bogotá ein Ehepaar verloren und tauchte erst nach ein paar Tagen wieder auf, und dann fiel ein Mann von einem Felsen, als er den Machu Picchu fotografieren wollte, und brach sich den Hals.«

»So was kommt vor. Aber kommen wir jetzt zu Ihrem Training: Können Sie reiten? Segeln? Fechten? Bogenschießen? Haben Sie Erfahrungen in der Kriegsführung?«

Reith schüttelte den Kopf. »Nichts von alledem. Wenn

mir vor Jahresfrist einer gesagt hätte, daß ich solche mittelalterlichen Fertigkeiten noch einmal brauchen würde, hätte ich vielleicht was dafür getan. Aber so wie es ist, bin ich nur ein Ex-Pauker und Büromanager – ein Schreibtischhocker –, der ein bißchen Golf spielt und den der Zufall hierher verschlagen hat.«

Heggstad seufzte. »Ah, wenn ich ein Jahr Zeit hätte, könnte ich vielleicht einen echten Kerl aus Ihnen machen. Aber zwei Wochen ... nun ja, wir werden sehen. So, als erstes wollen wir mal probieren, wie viele Liegestütze Sie hinkriegen ...«

Später saß Reith in der Nova Iorque-Bar und probierte Kvad, den einheimischen Schnaps. Bei ihm war Castanhoso. Reith stöhnte. »Nach einem Tag unter der Knute dieses norwegischen Turnfanatikers fühle ich mich so gerädert, als hätte ich eine Woche lang Möbel geschleppt.«

»*Sinto muito.* Aber ich habe auch Ärger gehabt. Dieser Schwerin! Der Kerl kann einen wahnsinnig machen! Jedesmal, wenn es Zeit zum Sammeln ist, ist der Bursche nicht da, weil er sich irgendwo in der Gegend rumtreibt und alles fotografiert, was ihm vors Objektiv kommt. Und diese Senhora Mulroy würde, glaube ich, jeden Krishnaner vernaschen, wenn sie länger als fünf Minuten mit ihm allein wäre.«

»Diese Nymphomanin!« seufzte Reith. »Sie hat uns schon auf der *Goyaz* keine ruhige Minute gelassen. Erst war ich der Glückliche – eine rein pädagogische Maßnahme, könnte man sagen –, und als wir dann miteinander Ärger kriegten, weil ich sie daran hinderte, sich eine Zigarette anzuzünden, schnappte sie sich Afonso, den Steward. Vielleicht ist Ihnen aufgefallen, daß Afonso ein bißchen blaß um die Nase ist.«

»Ja, das stimmt. Ich denke mir, daß dieser kleine alte Professor, ihr Mann, nicht mehr ganz in der Lage ist, sie unter Dampf zu halten.«

»Sie hat das Geld.«

»*Entendido.* Aber toleriert er diese Spielchen?«

»Er scheint beide Augen zuzudrücken, wie man bei uns

sagt. Ich denke mir, er kann auf dem Sektor alle Unterstützung brauchen, die er kriegen kann.«

Castanhoso zuckte die Achseln. »Erzählen Sie mir von den anderen.«

»Nun, die Schwarze mittleren Alters ist Miß Shirley Waterford, eine ehemalige Lehrerin, die geerbt hat.«

»Sie scheint recht nett zu sein. Das einzige, was stört, ist, daß sie ständig irgendwelche Anlässe sieht, sich mit irgend jemandem über Rassismus zu streiten. Erzählen Sie weiter.«

»Das beleibte französische Ehepaar sind Aimé und Mélanie Jussac. Er war früher Juwelier; lebt jetzt im Ruhestand. Die beiden jungen Männer in den auffälligen Kleidern – die lieben Jungs, so sagt Valerie immer zu ihnen – sind Maurice Considine und John Turner. Der große muskulöse ist Considine; der kleinere stämmigere ist Turner. Sie sind – eh – andersherum, wenn Sie verstehen, was ich meine. Turner hat bisher noch keinen Ärger gemacht, aber dieser Considine findet ständig etwas, worüber er sich beklagen kann. Er ist Bildhauer oder so was; spielt sich gern auf und hängt ziemlich an der Flasche. Turner scheint derjenige zu sein, der das Geld hat.

Die alte Dame ist Missis Whitney Scott. Sie hat mehr Geld als der ganze Rest zusammen. Gehen Sie behutsam mit ihr um: Sie ist weit über zweihundert und ziemlich hinfällig. Der Witzbold, der immer diese komischen Hüte trägt und dreckige Witze reißt, ist Sylvester Pride ...«

Draußen erhob sich ein Tumult. Als Reith und Castanhoso vor die Tür stürzten, sahen sie Santiago Guzmán-Vidal mit einem Messer hinter seiner Frau herrennen. Reith stellte ihm ein Bein, und Castanhoso warf sich von hinten auf ihn. Gemeinsam entwanden sie ihm das Messer. Schnaubend stieß er hervor: »Ich wringe sie weide um! Sie hat diesem fetten russischen *Matón* schöne Augen gemacht!«

Als Pilar Guzmán sah, daß ihr feuriger Gemahl in sicherer Hut war, kam sie zurück. Santiago Guzmán warf sich vor ihr auf die Knie und schluchzte:

»Wring mich um! *¡Lo merezco!*«

»*¡Ah, queridísimo!*« seufzte sie schmachtend und schloß

ihn in die Arme. Sie feierten leidenschaftlich Versöhnung, mit Tränen und Küssen, bis Guzmán vorschlug, zurück in ihr Quartier zu gehen.

»*Un momento*«, sagte seine Frau und entschwebte. Guzmán schaute ihr traumverloren nach.

»Nach dem Eschturm der Sonnenschein«, hauchte verklärt Guzmán.

»Passiert so was öfter bei Ihnen?« fragte Castanhoso ungläubig stirnrunzelnd.

»Sehr oft! Um nicht zu sagen – immer!«

»Ist das nicht ziemlich anstrengend, Senhor?«

»Ah, nicht anstrengend. So was gibt dem Lewen erst die richtige Bürze. Doch ich muß mich jetzt entschuldigen, Señores; mein angewetetes Beib erbartet mich schon. ¡*Arriba!*« Und weg war er.

»Puh«, sagte Castanhoso. »Haben Sie so was auch schon mal erlebt?«

»Aber sicher«, sagte Reith. »Einmal hat sich Santiago in meiner Kabine versteckt, als seine Frau ihn suchte, um ihm mit einem Kamerastativ den Schädel einzuschlagen. Valerie Mulroy hatte ihm Avancen gemacht, und er hatte die – in den Augen seiner Frau – Frechheit besessen, sie nicht mit der gebührenden Entrüstung in die Schranken zu weisen. Wenn das das Eheleben ist, dann bin ich wahrlich froh, ein Single zu sein.«

»In Ihrem Metier müssen Sie das praktisch ja auch, wegen der Zeitdifferenzen. Sagen Sie, wie bringt man diesen Superidioten Pride zum Schweigen?«

»Bei dem hilft allenfalls eins mit der Keule über den Hut. Tut mir leid, aber da bin ich überfragt. Von der Sorte gibt's immer einen in der Gruppe.« Reith gähnte. »So, jetzt muß ich mit meinen Schäfchen essen. Danach muß ich noch mal ran, ein paar von Ihren seltsamen krishnanischen Sprachen lernen. Aber so müde, wie ich bin, schlafe ich wahrscheinlich bei der ersten Deklination ein.«

»Gozashtando und Durou sind nicht so fürchterlich schwer. Sie sind sich so ähnlich wie, sagen wir, Spanisch und Portugiesisch, und sie haben weniger Unregelmäßigkeiten als die meisten europäischen Sprachen. Katai-Jhogorai ist allerdings eine Sache für sich. Es gehört zu einer anderen Sprachenfamilie.«

»Wir werden uns dort auf die Übersetzungskünste von Prinz Tashians Mann verlassen müssen.«

»Aber seien Sie auf der Hut. Ich mißtraue diesem Tashian.«

»Wieso? Was ist denn mit ihm?«

»Ach, ich weiß nicht. Es ist bloß so ein Gefühl. Wenn man lange bei der Polizei ist, neigt man dazu, jeden zu verdächtigen.«

»Wohin fahren Sie morgen mit ihnen?«

»Zum Hamda'. Dort haben sie die Gelegenheit, einen Teil ihres unredlich erworbenen Reichtums bei den Souvenirverkäufern loszuwerden. Denen läuft jetzt schon vor Gier das Wasser im Mund zusammen. Die Krishnaner halten nämlich jeden Terraner für mindestens so reich wie Dezful, den Piratenkönig.«

»Na ja, jedenfalls müssen sie schon ziemlich betucht sein, um sich so eine Reise erlauben zu können«, antwortete Reith, wobei er erneut gähnte. *»Boa noite.«*

Ivar Heggstad polterte: »Was, Muskelkater? Na wenn schon! Das kriegen wir mit ein bißchen Gymnastik schnell wieder weg. Also los, zackzack, fangen wir mit ein paar Kniebeugen an! Rauf! Runter! Rauf! Runter! ...«

Als Reith das Gefühl hatte, dem Kollaps nahe zu sein, erschien Heggstad mit einem Armvoll Fechtmasken und wattierten Jacken. »Ziehen Sie das an! Und jetzt nehmen Sie den!«

Er reichte Reith einen Säbel mit stumpfer Spitze und einem großen schalenförmigen Stichblatt. Reith schaute erst die Waffe und dann ihn unsicher an. »In den Geschichten hantiert der Held aber immer mit einem langen dünnen Florett und spießt die Schurken schön der Reihe nach auf, während sie mit klobigen Breitschwertern Löcher in die Luft hauen.«

»Ach ja! Diese kleinen Zahnstocher sind vielleicht das

richtige für zwei edle Herren in Seidenhosen und gepuderten Perücken, auf ebenem Terrain und mit Sekundanten, die aufpassen, daß auch alle Regeln schön eingehalten werden. Aber hier muß der Terraner gegen einen Krishnaner im Panzer antreten, an dem seine Klinge abgleitet und sich biegt, als wäre sie aus Gummi. Oder der Krishnaner haut ihm die Klinge ganz einfach in Stücke. Und dann ist der tapfere Erdenmensch tot. Also ist für die Bedingungen hier der gute alte Säbel aus dem neunzehnten Jahrhundert das richtige. *En garde!*«

Als das Training zu Ende war, war Reiths rechter Arm bis zur Schulter grün und blau geschlagen von Heggstads Hieben. Am Abend empfing er seine Touristen, die von ihrem Ausflug in den Hamda' zurückkehrten. Der Hamda' war ein Vorort von Novorecife, der jedoch außerhalb der Mauer lag. Seine Einwohnerschaft bestand zum größten Teil aus einem Pöbelhaufen entwurzelter Krishnaner und verkrachter terranischer Abenteurer. Man konnte dort einheimische Kunstgewerbeartikel, echte oder falsche Antiquitäten und allen möglichen sonstigen Touristentand kaufen.

Die alte Mrs. Scott hatte ein Paar Ohrringe erstanden, die angeblich früher einmal von dem berühmten Piraten Dezful getragen worden waren. Turner zierte eine Halskette, von der der Verkäufer behauptet hatte, sie wäre von Dángi während ihrer Gefangenschaft im Spukturm getragen worden. Considine und Pride waren stolze Besitzer von Schwertern, die angeblich aus dem Besitz des Helden Qarar stammten. Als Reith Aimé Jussac nach seinen Errungenschaften fragte, lächelte der wohlbeleibte Juwelier milde und sagte:

»Sie haben versucht, mir allen möglichen Tand aufzuschwätzen. Ich stellte mich ganz einfach dumm. Und je dümmer ich mich stellte, desto phantastischer wurden die Geschichten, die sie mir von ihren kleinen Juwelen erzählten. Dann ließ Castanhoso durchblicken, daß ich der ehemalige Vizepräsident von Tiffany und Co. wäre. *Zut!* Die Gesichter hätten Sie sehen müssen! Aber dann konnten wir schließlich doch noch ganz vernünftig miteinander ins Geschäft kommen, und ich erstand ein gar nicht so schlechtes Stück zu einem guten Preis.«

Jussac zeigte ihm einen Feueropalring. »Natürlich«, fuhr er fort, »steckt die Kunst des Schleifens hier noch in den Kinderschuhen. Ich könnte ihnen schon ein paar Tricks verraten, wenn einem die Saint Rémy-Behandlung nicht die Zunge bände, sobald man versucht, einem Krishnaner technische Informationen zu geben. Übrigens«, fuhr er mit einem prüfenden Blick auf Reith fort, »bekommen Sie eigentlich eine Provision von den Händlern, zu denen Sie Ihre Touristen führen, so wie es die Reiseleiter auf der Erde machen?«

»Nein. Dafür muß man schon an Ort und Stelle wohnen. Im übrigen lehnen wir beim ›Fliegenden Teppich‹ derartige Praktiken ab. Wir haben natürlich keine Kontrolle über die einheimischen Führer, aber unsere Leute von der Heimatbasis sind strengstens angewiesen, sich auf solche Mauscheleien nicht einzulassen.«

An den folgenden Tagen (wenn er nicht gerade Kraftübungen in Heggstads Turnhalle machte oder sich mit einem Fechtsäbel traktieren und malträtieren ließ oder sich den Kopf über gozashtandische oder durische Grammatik zum Rauchen brachte) lernte Fergus Reith Reiten. Er ritt einen Aya, der sechs Beine, Hörner, einen mörderisch schüttelnden Trab und einen miesen Charakter hatte. Außerdem ritt er ein Shomal, das nur vier Beine hatte, wie ein höckerloses Kamel aussah und störrisch war wie ein Maultier. Er lernte den Umgang mit krishnanischen Eßwerkzeugen, kleinen Spießen, die chinesischen Eßstäbchen ähnelten.

Obwohl Reith sich fühlte wie ein Ketzer, der in einem theologischen Streit mit dem Großinquisitor auf die Verliererstraße geraten ist, war er fest entschlossen, nicht zu jammern und zu klagen. Sein Vorfahr Robert the Bruce, so sagte er sich, hatte sich in ähnlich scheußlichen Situationen auch nicht beklagt.

Während Reith sich für seine bevorstehenden Aufgaben stählte, machte Castanhoso mit seinen Touristen einen Aus-

flug den Pichide-Fluß hinauf nach Rimbid und einen anderen flußabwärts nach Qou. In Qou sahen sie ein Dorf der zahmen Koloftuma – der geschwänzten Ureinwohner Krishnas. Der Anblick löste einen wütenden Streit zwischen Professor Winston Mulroy und Shirley Waterford aus.

»Als ich sie verließ, lagen sie sich noch immer in den Haaren«, erzählte Castanhoso Reith. »Mulroy erzählte was von Intelligenztests, interrassischer Fruchtbarkeit und diesen fossilen terranischen Affenmenschen namens Austral-Sowieso. Die Senhorita Waterford wurde immer lauter und warf ihm Rassismus vor. Nun, wenigstens haben sie sich nicht geprügelt, und verlorengegangen ist diesmal auch keiner.«

Eine seiner letzten Unterredungen vor der Abfahrt hatte Reith mit Pierce Angioletti, dem Rechnungsprüfer. Angioletti war ein schmallippiger grauhaariger reservierter Mann mit Bostoner Akzent. Nachdem sie alle Landkarten und Berichte über die Länder durchgegangen waren, die die Gruppe besuchen wollte, und noch einmal das Budget der Expedition durchgerechnet hatten, meinte Angioletti:

»Ich kann es Ihnen nicht oft genug sagen: Seien Sie vorsichtig. Unter uns gesagt, ich war dagegen, jetzt schon eine Horde Touristen auf Krishna loszulassen.«

»Sie meinen, es wäre zu riskant?«

»So ist es. Wir haben schon genug Ärger, wenn die Leute, die sonst kommen – Missionare, Wissenschaftler, Abenteurer –, ins Landesinnere gehen und auf Nimmerwiedersehen verschwinden. Der Interplanetarische Rat besteht darauf, daß wir alles vermeiden, was irgendwie nach Imperialismus schmeckt, und andererseits machen uns die terranischen Regierungen die Hölle heiß, wenn wir nicht herausfinden, was mit ihren Staatsangehörigen passiert ist. Die Franzosen setzten uns sogar unter Druck, als dieser Bursche Borel in Dur spurlos verschwand, obwohl alle Welt wußte, daß er bloß ein Schwindler und Hochstapler war.«

»Was passierte mit ihm? Schließlich fahren wir auch nach Dur.«

Angioletti zuckte die Achseln. »Wenn ich es wüßte, wäre es kein Geheimnis mehr. Aber weiß der Himmel, was alles passieren kann, wenn Sie mit einem Dutzend *Ertsuma* losfahren, von denen die Hälfte offenbar ausgemachte Trottel sind. Wenn von denen keiner ermordet oder gegen Lösegeld entführt wird, dann fress' ich meinen Kabeljau mit Schokoladensoße.«

Reith seufzte. »Ich werde mein Bestes tun. Übrigens, was mag Castanhoso gemeint haben, als er mich vor dem Regenten Tashian warnte? Er machte da so dunkle Andeutungen. Könnte dieser Tashian etwas mit Borels Verschwinden zu tun haben?«

»Keine Ahnung. Tashian ist ein gerissener Spekulant, der nicht mehr Skrupel hat, als Sie von einem Renaissancefürsten erwarten würden. Aber da es für ihn nur von Vorteil ist, Dur zu einem Touristenziel zu machen, wird er wahrscheinlich zu seinen Versprechen stehen.

Ich persönlich glaube nicht, daß Borels Verschwinden auf sein Konto geht. Felix Borel verschwand in einem der wilderen Teile seines Reiches, der nicht unter der Kontrolle der Regierung steht. Aber bei einem Typ wie Borel konnte man sich an fünf Fingern abzählen, daß ihm so etwas mal passieren würde. Einmal versuchte er sogar, diesen russischen Oberbonzen Trofimov übers Ohr zu hauen, aber da war er natürlich gerade an den Richtigen geraten. Trofimov, der den Braten rechtzeitig roch, hätte ihn mit Sicherheit ins Gefängnis werfen oder vielleicht sogar heimlich umbringen lassen, wenn Borel nicht in letzter Sekunde das Weite gesucht hätte.

Stellen Sie sich vor, Mister Reith, Sie wären Thomas Cook, lebten aber, sagen wir mal, im achtzehnten Jahrhundert. Sie begleiten eine Gruppe Europäer auf einer Tour durch Nordamerika und besuchen die kriegerischsten Stämme, wie die Irokesen und die Schwarzfußindianer. Jetzt können Sie sich vielleicht eine ungefähre Vorstellung von dem machen, was auf Sie zukommt.«

»Sie erfüllen mich wirklich mit Zuversicht«, sagte Reith.

»Na ja, nun lassen Sie sich mal keine grauen Haare wachsen. Wenn Sie in Majbur Probleme kriegen sollten, wenden Sie sich an Gorbovast, den Bevollmächtigten des Königs von Gozashtand. Er arbeitet mit uns zusammen und weiß immer einen Ausweg.«

Später, auf dem Weg zum Quartier, kam Reith mit Richter Keshavachandra ins Gespräch. Der Richter war ein schmächtiger braunhäutiger Mann, kleiner als Reith, mit buschigen grauen Augenbrauen und einem grauen Haarkranz um den ansonsten kahlen Schädel.

»Herr Richter, ich bin ziemlich entmutigt«, gestand Reith. »Ich muß in einer meiner vorausgegangenen Inkarnationen etwas Scheußliches verbrochen haben, daß ich jetzt in solch einer Klemme stecke.«

»Wieso?«

»Ich bin alles andere als ein erfahrener Reiseleiter, aber die Umstände haben mich in eine Situation geworfen, in der ich eigentlich Herkules, d'Artagnan und Talleyrand in einer Person sein müßte. Aber ich bin's nicht. Heggstad hat mich zwar hart rangenommen, aber es würde Jahre dauern, aus mir so ein Museklpaket zu machen, wie er es ist. Ich habe mit Zivirds Unterstützung Dorou und Gozashtando geübt, aber das einzige, was ich sagen kann, sind ein paar simple Floskeln wie ›Schenkt mir einen Trunk ein‹ oder ›Wo ist die Toilette?‹ Es ist eine Sache, in einer Fremdsprache sagen zu können ›Zwei Spiegeleier bitte‹, und eine andere Sache, ein halbwegs intelligentes Gespräch zu führen. Ich habe von allen Dingen, die ich eigentlich wissen und können müßte, gerade mal die Oberfläche gestreift und keine Zeit, wenigstens eines davon zu vertiefen, geschweige denn, zu beherrschen.

Ich fühle mich, ehrlich gesagt, völlig überfordert. Aber die Leute haben nun einmal bezahlt, und ich muß ihnen ihre Tour liefern, und wenn ich dabei vor die Hunde gehe.«

»Kennen Sie die *Bhagavad Gîtâ,* Mister Reith?« fragte Keshavachandra.

Reith sah ihn mit fragendem Blick an. »Nein. Das ist irgendeine Hindu-Legende, nicht wahr?«

»Sie ist mehr als das. Lassen Sie es mich erklären. Die

Bhagavad Gîtâ ist eine Strophe des *Mahâbhârata,* des alten indischen Epos, das manche als das längste Gedicht der Welt bezeichnen. Als wissenschaftlicher Materialist glaube ich nicht an Legenden, aber das Epos enthält wie Ihre Bibel einiges an recht nützlicher Philosophie.

Die *Bhagavad Gîtâ* erzählt, wie Prinz Arjuna in einer großen Schlacht zwischen den Pandavas und den Kauravas kämpfen will. Arjunas Wagenlenker ist Krishna, eine Inkarnation Gottes. Arjuna wird von Zweifeln geplagt, ob er gegen seine eigenen Verwandten kämpfen darf. Aber Krishna sagte ihm, da Gott ihn zum Krieger geschaffen habe, sei es seine Pflicht, ein so guter Krieger wie möglich zu sein und sich keine Gedanken darüber zu machen, wer dabei getötet wird.

So, junger Mann, lassen Sie mich Ihr Krishna sein. Sie befinden sich in einer Klemme, auf die Sie nicht ausreichend vorbereitet sind. Nun, dann bereiten Sie sich vor. Was Sie nicht wissen, lernen Sie. Trainieren Sie Ihren Körper, und studieren Sie ihre Sprachen in jeder freien Minute, und Sie werden vielleicht feststellen, daß es besser klappt, als Sie je geglaubt hätten.«

Reith ging zur Turnhalle und fand Heggstad, wie dieser gerade Purzelbäume schlug. »Ivar«, sagte er, »ich möchte mir gern ein paar von den Fechtsachen ausleihen; ich möchte sie mit auf die Reise nehmen. Ein paar von den Jacken und Masken ...«

»He!« rief Heggstad. »Aber nicht meine guten Fechtsäbel! Die sind unersetzlich. Hier, die kannst du haben.«

Der Turnlehrer kramte ein Paar Fechtstöcke hervor, etwa so dick wie Besenstiele, mit schalenförmigen Stichblättern aus geflochtenem Korb. »Hast du eigentlich ein richtiges Schwert für dich selbst?«

»Nein. Hätte ich eins mitbringen müssen?«

»Was glaubst du wohl, was einer von diesen Stöcken dir gegen eine echte Klinge nützen würde? Sivird kann dir ein recht preisgünstiges verkaufen. Nicht so schön wie die, die du im Hamda' kriegst, aber aus gutem Stahl.«

»Ich kann es dem Reisebüro in Rechnung stellen. Was tue ich, damit es mir nicht ständig zwischen die Beine kommt?«

»Du mußt es so hoch wie möglich schnallen und beim Treppensteigen oder Klettern die Scheide festhalten. Trag es wenn möglich nicht in der Nähe von Eingeborenenkneipen, sonst kann es dir leicht passieren, daß ein betrunkener Lümmel, der sich wichtig machen will, Streit mit dir anfängt. Aber von normalen Krishnanern wirst du mit größerem Respekt behandelt, wenn du eins trägst. Mit wem willst du eigentlich fechten? Mit der armen alten Missis Scott?«

Reith lächelte. »Vielleicht kann ich Mister Pride zu einem Gefecht überreden. Ein schöner, kräftiger Hieb auf seinen feisten Hintern wäre schon fast die ganze Reise wert.«

2

Flußboot-Torheiten

Der Priester, den Regent Tashian als Führer und Dolmetscher schicken wollte, sollte am zehnten Khástin eintreffen. Als er nicht auftauchte, begannen einige der Touristen zu murren. Santiago Guzmán-Vidal zuckte die Achseln und sagte: »Was soll man schon von diesen Halbwilden erwarten? Sie haben kein Gefühl für die Zeit.«

Fergus Reith warf Guzmán-Vidal einen scharfen Blick zu; der Venezolaner war nämlich geradezu ein Muster an Unpünktlichkeit. Reith nutzte die Wartezeit damit, verbissen seine neu erworbenen Fähigkeiten zu trainieren. Als er nach einer Trainingsstunde mit Heggstad wieder einmal vollkommen geschafft aus der Turnhalle gewankt kam, fragte Valerie Mulroy:

»Macht dir das eigentlich Spaß, was du da treibst, Furchtloser?« Bei seinen Touristen hieß Reith seit kurzem nur noch ›Furchtloser Führer‹ oder einfach ›Furchtloser‹.

»Nein, ich hasse es.«

»Warum tust du's dann?«

»Weil ich es noch mehr hasse, die Hosen ausgezogen zu kriegen.«

Sie bedachte ihn mit einem Blick, den man bei einem Mann als boshaften Seitenblick bezeichnet hätte. »Ich könnte zu dem Thema ja jetzt einen dreckigen Witz reißen. Aber du bist wirklich zu gewissenhaft. Du nimmst das Leben zu schwer. Nimm doch die Dinge so, wie sie kommen, so wie ich das auch tue.«

»Du hast gut reden, Valerie. Du trägst nicht die Verantwort ...«

»Fergus!« brüllte Heggstad aus der Turnhalle. »Komm sofort wieder rein! Du mußt noch lernen, wie du deinen Mann festnagelst, wenn er in *seconde* pariert!«

Als Reith wieder zurück war und seine Maske aufgesetzt hatte, fuhr Heggstad fort: »Auf der Erde haben wir es besser gelernt. Wir parieren unten rechts in Oktave, auf diese Weise vergeuden wir keine Zeit damit, die Hand in die Rükkenlage zu drehen. Dieser Bruchteil einer Sekunde kann entscheidend sein. So, und jetzt greif an, unten und links! Wenn ich in *seconde* pariere, setz nach und töte mich!«

Bevor Reith dieser Aufforderung nachkommen konnte, rief Castanhosos Stimme laut: »Senhor Reith! Rasch! Ich glaube, Ihr Mann kommt!«

Ohne seine Fechterjacke auszuziehen, folgte Reith dem Sicherheitsoffizier hinunter zum Flußtor und auf den Hafendamm. Auf der gegenüberliegenden Seite des Flusses, noch klein in der Ferne, sah er eine Barke, die von einem Gespann Shaihans stromaufwärts geschleppt wurde.

Die Tiere stapften den Treidelpfad hinauf bis zu einem Punkt am gegenüberliegenden Ufer, wo sich ein weiterer kleiner Kai in den Fluß schob. Die Mannschaft machte das Schiff fest, spannte die Zugtiere aus und trieb sie an Bord. Wenig später legten sie wieder ab und setzten mit Ruderkraft und einem kleinen Dreieckssegel auf die Nordseite des Flusses über.

Als die Krishnaner am Hafendamm von Novorecife festgemacht hatten, stieg ein Krishnaner in einer langen Robe an Land. Hinter ihm kamen zwei Bedienstete mit Gebäck. Castanhoso trat ihm entgegen und sprach ihn an:

»Sind Sie Senhor Khorsh baf-Ferzao?«

»Der bin ich«, antwortete der Mann in gutem Portugiesisch. »Seid gesegnet, meine Söhne.«

»Danke«, erwiderte Castanhoso. Nachdem er Reith vorgestellt hatte, sagte er: »Wir haben schon vor ein paar Tagen mit Ihrer Ankunft gerechnet.«

»Was bedeutet ein Tag mehr oder weniger im Vergleich zur Ewigkeit?« fragte Khorsh entwaffnend. »Priesterliche Amtsgeschäfte hielten mich länger als erwartet in Majbur fest.«

Am folgenden Tag schifften sich Reiths Touristen zusammen mit einigen anderen Passagieren an Bord der *Zaidun* für die Fahrt nach Majbur ein. Die Shaihans blieben in ihrem Stall an Bord des Schiffes; man brauchte sie nur für die Fahrt stromaufwärts. Stromabwärts reichten die Strömung und das Segel.

Nachdem Reith seine Touristen und ihre Gepäckstücke zweimal durchgezählt und seine Papiere dreimal überprüft hatte, um sicherzugehen, daß er keine seiner Landkarten, Empfehlungsschreiben und sonstigen Dokumente vergessen hatte, legte das Schiff vom Hafendamm ab. Die Besatzung ruderte zur Strommitte, wo die Strömung am stärksten war. Von da an reichten ein Mann am Ruder und zwei weitere an den Riemen, um das Schiff in der Strommitte auf Kurs zu halten.

Kapitän Ozum trat auf Reith zu und erklärte in gebrochenem Portugiesisch: »Schiff alles saubergemacht, eigens für Euch. Gefällt?«

»Estupendo«, versetzte Reith. Obwohl das Deck und die Aufbauten ganz offensichtlich geschrubbt worden waren, stank das ganze Schiff noch immer nach den Shaihans und den vorausgegangenen Ladungen. Da die Shaihans im Heck untergebracht waren und die Passagiere im Bug und da der Wind von Westen, also von achtern her blies, gab es kein Entrinnen vor dem bestialischen Aroma der Tiere.

Sie segelten Richtung Osten, parallel zu der massiven Betonmauer, die längs des Flußufers verlief und die Aufgabe hatte, Novorecife vor etwaigen Überraschungsangriffen zu schützen. Der Hafendamm und das Bootshaus waren bald außer Sicht.

Das Terrain am Südufer wurde zusehends flacher, bis zwischen Fluß und Himmel nur noch eine endlose ebene Fläche dunkelgrünen Schilfs auszumachen war, hier und da unterbrochen von exotisch aussehenden buntfarbigen Bäumen. Flugtiere mit lederartigen braunen Schwingen stiegen quäkend und schreiend aus dem Schilf auf, kreisten um das Schiff und flatterten davon.

Das Schilf machte einem niedrigen braunen Steilufer

Platz. Wenig später kam eine sanft ansteigende grüne Fläche in Sicht, die mit regelmäßig aussehenden großen Steinen übersät war.

»Das ist eine Ruinenstadt«, erklärte Khorsh, und Reith übersetzte. »Keiner weiß, wann und von wem sie gebaut wurde. Die Einheimischen nennen sie Saba-o-Astiremá, was im Grunde nichts anderes bedeutet als ›Stätte der Steine‹. Wenn diese Steine sprechen könnten, so wüßten sie uns sicher manche Mär zu erzählen.«

Sie näherten sich der am Südufer gelegenen Stadt Qou. »Möchte jemand von euch hier an Land gehen?« fragte Reith seine Touristen. »Die Stadt liegt auf unserer geplanten Reiseroute, aber wir sind schon ein Stück hinter unserem Zeitplan, und außerdem habt ihr sie ja auch schon mit Castanhoso besichtigt.«

»Ich würde gern noch einmal hin«, meldete sich Shirley Waterford. »Ich will diesem Bürgermeister mal gehörig meine Meinung sagen, was ich von der Diskriminierung und Unterdrückung der geschwänzten Krishnaner halte ...«

»O nein, das werden Sie schön bleibenlassen!« sagte Reith erschrocken. »Unsere Reise ist schon so voller Risiken, da müssen wir nicht noch mutwillig schlafende Hunde wekken. Ihr könnt gerne alles angucken, soviel ihr wollt. Ihr könnt sogar Fotos machen, wenn ihr dabei diskret vorgeht. Aber ihr dürft kein einziges Wort gegen die einheimischen Sitten und Anschauungen äußern, hört ihr?« Dann sagte er auf Gozashtando: »Fahrt weiter, Kapitän Ozum. Wir legen nicht an.«

»Ein lausiges kleines Kaff, dieses Qou«, knurrte Considine verächtlich. »Kein Vergleich mit den Städten, die Dunsany längs des Yann sah.«

»Wenn du schon dieses Schwert trägst, Maurice, wie wär's mit einem kleinen Trainingsgefecht, um in Übung zu bleiben?« schlug Reith vor, um auf ein anderes Thema zu lenken.

Gesagt, getan: Einen Augenblick später umtänzelten sie sich schon mit den Fechtstöcken, die Heggstad Reith mitgegeben hatte. Obgleich Considine doppelt so muskulös wirkte wie Reith, war er als erster erschöpft.

»Siehst du? Während ihr Ausflüge gemacht und gefaulenzt habt, habe ich in Heggstads Turnhalle wie ein Besessener trainiert!« sagte Reith nicht ohne Stolz in der Stimme.

Considine schälte sich aus seiner wattierten Schutzjacke und wischte sich den Schweiß von der hochroten Stirn. »Wie wär's mit einem kleinen Wettschwimmen, Furchtloser? Wir könnten mühelos mit dem Schiff Schritt halten.«

Reith fragte Khorsh. Der Priester hob entsetzt die Hände. »Nein, mein Sohn, lasse diesen Gedanken fahren! Wisse, daß in diesen Wassern ein schreckliches Untier haust, *Avval* geheißen, welches dich im Nu mit einem einzigen Bissen verschlingen könnte. Und wie sollten wir je einen solch tapferen jungen Helden ersetzen?«

»Richtig, ich habe davon gelesen.« Reith wandte sich seiner Gruppe zu. »Es gibt hier so eine Art Kreuzung zwischen einem Krokodil und einer jungen Seeschlange. Lassen wir das mit dem Schwimmen also besser. Professor Mulroy, wie wär's, wenn Sie uns ein bißchen was von der einheimischen Fauna und Flora erzählen würden?«

Auf seiner Südamerikatour hatte Reith gelernt, daß es immer von Nutzen war, wenn man seinen Schäfchen, insbesondere in Phasen längerer Inaktivität, irgend etwas Spannendes bot, um sie bei Laune zu halten und nicht auf dumme Gedanken kommen zu lassen. Der ältliche Paläontologe ließ sich denn auch nicht zweimal bitten und hub sogleich feurig zu einem ausgedehnten Referat an:

»... ihr müßt wissen, die Evolution der Vertebraten auf Krishna verlief in vieler Hinsicht parallel zu der auf der Erde und in bestimmten Punkten doch wieder ganz unterschiedlich. Während auf der Erde eine Gruppe der Fische, nämlich die Crossopterygii, den Sprung vom Wasser auf das Land vollzogen, waren es auf Krishna zwei: die Tetrapoden, die ovipar geblieben sind, obwohl sie auch die hominoide Spezies einschließen, und die Hexapoden, die sich schon früh zu Lebendgebärenden entwickelten.«

»Wie ist das zu erklären?« fragte Mrs. Whitney Scott, der selten etwas entging.

»Wahrscheinlich resultiert das auf der Tatsache, daß auf der Erde die Kontinente Inseln sind, die von einem weltweiten Ozean umgeben sind, während es auf Krishna umgekehrt ist: Die Meere sind von einer weltweiten Landmasse umgebene Seen. So wurde der Sprung vom Wasser aufs Land zweimal unabhängig voneinander vollzogen. Es gibt eine irdische Parallele zu diesem Phänomen, nämlich bei den Periphtalmidae ...«

»Den was?« fragte Considine.

»Eine Familie halb zu Wasser, halb zu Land lebender Grundeln, auch bekannt unter dem Namen ›Schlammspringer‹, die in Südostasien vorkommt. Sie haben den Sprung zum Leben auf dem Land gerade begonnen. Andererseits nun weisen die krishnanischen Land-Vertebraten nicht eine so scharfe Trennlinie zwischen Amphibien, Reptilien und Mammalien – also Säugern – auf, wie wir es von der Erde her gewohnt sind. Der Homoiothermismus – also die Warmblütigkeit – hingegen entwickelte sich schon sehr früh auf beiden Pla ...«

»Und was ist mit Vögeln?« fragte Shirley Waterford dazwischen.

»Mit denen verhält es sich wie mit den Schlangen in Irland: Es gibt keine. Die krishnanische Fauna hat niemals die Feder entwickelt, daher sind die hier vorkommenden fliegenden Organismen eher mit unseren Fledermäusen und Pterosauriern – das sind ausgestorbene Flugechsen – vergleichbar als mit der Klasse Aves. Wenn wir nun auf der Evolutionsleiter eine Sprosse höher steigen ...«

»Entschuldigen Sie, Professor«, mischte sich ein dicker braunhäutiger Passagier ein, einer von denen, die nicht zu Reiths Gruppe gehörten. »Sie scheinen auch der falschen Theorie anzuhängen, daß alle diese Spuren, die auf eine Evolution hinweisen, sei es auf der Erde oder auf anderen Planeten, Beweis genug dafür sind, daß es tatsächlich diese Evolution gegeben hat.«

»Ja, und?« schnappte Mulroy.

»Wir Diener der Herren des Lichts wissen, daß die Wahrheit eine andere ist. Die göttliche Offenbarung beweist, daß alle diese Fossilien von den Herren der Finsternis – dem Teufel, wie Sie wohl sagen würden – auf die Erde gebracht und dortselbst vergraben wurden, um die Menschen in die Irre zu führen und von der Wahrheit der Göttlichen Schöpfung abzulenken ...«

»Sie sind wer, wenn ich fragen darf, Sir ...?« fragte Mulroy gereizt dazwischen.

»Oh, verzeihen Sie. Ich bin Ganesh Kosambi von Bombay, demütiger Diener und Beauftragter der Missionarsbrüderschaft der Kirche der Herren des Lichts ...«

»Entschuldigen Sie, Mister Kosambi«, mischte Reith sich ein, »aber ich möchte Sie doch bitten, Professor Mulroy seinen Vortrag zu Ende führen zu lassen. Wir haben noch genug Zeit bis Majbur. Wenn sie heute nachmittag predigen wollen, werden wir Ihnen sicherlich gern zuhören.«

Kosambi gab nach. Als der Nachmittag nahte, versammelten sich die, die nicht schliefen, im Bug, um dem Missionar zu lauschen. Kosambi erzählte, wie seine Sekte von Tallal Homsi, einem Syrer, gegründet worden war, nämlich dergestalt, daß Gott ihn an eine Stelle geführt hatte, an der ein Buch in unbekannter Schrift auf Blättern aus Goldsilberlegierung vergraben lag. Gleichzeitig hatte Gott ihn mit einer Wunderbrille ausgestattet. Diese, so berichtete Kosambi, hätte Tallal Homsi befähigt (ehe er von seinen muslimischen Glaubensgenossen im Dorf zu Tode gefoltert worden sei), den Inhalt des wundersamen Buches zu entziffern und zu transkribieren und so der Nachwelt zu erhalten. Das Buch, fuhr der Missionar feurig fort, berichte davon, wie Gott die Herren des Lichts – in anderen Religionen ›Engel‹ genannt – auf alle bewohnbaren Planeten gesandt habe, daselbst die Samen von Lebewesen aller Art, Pflanzen, Getier, kurz, allem, was da kreucht und fleucht, zu setzen ...

Sylvester Pride drehte sich um und bemerkte so laut, daß auch alle es hören konnten: »Harhar! Erzählt der da einen Scheiß!«

Kosambi verzog gequält das Gesicht, fuhr aber unbeirrt

fort. Reith stimmte zwar insgeheim Prides Urteil über Kosambis Theologie zu, hätte es aber niemals übers Herz gebracht, die Gefühle des ernsten kleinen Mannes zu verletzen.

Am folgenden Morgen erreichte die *Zaidun* Gadri, das zwar größer als Qou war, aber ebensowenig als Metropole anzusehen war. Reith sagte seinen Leuten: »Es gibt hier nicht viel zu sehen, außer dem Markt und einem Tempel. Die Waren, die hier feilgeboten werden, sind zumeist Haupterzeugnisse und Gebrauchsgüter für den Alltagsbedarf – kein Touristenkram. Die Leute hier haben sich noch nicht auf den Tourismus eingestellt; man muß ihnen Zeit geben. Und überhaupt empfehle ich euch, daß ihr euch zu diesem frühen Zeitpunkt der Reise noch nicht mit allzuviel Souvenirs beladet. Ihr werdet noch ausreichend Gelegenheit dazu haben.«

Die Gruppe marschierte von der Anlegestelle zum nur wenige Blocks entfernt gelegenen Hauptplatz. Jedesmal wenn sie anhielten, um irgend etwas zu begucken, waren sie sofort von neugierig gaffenden Krishnanern umringt. Diese ständig wachsenden Ansammlungen machten Reith immer nervöser. So gutherzig die Krishnaner von Natur aus auch sein mochten – irgendein banaler Anlaß, ein falsch verstandener Blick oder ein falsches Wort vielleicht, und schon konnte es den größten Ärger geben.

Vor dem Tempel, einem schmucklosen, massiven Bau aus rostrotem Sandstein, wechselte Khorsh, der Priester aus Dur, ein paar Worte mit dem Türsteher und sagte dann Reith, man könne eintreten und den Tempel besichtigen. Natürlich sei eine kleine freiwillige Spende in den Kollektenbeutel sehr gern gesehen.

Im Innern des Tempels, am Kopfende, saß eine vergoldete Götzenstatue im Lotossitz auf einem Podest. Auf ihrer Oberfläche und auf der schwarzschimmernden Wand aus poliertem Onyx spiegelte sich das schwache Flackern der Lampen wider. Da das Götzenbild vier Beine besaß, bedeutete seine Sitzpose ein verschlungenes Gewirr aus Gliedmaßen, dessen Kompliziertheit noch von den acht Armen des Gottes unterstrichen wurde.

»Es sieht ein wenig wie Shiva aus«, sagte Kosambi, der sich der Gruppe angeschlossen hatte. Reith war seit seiner Südamerikatour gegen solche unvermeidlichen Trittbrettfahrer abgehärtet, die sich ungebeten an Touristengruppen hängten.

»Mich erinnert es eher an einen Tausendfüßler«, quakte der unsägliche Sylvester Pride in einer Lautstärke, daß es durch den ganzen Tempel hallte. »Was glaubt ihr, was der Bursche für einen Twist hinlegen könnte, mit den vielen Beinen! Guckt mal, so!« Ehe einer der anderen eingreifen konnte, begann Pride in seinen Shorts und mit grotesk auf- und abwippendem Spitzbauch herumzuhüpfen.

»Hör auf, du verdammter Depp!« zischte Reith.

»Was? Wer?« schnaufte Pride. »Was fällt dir ein, du Großmaul ...«

»Wenn er Sie nicht zur Räson bringt, dann tu ich's!« sagte Mrs. Whitney Scott und stürmte mit erhobenem Spazierstock und wild entschlossener Miene auf ihn los.

»Okay, okay, ist ja schon gut«, murmelte Pride. »Ich hab's ja nicht böse gemeint.«

Danach bummelten sie über den Markt, wo Pride sich abermals unangenehm in Szene setzte, indem er sich unbedingt einen Hut zulegen mußte, der aussah wie ein rosafarbener irdischer Lampenschirm, und diesen dann auch noch gleich aufsetzen und tragen mußte. Da sich eine nähere Besichtigung der Stadthalle, die von außen in ihrer Schmucklosigkeit eher den Eindruck eines Straßenbahndepots machte, nicht zu lohnen schien, machten sie sich wieder auf den Rückweg zur Landestelle.

»He, Furchtloser!« hörte Reith plötzlich Turner neben sich. »Maurice und ich möchten noch einen trinken gehen. Da vorn kriegt man doch so was, nicht?« Er zeigte auf eine Taverne.

»Ich möchte eigentlich lieber die Gruppe geschlossen zurückbringen ...« sagte Reith.

»Ach, komm, sei doch nicht so! Wir finden schon allein

zurück. Wenn du die andern aufs Schiff gebracht hast und dir Sorgen machst, kannst du ja noch mal zurückkommen und uns abholen.«

»Na gut.« Reith gab sich geschlagen, mit dem Erfolg, daß jetzt auch die Mulroys und die Jussacs beschlossen, in der Taverne einzukehren.

»Sie müssen aber mitkommen und für uns bestellen und bezahlen, weil wir die Sprache doch nicht können«, bat Jussac.

Reith betrat mit den sechs Trinkern die Taverne und plazierte sie an einen leeren Tisch. »Hochwürden«, wandte er sich an Khorsh, »würdet Ihr bitte bei ihnen bleiben und für sie bestellen?«

»Ein höchst ungewöhnliches Ansinnen, mein Sohn, an einen, der dem Trunke abhold ist. Aber weil du es bist, will ich es tun. Wer weiß, welch unerwartete Weisheit ich dadurch vielleicht erwerbe.«

»Vielen Dank. So, ihr anderen, denkt dran, sofort zum Schiff zurück, sobald ihr fertig seid.«

Als er wieder zu seiner vor der Taverne wartenden Herde stieß, mußte er feststellen, daß Schwerin verschwunden war. Nach einer aufgeregten Suche entdeckte er ihn schließlich auf dem Giebel eines Daches kauernd, von wo aus er den Platz fotografierte. Die übliche Zuschauermenge drängte sich bereits auf dem Platz und gaffte zu ihm hinauf.

Reith war so wütend, daß ihm sogar plötzlich wieder ein paar Brocken seines längst vergessenen Schuldeutsch einfielen. »Herr Schwerin!« brüllte er. »Bitte kommen Sie herunter, sofort!«

Schwerin winkte ihm zu, lächelte und fotografierte seelenruhig weiter. Reith stieß eine unterdrückte Verwünschung aus und brachte die restlichen fünf Touristen zurück zur *Zaidun*.

Er wollte gerade umkehren, um den Rest seiner Gruppe einzusammeln, als ein Tumult seine Aufmerksamkeit erregte. Maurice Considine kam mit hängender Zunge auf den Landesteg zugehetzt, die leere Schwertschweide schlug ihm gegen die Oberschenkel. Hinter ihm tauchte ein hünenhafter Krishnaner mit gezücktem Schwert auf.

Considine galoppierte über den Steg und sprang an Bord der *Zaidun*. Der Krishnaner hinterher. Die anderen Passagiere spritzten schreiend auseinander, um nichts abzubekommen.

Reith hielt verzweifelt nach irgend etwas Ausschau, mit dem er den Verfolger aufhalten konnte. Sein Blick fiel auf einen Haufen Fechtsachen unmittelbar vor dem Schanzkleid. Er und Guzmán-Vidal hatten ihn am Morgen nach einem kleinen Trainingsgefecht dort hingelegt. Reith schnappte sich einen der Fechtstöcke heraus.

Als Considine an ihm vorbeigerannt kam, trat er dem Krishnaner in den Weg. Er wollte ihn auffordern stehenzubleiben, aber in der Aufregung fielen ihm die passenden Wörter nicht ein. »Stop! Halt! *Halte-là! Pàre!*« brüllte er in sämtlichen Sprachen, die ihm im Moment einfielen, in der Hoffnung, sein Ton allein würde schon genügen, die Bedeutung zu vermitteln.

Der Krishnaner ließ sich jedoch davon keineswegs beeindrucken. »Baghan!« brüllend und wild mit dem Schwert fuchtelnd, stürmte er wie ein wütender Stier weiter, geradewegs auf Reith zu. Reith blockte das Schwert ab, indem er blitzschnell seinen Fechtstock hochriß. Er spürte, wie die stählerne Klinge in das Holz biß. Ein blitzschneller Abtausch von Hieben und Stößen folgte.

Reith machte einen Ausfallschritt und zielte nach links unten, wie Heggstad es ihn gelehrt hatte. Der Krishnaner schwang seine Klinge in einer zischenden Parade *en seconde* herum. Wenn der Hieb gesessen hätte, wäre Reiths Stock glatt durchgetrennt worden.

Eingedenk dessen, was Heggstad ihm eingebläut hatte, setzte Reith auf der Stelle nach und stieß zu. Er legte seine ganze Kraft in den Stoß. Die Wucht, mit der die hölzerne Spitze dem Krishnaner gegen das Brustbein rammte, war so groß, daß er rückwärts taumelte und von dem Schwung über das Schanzkleid gerissen wurde. *Platsch!* fiel er unten ins Wasser.

Reith trat an die Reling und schaute nach unten. Der Kopf des Krishnaners tauchte in dem Moment mit einem erstickten Schrei aus dem braunen Wasser.

»Er ruft: ›Hilfe!‹«, sagte Ganesh Kosambi, der neben Reith getreten war. »Er kann nicht schwimmen.«

»Soll er nur ersaufen; geschieht ihm recht!« knurrte Reith.

»Besser, Sie ziehen ihn raus«, meinte der Missionar. »Sonst könnte es Komplikationen geben, und Sie finden sich noch im Kerker von Gadri wieder. Kein sehr anheimelnder Ort.«

Reith seufzte. »Sie haben schon recht. Kapitän Ozum! Habt Ihr ein ... Was zum Teufel heißt ›Seil‹?«

Gleich darauf wurde der Krishnaner, der bei dem Fall sein Schwert verloren hatte, an Bord gehievt. Reith sagte zu Kosambi: »Sagen Sie ihm bitte, daß ich nicht wüßte, wie es zu dem Streit gekommen ist, daß ich aber auch nicht zulassen kann, daß jemand meine Touristen aufschlitzt.«

Kosambi übersetzte. Der Krishnaner spuckte Reith vor die Füße und stolzierte wortlos von dannen, gerade in dem Augenblick, als die restlichen Touristen an Bord zurückkamen.

Erst jetzt, wo es ausgestanden war, wurde Reith mit einem Mal bewußt, wie dicht er daran gewesen war, getötet zu werden. Seine Knie begannen zu zittern, und für einen Augenblick fürchtete er, ohnmächtig zu werden. Er klammerte sich haltsuchend an der Reling fest. Gleich darauf war er von seiner Touristenschar umringt. Alle gratulierten ihm und überschütteten ihn mit Lob:

»Furchtloser, du warst einfach großartig!« – »Er ist wirklich furchtlos, unser Fergus, nicht wahr?« – »Ha, dem hat er's aber gegeben!« – »Ein wahrer Musketier, unser Furchtloser!«

Reith brachte ein mattes Lächeln zustande.

Als die Meute sich wieder zerstreut hatte, vertraute ihm Aimé Jussac an: »Ich hab's gesehen. Der Mister Turner unterhielt sich mit Valerie Mulroy. Stellen Sie sich vor, sie wollte es sogar bei ihm versuchen, und sie ließ keinen Zweifel an ihren Absichten. Da beginnt plötzlich Considine – vermutlich aus Eifersucht –, diesem Krishnaner, der am Nebentisch sitzt und friedlich vor sich hin trinkt, schöne Augen zu machen, und als der nicht reagiert, quatscht er ihn an. Die beiden hatten vielleicht sechs oder sieben Wörter Portugiesisch gemeinsam, aber – *chouette!* – das reichte schon, daß sie sich in die Haare kriegten.«

Am Abend, als sie schon wieder unterwegs waren, nahm Reith Considine beiseite und fragte ihn nach seiner Version der Geschichte. Considine gab vor, nicht die geringste Ahnung zu haben, wie und warum es zu der Auseinandersetzung gekommen sei.

»Und du bist ihm bestimmt nicht – äh – zu nahe getreten?« fragte Reith.

»Also, ich muß doch sehr bitten!« schnaubte Considine mit einem Ausdruck höchster Entrüstung. »Ich weiß, was du sagen willst. Aber bloß weil ich meine eigenen sexuellen Vorlieben habe, heißt das noch lange nicht, daß ich mich wie eine primitive Fummeltriene aufführe! Noch so eine Frechheit, und ich werde ...«

»Ist ja gut, ist ja gut! Ich wollte dich ja nicht beleidigen. Ich wollte dir bloß den guten Rat geben, in Zukunft etwas vorsichtiger zu sein. Alles klar? Hast du dein Schwert dabei verloren?«

»Ja, leider. Als der Bursche blank zog, zückte ich meins auch, und da hat er es mir aus der Hand geschlagen. Zu blöd; war ein wertvolles Stück, stammte aus dem Besitz dieses Helden, den Namen hab ich wieder vergessen.«

Reith mußte lächeln. »Mein lieber Maurice, wenn Qarar nur die Hälfte von all den Schwertern besessen hätte, die man ihm andichtet, dann hätte er einen von diesen krishnanischen Elefanten namens Bishtar gebraucht, um sie alle tragen zu können. Du kannst dir in Majbur so viele davon kaufen, wie du willst, alle genauso echt.«

3

Das smaragdgrüne Götzenbild

Zu ihrer Rechten, längs des flachen Ufers der Pichid-Mündung, kamen die Hafenanlagen und Werften der Freistadt Majbur in Sicht. Um die Landeplätze herum wimmelte es von Schiffen und Flußbooten. Da gab es Fisch-Schmacken, Flußbarken, Holzflöße, Vergnügungsjachten, Fähren, Wassertaxis – kurz, alles, was schwimmen konnte. Dahinter, halb verdeckt durch die Biegung des Ufers, erhob sich der dichte Mastenwald der Tiefwasserschiffe. Hochbordige Rahsegler aus der sturmdurchtosten Va'andao-See gaben sich hier ein Stelldichein mit den abenteuerlich aussehenden Lateinerseglern aus den südlicheren Gefilden. Den eindrucksvollsten Anblick jedoch boten die Kriegsgaleeren mit ihren bronzenen Schnäbeln und ihren vergoldeten Heckpartien, die matt im nachmittäglich rötlichen Licht Roqirs schimmerten, der wie ein orangefarbener Ball am grünen Himmel stand.

Unter viel Gebrüll und saftigen Flüchen gegen andere Schiffe, die ihm den Platz streitig machen wollten, manövrierte Kapitän Ozum seine *Zaidun* mit Ruderkraft auf einen Liegeplatz zu. Besorgt fragte Reith: »Vater Khorsh, sie schreien, als wollten sie jeden Moment übereinander herfallen. Ob gleich was passiert?«

»Keine Angst, mein Sohn. Sie machen immer viel Geschrei, wenn sie einen Hafen anlaufen, aber zu Handgreiflichkeiten kommt es nur selten.«

Reith blätterte in seinem Notizbuch. »Wir steigen in Haftids Gasthof ab, Shodsir sechsundvierzig. Wißt Ihr, wo diese Straße liegt?«

»Shodsir ist keine Straße.«

»*O que?* Was ist es denn?«

»Aber mein Sohn, wurdest du denn nicht über das hiesige

Adreßsystem unterrichtet? Shodsir ist ein Block, und sechsundvierzig bedeutet, daß es sich um das sechsundvierzigste Gebäude in diesem Block handelt.«

»Das sechsundvierzigste von wo an gerechnet?«

»Oh, nicht das sechsundvierzigste in geographischem Sinn, sondern das sechsundvierzigste in der Reihenfolge, in der die Häuser gebaut wurden.«

Reith brauchte einen Moment, um sich in dieses verblüffende System hineinzudenken. »Nun, nehmen wir einmal an, ich verabrede mich mit jemand in einer ganz bestimmten Straße. Wie erkläre ich ihm dann, wie er dorthin gelangt?«

»Die Straßen in Majbur haben keine Namen. Angenommen, du willst deinen Bekannten auf der Straße treffen, die den Shodsir im Norden begrenzt, dann sagst du ›Shodsir Nord‹. Es ist ganz einfach.«

»Für Euch vielleicht. Aber wie finde ich nun den Shodsir Block?«

»Jeder Droschkenkutscher oder Sänftenträger kann dich dorthin bringen.«

»*Bem.* Wie finde ich diese Kutscher und Träger? Außerdem werden wir Gepäckträger brauchen.«

Khorsh lächelte mild. »Keine Angst, mein Sohn. Die Götter werden es schon richten.«

Als nächstes fragte Reith Khorsh nach den ortsüblichen Tarifen für Beförderung und Transport von Gepäck. »Ich hoffe, Ihr könnt für mich übersetzen. Ich habe zwar meine Gozashtando-Lektionen wiederholt, aber wenn alle auf einmal drauflosschwatzen, kann ich unmöglich folgen.«

»*Com gôsto!* Gestatte mir, mein Sohn, einen kleinen Hinweis. Ich empfehle dir, lieber Sänften als Kutschen zu nehmen. Während des Dashmok-Festes herrscht so starker Verkehr, daß du Sänften praktischer finden wirst.«

»Ach ja, dieses Fest. Wir haben unseren Ankunftstermin eigens darauf abgestimmt, weil wir uns das große Ballett nicht entgehenlassen wollten. Ja, Mister Kosambi?«

Der dicke Inder war unbemerkt herangeschlichen und hatte dem Gespräch zugehört. »Wenn Sie schon diese heidnischen Orgien besuchen wollen, Mister Reith, werden Sie Ihre Leute doch sicherlich auch einmal in die Kirche der Herren des Lichts führen wollen. Sie sollten ihnen nicht nur die Vergangenheit dieses rückständigen Planeten vor Augen führen, sondern auch seine Zukunft, die meiner festen Überzeugung nach eine hellere sein wird. Im Vergleich mit dem Tempel des Dashmok ist unser Gotteshaus sicher sehr bescheiden, aber dafür ist es eine Stätte der wahren Erleuchtung.«

»Vielen Dank für den Hinweis«, sagte Reith. »Wann findet denn so ein Gottesdienst oder eine Messe oder Versammlung, oder wie immer Sie es nennen, statt?«

»Übermorgen mittag. Sie und Ihre Touristen sind herzlich eingeladen.«

»Danke. Ich will versuchen, es in unseren Zeitplan einzubauen.«

Nach einer kurzen Wartezeit legte ein kleines Küstenboot mit roten Segeln vom Kai ab. Unter dem Wutgeheul von anderen wartenden Schiffen manövrierte Kapitän Ozum die *Zaidun* auf den freigewordenen Liegeplatz. Gleich darauf sah Reith, was Khorsh mit seiner Bemerkung gemeint hatte, die Götter würden sich schon um den Transport kümmern. Kaum hatten diejenigen, die an den Kais herumlungerten, gemerkt, daß die *Zaidun* Passagiere an Bord hatte, als sie auch schon aufgeregt schnatternd angewetzt kamen und sich um den Liegeplatz drängten. Einige priesen lauthals ihre Fähigkeiten als Gepäck- oder Sänftenträger, andere boten ihre Dienste als Führer an, wieder andere wedelten mit Souvenirs.

Reith brachte seine Schäfchen in Reih und Glied und gab Anweisungen. »Bleibt zusammen, und nehmt euer kleines Handgepäck mit. Wir nehmen Sänften.«

»Hä?« rief Pride. »Was ist das denn?«

»Tragsessel.«

Ein paar Besatzungsmitglieder ließen die Laufplanke herunter. Zwei Matrosen der *Zaidun* bezogen unten mit Befestigungshölzern Stellung, um unerwünschte Gäste am Betreten des Schiffes zu hindern.

Mit klopfendem Herzen trat Reith auf die Planke und rief auf Gozashtando: »Ich brauche zwölf Gepäckträger.«

Aus der drängenden, wild durcheinanderschnatternden Meute wählte Reith ein Dutzend aus und ließ sie einzeln an Bord kommen. Er ließ sie in einer Reihe an Deck Aufstellung nehmen und erklärte ihnen, daß sie zu Haftids Gasthof im Shodsir wollten. Als er den Eindruck hatte, daß alle kapiert hatten, ging er ans Ufer und suchte sich Sänftenträger zusammen. Die Touristen schoben und drängten jetzt ebenfalls an Land. Reith feilschte gerade mit dem ersten Trägergespann um den Preis, als Shirley Waterford sich energisch zu Wort meldete: »Furchtloser, ich werde um keinen Preis eines dieser Dinger benutzen!«

Er wandte sich überrascht um. »Warum denn nicht?«

»Es gehört sich einfach nicht, Menschen als Lasttiere zu mißbrauchen. Das ist blanker Rassismus!«

»Ach, du lieber Gott! Shirley, ich flehe Sie an, fangen Sie nicht ausgerechnet jetzt damit an! Das ist eben hier so Brauch, und kein Mensch käme auf die Idee, Anstoß daran zu nehmen. Außerdem, wenn wir diese armen Burschen nicht mieten, wie sollen sie dann ihren Lebensunterhalt verdienen?«

»Dieses Argumet zieht bei mir nicht. Ich kann und will mich nicht zu solch einem empörenden Verhalten herablassen. Es ist eine Beleidigung der Menschenwürde! Warum kann ich nicht mit der Kutsche da fahren?«

Entnervt fragte Reith den Kutscher nach seinem Preis. Die Antwort kam in einem so starken Majbur-Dialekt, daß Reith erst Khorsh zum Übersetzten holen mußte.

Als Miß Waterford endlich in der Kutsche Platz genommen hatte, kamen Considine und Pride plötzlich auf die Idee, daß sie sich auch lieber von einem Aya ziehen als in einer Sänfte durchschütteln lassen wollten. Sie rannten zu der Kutsche und kletterten hinein. Ihre Sänftenträger erhoben sofort lauthals Protest.

»Was sagen sie, Vater Khorsh?« fragte Reith mit gequälter Miene.

»Sie sagen, du hättest einen rechtsgültigen Beförderungsvertrag mit ihnen geschlossen, mein Sohn. Sie sagen, du schuldest ihnen den Fahrpreis, egal ob sie diese beiden Erdenbürger befördern oder nicht.«

Reith war nahe daran, laut loszubrüllen und sich die Haare auszuraufen. »Was soll ich jetzt tun?« fragte er händeringend. »Ihnen das Fahrgeld geben oder ihnen sagen, sie sollen sich zum Hishkak scheren?«

»Gestatte mir, einen Moment nachzudenken, mein Sohn. Ah! Ich glaube, ich habe eine Lösung. In der Eile hast du vergessen, daß wir beide ja auch mitfahren müssen.«

»Ich hatte eigentlich die Absicht, zu Fuß zu gehen, um die Gepäckträger im Auge behalten zu können. Aber verzeiht mir, daß ich Euch ganz vergaß.«

»Dann laß uns doch einfach die zwei leeren Plätze einnehmen und auf diese Weise beide Seiten zufriedenstellen, so wie Kurdé der Weise es in der Legende getan hat.«

»Gut. Wenn bloß keiner meiner Leute oder das Gepäck verlorengeht!«

Die Sänfte sah aus wie eine Telefonzelle mit Sitzbank, mit vorn und hinten je einem Paar hölzerner Tragestangen. Als Reith sich hineinzwängte, verhedderte er sich promt in seinem Schwert und mußte einen zweiten Anlauf nehmen. Die zwei Träger, die beide einen ledernen Traggurt über der Schulter hatten, um einen Teil der Last auf die Schulter zu verlagern, bückten sich und hoben die Sänfte mit einem Ruck in die Höhe.

Die Prozession setzte sich in Bewegung. Reith reckte den Hals aus dem Fenster, um seinen Konvoi im Auge zu behalten. Er selbst befand sich etwa in der Mitte des Zuges. Nach den Sänften folgten die Gepäckträger, und ganz am Schluß kam die Kutsche.

Die Prozession fädelte sich in das Straßengewirr hinter dem Hafen ein. Die Straßen und Gassen waren so eng und verwinkelt, daß die Sänftenträger sich am äußersten Rand halten mußten, damit die Fußgänger sich vorbeiquetschen konnten. Da keine der Gassen über mehr als zwei Blöcke geradeaus verlief, hatte Reith rasch das Ende des Zuges aus den Augen verloren.

Als die Straße dann endlich wieder einmal eine längere Strecke gerade verlief und Reith das Ende der Prozession sehen konnte, war die Kutsche verschwunden. Die Gepäckträger waren noch da, aber von der Kutsche mit Shirley Waterford und den beiden Bübchen konnte er weit und breit nichts sehen.

Reith überlegte. War das Gefährt im Gewühl steckengeblieben? Oder vielleicht von Kidnappern überfallen worden? Einen Moment schwankte er. Sollte er zurücklaufen und sie suchen? Aber dann beschloß er mit einem inneren Ruck, seine verlorengegangenen Schäfchen ganz der Gnade Dashmoks anzuvertrauen. Wenn sie verlorengingen, dann war es schließlich ihre eigene Dummheit.

Roqir verabschiedete sich bereits in der vollen purpurvioletten Pracht eines krishnanischen Sonnenuntergangs, als die Prozession vor einem unbeschreiblichen Gebäude aus Stein und Holz haltmachte, dessen Tür der Schädel irgendeines krishnanischen Untiers zierte. Auf dem handbeschrifteten hölzernen Türschild prangte eine Reihe angelhakenartiger Schriftzeichen, die aussahen wie eine Mischung aus Arabisch und Steno – vermutlich bedeuteten sie ›Haftids Gasthof‹.

Eine nervenaufreibende halbe Stunde später hatte Reith die Gepäck- und Sänftenträger ausbezahlt und seine Touristen samt ihren Koffern um sich geschart. Von der Kutsche war immer noch nichts zu sehen. Doch endlich – Reith überlegte schon, wie er am besten einen Suchtrupp organisieren könne – nahte das sechsfache Hufgeklapper eines Ayas, und die Kutsche traf ein. Mit dem Herannahen der Abendbrotzeit hatte sich das Verkehrsgewühl etwas beruhigt.

»Wir sind in einem Stau steckengeblieben«, sagte Considine. »Ich dachte, wir wären von der Erde weggeflogen, um so was mal für eine Weile zu entrinnen, aber denkste ... He, wo ist denn mein kleines blaues Täschchen?«

Er begann sofort den Gepäckhaufen zu durchwühlen. Reith kannte das besagte Köfferchen. Maurice Considine bewahrte seinen Schmuck und sonstigen Flitterkram darin auf, mit dem er sich bei Bedarf herauszuputzen pflegte. Reith beteiligte sich sofort an der Suche, konnte aber ebenfalls nichts finden.

»Verdammter Mist!« brüllte Considine. »Einer von diesen Kanaken hat es geklaut! Ich werde ihn erwürgen – ich – ich ...«

»Komm, beruhig dich, Maurice«, sagte Reith. »Ich habe euch doch extra gesagt, nehmt euer Handgepäck selbst. Wenn du nicht hinhörst ...«

»Ach, leck mich doch! Ein paar von den Sachen waren echt wertvoll! Das gibt Stunk, das verspreche ich dir! Das lasse ich mir nicht gefallen!«

»Wird dir wohl nichts anderes übrigbleiben«, erwiderte Reith trocken. »So, jetzt muß ich mich aber um eure Unterkunft kümmern. Wartet hier auf mich, und daß mir keiner wegläuft. Vater Khorsh, würdet Ihr wohl mitkommen?«

Reith schob sich durch die Schwingtür und trat in den Schankraum von Haftids Gasthof. Eine Seite des Raums war fürs Essen und Trinken mit Bänken und langen Tischen ausgestattet. Ein paar Gäste saßen dort. Auf der anderen Seite gab es eine lange Theke, vor der eine Reihe klobiger Hocker stand. Hinter der Theke saß ein bulliger Krishnaner, der gerade mit einer Rechenmaschine hantierte und Zahlen auf ein Blatt Papier schrieb. Reith trat vor die Theke, stellte sich vor und sagte in gewähltem Gozashtando:

»Wir haben eine Vorbestellung für sechzehn Personen, dreizehn *Ertsuma* und drei Krishnaner, auf den Namen der Reiseagentur ›Fliegender Teppich‹.« Er zog ein Schriftstück hervor.

Der Krishnaner blickte mürrisch von seinen Berechnungen auf. »Alles belegt.«

»Was?« Reith wandte sich verdutzt zu Vater Khorsh um, der ihm durch Kopfnicken bestätigte, daß er richtig gehört hatte. »Aber ... aber ich habe eine rechtsgültige bestätigte Reservierung mit quittierter Vorauszahlung!« Reith langte mit der Hand über die Theke und hielt dem Krishnaner den Vertrag vor die Nase.

Der Krishnaner – vermutlich Haftid persönlich – schlug

die Hände zusammen (das krishnanische Äquivalent zum irdischen Achselzucken) und wiederholte: »Alles belegt. Dashmok-Fest.«

»Aber ich habe Eure höchstpersönliche, eigenhändige Unterschrift! Dann müßt Ihr eben die anderen Leute wieder rauswerfen!«

»Das geht nicht. Unmöglich.« Der Krishnaner wandte sich wieder seinen Berechnungen zu.

»Jetzt hört mir mal gut zu, Meister Haftid!« sagte Reith mit mühsam beherrschter Wut in der Stimme und tippte dem Wirt auf die Schulter.

»Tu's nicht, mein Sohn!« sagte Khorsh hastig.

Haftid schaute erneut auf. In seinen Augen glomm Wut. Er erhob sich ganz langsam und baute sich drohend vor Reith auf. »Verschwinde, *Ertsu!* Wir sind belegt, und damit basta!« Er zeigte auf die Tür.

In seiner Wut war Reith nahe daran, sein Schwert zu ziehen, das ihm gegen das Schienbein baumelte. Aber die Aufwallung legte sich schnell wieder, als er sich daran erinnerte, daß er auf einem fremden Planeten, in einer fremden Stadt, unter Tausenden fremder Wesen einer anderen Gattung war, wo er und seine Touristen leicht auf Nimmerwiedersehen verschwinden konnten. Er verfluchte sich, daß er so dumm gewesen war, ein solches Mißgeschick nicht mit eingeplant zu haben.

In seiner Verzweiflung wandte er sich an Vater Khorsh. »Habt Ihr gehört, Vater?« sagte er auf Portugiesisch. »Was macht man in solch einem Fall? Auf der Erde würde mir schon irgendwas einfallen, aber nicht hier.«

Khorsh spreizte die Finger. »Dazu kann ich nur sehr wenig sagen, mein Sohn. Er kann geltend machen, daß einige Gäste ihren Aufenthalt unerwartet verlängert haben, und das Gesetz erlaubt ihm nicht, sie wieder herauszuwerfen, nur weil sie zu spät gekommen sind. Natürlich könntest du ihn auf die Herausgabe der Vorauszahlung beim Zivilgericht verklagen, aber das würde Jahre dauern, und die Prozeßkosten würden den eingeklagten Betrag um ein Vielfaches übersteigen.«

Reith wandte sich erneut an den Wirt und sagte leise und in einem so höflichen Ton, wie er eben konnte: »Meister Haftid, würdet Ihr denn die Güte besitzen und mir vielleicht einen anderen Gasthof nennen, in dem ich meine Leute unterbringen könnte?«

Haftid hob den Blick von seinen Berechnungen. »Ich könnte Euch ein paar Gasthöfe aufzählen, mein guter Mann, aber ich fürchte, das würde Euch wenig nützen. Alle Herbergen, einschließlich derjenigen, die Erdenmenschen als Gäste aufnehmen, sind voll belegt mit Besuchern des Dashmok-Festes. Und noch immer strömen täglich Hunderte neuer Besucher in die Stadt. In jeder Herberge, ob Nobelhotel oder Hütte, werdet Ihr welche finden, die aus Mangel an Unterbringungsmöglichkeiten auf Stroh im Schankraum übernachten.«

In diesem Moment steckte Considine den Kopf zur Tür herein. »He, Furchtloser, wie lange willst du uns noch hier draußen stehen lassen?«

Reith wandte sich wieder an Khorsh. »Vater, habt Ihr nicht vielleicht eine Idee, wo ich mit meinen Leuten hin könnte? Irgendwas. Ich für mein Teil könnte auch ruhig auf dem Fußboden schlafen, nur von ihnen könnte ich das natürlich nicht verlangen.«

Der Priester hob mit einer Miene der Entsagung die Hände. »Leider, mein Sohn, weiß ich wenig über die hiesigen Herbergen. Wenn ich auf Reisen bin, kann ich immer in einem Tempel Unterkunft finden, aber diese stehen natürlich Laien nicht zur Beherbergung offen.«

Reith dachte angestrengt nach. Plötzlich fielen ihm die Worte von Pierce Angioletti in Novorecife ein: »Wenn Sie in Majbur Probleme kriegen sollten, wenden Sie sich an Gorbovast ... er weiß immer einen Ausweg.«

»Meister Haftid«, wandte sich Reith mit neuem Schwung an den Wirt. »Würdet Ihr so freundlich sein und mir sagen, wie ich zum Büro des Gesandten Gorbovast finde?«

Jetzt, da keine Konfrontation mehr ins Haus zu stehen schien, war der Wirt wieder etwas freundlicher. »Wenn Ihr zur Tür rauskommt, links, bis zur ersten Straßenkreuzung, dann rechts abbiegen, zwei Blocks geradeaus, und dann seid Ihr da. Es ist jedoch unwahrscheinlich, daß Ihr Gorbovast noch so spät am Tage antrefft. Seht, schon küßt Roqirs Scheibe den fernen Horizont.«

Reith ließ Haftid seine Beschreibung noch einmal langsam wiederholen, dann hastete er nach draußen. Seine Touristen bestürmten ihn sogleich mit aufgeregten Fragen: »Hat was nicht geklappt?« – »Irgendein Haken an der Sache?« – »Wohin sollen wir jetzt?« – »Warum konnte die Agentur keine besseren Vorkehrungen treffen?« – »Wo bleibt denn nun deine vielgepriesene Tüchtigkeit, Furchtloser?« – »Wann kriegen wir endlich was zu essen?« Und dazwischen Considines quäkendes Organ: »Wo ist mein kleines blaues Täschchen?«

»Bleibt noch ein Momentchen auf euren Koffern sitzen, Leute!« flehte Reith händeringend. »Ich komme so rasch wie möglich zurück.«

Er trabte im lockeren Jogging-Trott los, die Scheide mit der Linken festhaltend, um zu verhindern, daß er darüber stolperte. Vorbei an Bettlern, Touristen und Straßenverkäufern, ab und zu mit elegantem Sidestep erschreckten Passanten ausweichend, erreichte er bald das Viertel, in dem sich laut Haftids Beschreibung irgenwo das Büro von Gorbovast befinden mußte. Unfähig, die Türschilder zu entziffern, blieb er stehen und schaute ratlos an der Häuserfront entlang. Wie sollte er herausfinden, welches das Büro von Gorbovast war? In Gedanken machte er sich schon mit der Horrorvorstellung vertraut, an jede einzelne Tür des gesamten Blocks zu klopfen und die Bewohner in gebrochenem Gozashtando nach dem richtigen Weg zu fragen.

Während er noch unschlüssig dastand und sich die passenden Worte für seine Suchaktion zurechtlegte, traten drei Krishnaner aus einem nur ein paar Türen entfernten Gebäude. Einer von ihnen schloß mit einem großen Schlüssel die Tür hinter sich ab. Die beiden anderen schoben kleine Fahrzeuge neben sich her, die aussahen wie die Erwachsenenversion terranischer Kindertretroller.

Reith hastete auf sie zu und blieb keuchend vor ihnen

stehen. Als er wieder bei Atem war, sagte er: »Entschuldigt, meine Herren, aber könntet ihr mir sagen, wo ist Büro von Gesandte Gorbovast?«

Der kleinste von den dreien drehte sich um. Im Dämmerlicht sah Reith einen älteren Krishnaner mit winzigen Runzeln im Gesicht und zu einem hellen Jade verblaßten Haar, das in dem trüben Abendlicht einen silbrigen Schimmer hatte. Statt die Frage zu beantworten, fragte er:

»Se fala potuguês? Parlez-vous français? Do you speak English? Tum Hindi boltâ ho?«

»Englisch, wenn's recht ist«, antwortete Reith erleichtert. »Sind Sie der Bevollmächtigte Gorbovast?«

»Der bin ich, mein Herr. Sie sind also dieser Mister Reese, der mit einer Reisegruppe von Terra auf unserem Planeten unterwegs ist, richtig? Ich habe schon von Ihnen gehört. Was kann ich für Sie tun?«

Reith erklärte ihm schnell die Situation. »Oh, das ist kein Problem«, meinte Gorbovast. »Sie und Ihre Touristen können selbstverständlich in meinem bescheidenen Heim übernachten.«

»Oh?« stieß Reith überrascht und zugleich warnend hervor. »Aber ist das nicht ein bißchen viel? Wir sind außer mir noch zwölf Personen, dazu ein Priester aus Dur mit zwei Begleitern.«

»Das macht nichts. Ich habe Platz genug. Wo sind diese Kinder des Pechs?«

»Sie warten vor Haftids Gasthof. Der Kerl wollte uns nicht mehr aufnehmen, obwohl meine Agentur schon eine Vorauszahlung geleistet hat.«

Gorbovast lächelte und vollführte das krishnanische Äquivalent eines Achselzuckens. »So etwas kommt vor. Vermutlich ist er einer von denen, die Vorurteile gegen Erdbewohner hegen, und er war froh, eine Ausrede parat zu haben. Haben Sie Ihre Träger schon fortgeschickt?«

»Ja.«

»Nun, dann ...« Gorbovast sagte in schnellem Gozashtando etwas zu den beiden anderen Krishnanern, die gleich darauf auf ihren Tretrollern davonsausten.

»Einen Moment, Mister Gorbovast«, sagte Reith. »Wieviel kostet das alles insgesamt? Ich habe nur ein begrenztes Budget zur Verfügung ...«

Gorbovast machte eine fast gekränkte Miene. »Mein lieber Herr, selbstverständlich kostet Sie das nicht einen Kard! Sie sind meine Gäste. Schließlich bin ich der, der ich bin. Gehen wir jetzt zu Haftids Gasthof. Ihre Leute dürften schon beunruhigt sein.«

Mit einem Gefühl großer Erleichterung ging Reith mit Gorbovast zurück zum Gasthof. Roqir war schon untergegangen. Doch Karrim, der größte der drei Monde, stand schon hoch am Himmel, so daß es mittlerweile wieder ziemlich hell war. Als die Touristen Reith und seinen Begleiter kommen sahen, liefen sie ihm jammernd und aufgeregt schnatternd entgegen. Reith beschwichtigte sie mit erhobener Hand und stellte ihnen Gorbovast vor.

»Aber mein kleines blaues Täschchen ist immer noch weg!« nörgelte Maurice Considine wie ein verstocktes Kleinkind.

Insgeheim war Reith sich nicht sicher, daß Gorbovasts Gastfreundschaft sie nichts kosten würde. Seine Erfahrungen aus seinen früheren Touren hatten ihn in dieser Hinsicht skeptisch gemacht. Im Augenblick jedoch blieb ihm gar keine andere Wahl, als auf Gorbovasts Angebot einzugehen.

Die zwei Krishnaner, die Gorbovast weggeschickt hatte, tauchten wenig später mit mehreren Kutschen im Schlepptau wieder auf. Zusammen mit den Kutschern luden sie das Gepäck auf, und gleich darauf wand sich die Prozession in munterem Trab durch die winkligen Gassen, Richtung Stadttor. Nachdem sie dieses passiert hatten, bogen sie in einen Kiesweg ein, dem sie ein kurzes Stück folgten. Schließlich hielten sie vor einem großen quadratischen Gebäude mit glatten fensterlosen Außenmauern an.

»Mein bescheidenes Heim«, sagte Gorbovast und hieß die Touristen durch eine kleine massive Tür eintreten.

Das Haus war gebaut in Form eines hohlen Quadrats und sah aus, als wäre es durchaus in der Lage, einer kleineren

Belagerung standzuhalten. Nachdem sie den kurzen Tunnel hinter der Tür passiert hatten, traten sie in einen geräumigen prachtvollen Innenhof mit kunstvoll angelegten Blumenrabatten und plätschernden Springbrunnen. Als nächstes stellte Gorbovast seine Familie vor: seine Frau, seine Söhne und Töchter nebst den dazugehörigen Schwiegersöhnen und -töchtern. Seine Enkelkinder tollten quietschend und lachend im Garten herum, offenbar spielten sie Kriegen.

»Wow!« entfuhr es John Turner. »Bescheidenes Heim ist gut! Ich würde es eher einen Palast nennen. Da haben wir aber recht Glück gehabt!«

Professor Mulroys trockene Akademikerstimme geriet fast ins Schwärmen: »Charles Darwin schrieb nach seiner *Beagle*-Reise, wenn jemand eine Reise tue, dann solle er tunlichst lernen, argwöhnisch zu sein; aber er werde auch die Entdeckung machen, daß es immer wieder gutherzige Menschen gebe, die ihm ihre uneigennützige Hilfe anbieten würden. Wie zutreffend letzteres sein kann, das dürfen wir hier und jetzt erfahren!«

Gorbovasts Diener nahmen das Gepäck und führten die Erdlinge auf ihre Zimmer, als sei das plötzliche Hereinschneien von sechzehn unerwarteten Gästen die natürlichste Sache auf Krishna.

»Meine Freunde«, begann Gorbovast nach dem Abendessen, »laßt uns nun besprechen, wie Sie Ihren weiteren Aufenthalt hier in der Stadt gestalten wollen. Was haben Sie für den morgigen Tag geplant, Mister Reese?«

»Ich hatte an eine Stadtrundfahrt gedacht.«

»Wenn ich Ihnen einen Rat geben darf, Mister Reese – verschieben Sie das doch besser auf den übernächsten Tag.«

»Warum?«

»Morgen ist ein gesetzlicher Feiertag, und die Stadt wird noch voller sein als heute. Außerdem ist der Großteil der Geschäfte geschlossen, und vor lauter Gedränge werden Sie kaum etwas besichtigen können. Übermorgen wäre wirklich besser.«

»Und was meinen Sie, sollten wir uns für morgen vornehmen?«

»Ich hätte da schon eine gute Idee. Sicherlich haben Sie einen Tag für einen Einkaufsbummel eingeplant, nicht?«

»O ja. Einen Tag, bevor die *Sárbez* ausläuft, also in drei Tagen.«

»Nun, während des Festes in Majbur einkaufen zu gehen, würde ich Ihnen nicht empfehlen, erst recht, wenn Sie die Sprache nicht beherrschen. Denken Sie nur an das fürchterliche Gedränge in den Straßen, an den Lärm! Manchmal kommt es auch zu Raufereien zwischen religiösen Eiferern, und es ist sicherlich alles andere als angenehm, als Erdbewohner da hineinzugeraten. Sehen Sie, es gibt bei uns immer noch genug Ignoranten, die voller barbarischer Rassenvorurteile stecken.«

»Aber wie ...«

»Ich kann die Händler benachrichtigen lassen, daß sie mit ihren Waren herkommen. Sie sagen mir, welche Art von Dingen Sie kaufen wollen, und dann können Sie hier in aller Ruhe und Sicherheit auswählen.«

Da die meisten seiner Touristen diesen Plan guthießen, erklärte Reith sich einverstanden. Gleich am frühen Morgen des folgenden Tages erschien eine ganze Schar von Händlern aus Majbur, die ihre Waren in Gorbovasts Innenhof ausbreiteten. Als Reith sah, daß der Verkauf gut anlief und Gorbovast sich höchstpersönlich als Dolmetscher in die Verhandlungen einschaltete, fuhr er mit Khorsh und dessen Dienern in Gorbovasts Privatkutsche nach Majbur zurück. Dort verabschiedete sich Khorsh von ihm, da er, wie er sagte, noch einige Dinge in einem der Tempel zu erledigen habe, versprach aber, am nächsten Tag zur Gruppe zurückzustoßen. Reith machte sich auf den Weg zum Liegeplatz der *Sárbez,* um sich seine Reservierung und das Auslaufdatum bestätigen zu lassen.

Reith kehrte am Nachmittag zu Gorbovasts Haus zurück. Ein paar von den Händlern waren schon dabei, ihre Karren zu beladen, um in die Stadt zurückzufahren. Bei einem anderen Händler stand Maurice Considine und versuchte, mit Händen und Füßen gestikulierend, den Preis für ein Schwert herunterzufeilschen, das es ihm offenbar angetan hatte.

»Furchtloser!« rief Considine, als er Reith gewahrte. »Vielleicht kannst du diesem Kanaken klarmachen, was ich will. Ich versuche die ganze Zeit, ihm deutlich zu machen, daß ich sein Schwert schon kaufen will, schließlich brauche ich ja wieder eins, aber der Kerl verlangt einen unverschämten Preis. Er will für das Ding dreimal soviel wie dieser Krishnaner in Novorecife?«

In stockendem Gozashtando gab Reith die Botschaft an den Händler weiter, der wie entsetzt die Hände hob.

»Was erwartet dieser *Ertsu*?« jammerte er. »Während des Festes steigen eben alle Preise. Abgesehen davon – bei der gewaltigen Provision von fünfundzwanzig Prozent, die Meister Gorbovast uns armen Händlern abverlangt, bin ich einfach gezwungen, meine Preise auf diese Höhe festzusetzen, wenn ich überhaupt noch Gewinn machen will. Glaubt dieser Wicht von einem fernen, fremden Planeten vielleicht, eine Klinge aus feinstem Mikardando-Stahl gäbe es geschenkt? Gewiß, Dashmok verlangt von seinen Jüngern, die Tugend der Nächstenliebe zu üben; aber, wie schon Nehavend sagt, die Nächstenliebe beginnt zu Hause ...«

Reith hob die Hand, um den Redeschwall aus rhythmisch rollendem gutturalen Gozashtandou zu bremsen. »Er sagt, die Preise wären erstens wegen des Fests so hoch, und zweitens, weil Gorbovast ihm ein Viertel davon als Provision abknöpft. Scheint ganz wie bei uns auf der Erde zu sein; unser reizender Gastgeber gerät jedenfalls wegen uns nicht an den Bettelstab.«

»Was?« keifte Considine. »Ha, dieser elende Beutelschneider! Verfrachtet uns hierhin, erzählt uns was von Gastfreundschaft und es wäre selbstverständlich alles kostenlos, und dann läßt er diese Geier auf uns los! Das sind alles Erzgauner und Halunken!«

»Was regst du dich eigentlich so auf? Zu Hause bei uns machen sie's doch genauso.«

Diese Bemerkung brachte Considine nur noch mehr in Rage. »Und hier? Ha! Wir sind noch nicht einen Tag hier, und schon klaut mir einer von diesen Ganoven mein kleines blaues Täschchen! Und du, was hast du bis jetzt dagegen unternommen? Nichts, keinen Handschlag! Was für eine Polizei haben die eigentlich hier? Ich suche mir jemanden zum Übersetzen und gehe selbst hin und mache denen mal Feuer unterm Hintern. Ich werde denen klarmachen, daß wir Terraner ihr lausiges Kaff mit einer einzigen Bombe von der Landkarte putzen könnten! Wenn du diesem Lumpenpack nicht den Arsch aufreißt, dann muß ich das eben selbst machen! Wollen doch mal sehen, ob ...«

Ein wettergegerbter Krishnaner, der Reith irgendwie bekannt vorkam, tauchte in diesem Moment von der Straße her auf. Reith zermarterte sich das Gehirn, wo er den Mann schon einmal gesehen hatte. Plötzlich fiel es ihm schlagartig wieder ein: Es war niemand anderer als Kapitän Ozum von der *Zaidun*. Der Flußbootschiffer trat auf die beiden zu, schaute Considine an und sagte in abscheulichem Portugiesisch: »Senhor, ist das nicht Ihres?«

Gleichzeitig zog er unter dem Arm das vermißte blaue Köfferchen hervor. »Ich habe es heute morgen in Ihrer Kajüte gefunden. Ich habe Sie in ganz Majbur gesucht, bis mir dann jemand sagte, daß Sie hier seien.«

»Oh«, sagte Considine, nachdem Reith übersetzt hatte. Nach einem Moment des Zögerns murmelte Considine *»Obrigado«*, nahm das Köfferchen entgegen und drehte sich wieder dem Händler zu, um das Schwert zu bezahlen.

»Er ist vor Dankbarkeit ganz sprachlos«, erklärte Reith dem verdutzt dastehenden Kapitän. »Ich darf Ihnen jedenfalls ganz herzlich danken, auch im Namen von Senhor Considine. Darf ich Ihnen eine kleine Anerkennung überreichen?«

Er drückte Ozum einen Silberkard in die Hand. Der Kapitän machte zunächst eine ablehnende Geste, nahm die Münze dann aber an. Dann verabschiedete er sich sehr förmlich von Reith, warf Considine einen verächtlichen Blick zu und stieg in eine wartende Kutsche.

»Das hier«, erklärte Reith, »ist der Tempel Dashmoks, des Gottes des Tanzes und des Vergnügens, gleichzeitig der Schutzpatron der Stadt Majbur. Bevor wir hineingehen, müssen Sie Ihre Schuhe ausziehen.«

»Heißt das«, rief Considine, »wir müssen sie draußen lassen, wo jeder sie stehlen kann?«

»Ja. Die Torwächter – das sind die langen Burschen dort, die mit den Speeren – passen auf sie auf.«

»Ich traue diesen Gaunern nicht«, knurrte Considine. »Ich nehme meine jedenfalls mit rein.« Er zog seine Schuhe aus, knotete sie an den Schnürriemen zusammen und hängte sie sich um den Hals.

»Lieber Mann«, schwärmte Varlerie Mulroy mit einem schmachtenden Blick auf die kräftig gebauten Torwächter mit ihrer glänzenden olivfarbenen Haut, »die sehen so aus, als könnten sie einer Frau verdammt was Gutes tun.«

»Konzentriere deinen Geist auf höhere Dinge«, sagte Reith trocken. »Dies ist eine religiöse Stätte, senkt also eure Stimmen ein bißchen. Und faßt mir bloß nichts an, hört ihr? Vater Khorsh, wie hoch, sagtet Ihr noch, ist die übliche Spende?«

Nach einer kurzen Wartezeit im Vorraum wurde Reiths Herde von einem jungen krishnanischen Altardiener ins Schlepptau genommen und ins Innere des Tempels geführt. Die Besucher brachen in begeisterte Ahs und Ohs aus ob der goldenen Pracht, die ihnen entgegenschlug, der kunstvoll verschlungenen Blumenreliefs an den Wänden, der farbenprächtigen Fresken, der funkelnden Mosaiken aus Perlmutt und scharlachrot, grün und azurblau leuchtenden Halbedelsteine, die die Säulen und Postamente zierten.

Der Tempeldiener kannte seinen Vortrag gut, leierte ihn aber so hastig herunter, daß keine Pausen zum Überzetzen blieben. Hinzu kam, daß er mit einem derart ausgeprägten Majbur-Akzent sprach, daß Reith ihm nicht folgen konnte. Also mußte in einer umständlichen Prozedur erst einmal Khorsh den ganzen Sermon für Reith ins Portugiesische übersetzen, der diesen dann für seine Schäfchen ins Englische übertrug. Als Reith den Tempeldiener bat, ein paar Passagen zu wiederholen, die er verpaßt hatte, verlor dieser den Faden, stotterte konfus herum, gab schließlich resigniert auf und begann seinen ganzen Vortrag noch einmal von vorn.

Am hinteren Ende der Tempelhalle stand die Hauptstatue des fidelen Vergnügungsgottes. Spitzbäuchig, grinsend, die Beine zum Lotossitz verknotet, thronte er da, in dreifacher Lebensgröße. Vor der Statue erhob sich ein Sockel aus Onyx. Auf diesem ruhte, angestrahlt vom Licht der Lampen, das durch ein geschicktes Arrangement von Hohlspiegeln zu Lichtkegeln gebündelt war, eine kaum zehn Zentimeter hohe Nachbildung der Statue aus einer lichtdurchlässigen grünen Substanz.

»Dieses«, erklärte der Tempeldiener, auf die Statuette deutend, »ist unser heiligstes Stück. Es wurde in den Tagen des Kalwm-Reiches von Khorbizé, dem Halbgott der Künste, aus einem einzigen *Balzhik*-Block gehauen. Auf diese kleine Statue konzentrieren wir den Strom unserer ätherischen Kräfte, wenn wir zu Dashmok beten.«

»Was meint er mit *Balzhik*?« fragte Reith.

Der Priester übersetzte die Frage dem Tempeldiener, der zu einer wortreichen Erklärung anhub. Als er damit fertig war, sagte Khorsh: »Ein *Balzhik* ist ... nun, eben ein *Balzhik*. Ich weiß nicht, wie ich das übersetzen könnte.«

»Nichts weiter als ein Klumpen grünes Glas«, plärrte Silvester Pride.

Aimé Jussac klemmte sich eine Juwelierlupe ins Auge.

»Fragen Sie ihn doch bitte mal, ob ich mir das Ding mal aus der Nähe anschauen darf.«

»Er sagt, okay, wenn Sie es nicht berühren«, sagte Reith.

Jussac beugte sich über die Statue und betrachtete sie einen Moment durch seine Lupe. Dann wandte er sich um und steckte die Lupe wieder ein. »Entweder handelt es sich um einen Smaragd von überragender Größe und Reinheit, oder die Krishnaner sind uns in der synthetischen Herstellung von Edelsteinen gewaltig voraus.«

»Hey!« ächzte Pride. »Darf ich auch mal gucken?«

»Aber nicht dran rumfummeln, Silvester!« zischelte Reith.

»Nun halt mal die Luft an, Freundchen!« polterte Pride los, aber Mrs. Whitney Scott brachte ihn mit einem gestrengen Blick und einem »Psst!«, das keinen Widerspruch duldete, zum Verstummen.

»Kommt, Leute, genug geguckt!« drängte Reith. »Wir müssen in einer Viertelstunde Krishnazeit in Kosambis Kapelle sein.«

Die Kapelle der Herren des Lichts war ein großer kahler Raum, den die Sekte einen Block entfernt vom Tempel des Dashmok gemietet hatte. Man hatte einige Anstrengungen unternommen, dem Raum durch das Aufhängen von ein paar Bildern mit religiösen Motiven die Aura religiöser Weihe zu verleihen, was die Trostlosigkeit des Gesamteindrucks jedoch kaum lindern konnte.

Stühle gab es nicht. Ungefähr dreißig Krishnaner saßen reihenweise auf dem Fußboden, das Gesicht der Stirnwand des Raums zugewandt. Dort stand hinter einem Chorpult Ganesh Kosambi, in eine orangegelbe Robe gehüllt.

»Willkommen, liebe Freunde!« rief Kosambi strahlend, als Reith und seine Touristen hereingetröpfelt kamen. »Setzen Sie sich, wohin Sie wollen.«

Die Touristen ließen sich auf dem Fußboden nieder. Kosambi nahm seine eben begonnene Predigt auf Gozashtando wieder auf. Zwischendurch hielt er immer wieder kurz inne und gab eine kurze Zusammenfassung auf Englisch. Seine Worte schienen der übliche Sermon, wie man ihn an jedem Sonntag in jedem beliebigen terranischen Gottesdienst hören konnte: feurige Ermahnungen an die Gemeindemitglieder, nicht zu lügen, zu stehlen, andere zu hauen oder umzubringen, gut und edelmütig gegenüber dem Nächsten zu sein, gegenüber den Nachbarn stets freundlich und zuvorkommend zu sein, den fremden Wanderer an den Abendbrottisch zu bitten und sich im übrigen aller sonstigen handelsüblichen Tugenden zu befleißigen. Kurz, es war hehr, hochherzig und tödlich langweilig.

»Scheißgelaber!« murmelte Silvester Pride.

Zum Glück war Kosambis Predigt kurz darauf zu Ende. Als nächstes sang die Gemeinde ein Lied auf Gozashtando.

»Und nun, meine lieben Freunde«, begann Kosambi alsdann mit verheißungsvollem Beben in der Stimme, »kommen wir zu einem besonderen Teil unseres Rituals, an welchem teilzunehmen ich Sie herzlich einladen möchte. Wenn Sie mich rufen hören: *Shar pu'án!,* bedecken Sie bitte die Augen mit den Händen und neigen die Stirn zur Erde. Wir werden nämlich gleich zu einem der Herren des Lichts beten, daß er in diesem Raume erscheinen möge, und es ist gut möglich, daß einer von ihnen dieser unserer Bitte eines Tages folgt. Und wenn dann Ihre Augen nicht bedeckt sind, könnte es passieren, daß Sie durch seine Erscheinung so geblendet werden, daß Sie nicht mehr sehen können.«

Kosambi schaltete jetzt wieder auf Gozashtando um. Als er eine Passage mit einem lauten *»Shar pu'án!«* schloß, senkte Reith den Kopf und hielt sich die Augen zu.

Kosambis Gebet dauerte etwa eine halbe Minute. Dann sagte der Inder: »Und nun, meine Freunde, dürft ihr die Augen wieder öffnen.«

Reith ließ seinen Blick durch den Raum schweifen. Seine Touristen veränderten gerade mit viel Gescharre und Geächze ihre unbequeme Stellung von einer sitzenden in eine kniende. Zuerst fiel Reith nichts auf. Doch dann beschlich ihn mit einem Mal das unbehagliche Gefühl, daß irgendwer oder irgendwas fehlte. Er zählte schnell seine Leute ab und stellte fest, daß Silvester Pride sich aus dem Staub gemacht hatte.

Inzwischen hatte Kosambi hinter seinem Pult zu einer neuen Predigt ausgeholt. Reith wurde immer nervöser. So ungern er den freundlichen Prediger unterbrechen wollte – aber die Zeit drängte, und er wollte seinen Touristen unbedingt noch ein paar andere Sehenswürdigkeiten zeigen, bevor sie wieder zu Gorbovasts Haus zurückkehrten. Außerdem befürchtete er, daß der unsägliche Pride mittlerweile irgendwelchen Unfug anstellte.

Ein rasch anschwellender Tumult von draußen ließ ihn aufhorchen. Dann kamen hastige Schritte die Treppe heruntergepoltert. Im selben Moment kam Pride auf Socken in den Raum geplatzt, die smaragdene Dashmok-Statuette im

Arm, dicht gefolgt von den zwei Tempelwächtern, die wild brüllend ihre Speere schwenkten. Dahinter erschienen noch mehrere weißberobte Priester. Das Geschrei wurde so laut, daß Reith kein Wort verstehen konnte.

»Rette mich!« blökte Pride, blankes Entsetzen im Gesicht, und kauerte sich hinter Reith, um den drohenden Speeren zu entgehen.

Reith war einen Moment unschlüssig. Sollte er sein Schwert zücken? Aber er verwarf den Gedanken sofort wieder. Als der vordere der beiden Tempelwächter seinen Speer zum Stoß hob, stellte Reith sich vor ihn, breitete die Arme aus und brüllte eines der wenigen Gozashtando-Wörter, an die er sich erinnern konnte: »*Astoi!* Halt!«

Die Wächter hielten inne. Kosambi und sein Assistent hatten sich unterdessen in eine wilde Katzbalgerei mit den Weißberobten verknäuelt. Reiths Touristen trugen mit ihrem aufgeregten Geschnatter noch das Ihre zu dem Tumult bei.

»*'Irim!* Ruhe!« brüllte Reith. Als der Lärm sich ein wenig beruhigt hatte, sagte er: »Vater Khorsh, Ihr müßt übersetzen. Fragt einen der Dashmok-Leute, was geschehen ist.«

Khorsh sprach mit dem ältesten der Priester und sagte dann: »Mein Sohn, er sagt, nachdem ihr den Tempel wieder verlassen hättet, sei dein Senhor Pride plötzlich noch einmal zurückgekommen. Er habe ehrerbietig seine Schuhe ausgezogen und dann die Tempelhalle betreten. Da die Wächter sich von dem vorausgegangenen Besuch her noch an ihn erinnern konnten, hätten sie keinen Argwohn geschöpft. Plötzlich habe jedoch die Alarmglocke geschrillt, mit der die Statuette des Dashmok gesichert ist. Und im selben Moment kommt der Senhor Pride zur Tür herausgerannt und flieht, die Statue in der Hand. Natürlich haben sie den Gotteslästerer sofort verfolgt.«

»Was hast du dazu zu sagen, Silvester?« fragte Reith mit wutzitternder Stimme.

»Ich wollte das verdammte Ding doch nicht stehlen!« zeterte der Tropf. »Ich wollte es mir bloß mal genauer angukken! Auf der Erde wäre es eine halbe Million wert. Außerdem hatte ich die Nase voll von dieser langweiligen Predigt. Also ging ich noch mal zum Tempel zurück und nahm es von dem Sockel, um es besser sehen zu können. Ich ahnte ja nicht, daß das Ding mit einer Alarmglocke verbunden ist. Aus dem Sockel ragt ein kleiner Knopf, der von der Statue nach unten gedrückt wird. Sobald man das Ding hochhebt, springt der Knopf raus, und ein Höllenlärm geht los. Jedenfalls fing das Ding plötzlich an zu schrillen wie ein Wekker, und sofort kamen diese Priester aus ihren Löchern gequollen. Ich verstehe ihre Sprache zwar nicht, aber es hörte sich ganz so an, als wollten sie mich in heißem Öl sieden. Ich also nichts wie raus. Vor lauter Schreck hatte ich vergessen, das Ding wieder auf den Sockel zu stellen, aber noch mal zurück wollte ich auch nicht, das schien mir zu gefährlich. Aber einfach fallenlassen konnte ich es ja nun auch nicht, sonst wäre es vielleicht noch kaputtgegangen. Hier, sollen sie ihr Ding wieder mitnehmen, und dann hat die liebe Seele Ruh'!«

Pride hielt den Tempeldienern mit ausgestrecktem Arm die Figur hin. Der älteste Priester riß sie ihm aus der Hand. Im gleichen Moment kam ein weiterer Priester die Treppe heruntergetrippelt, im Schlepptau vier Krishnaner in der rotblauen Uniform der Wachmänner. Diese traten zu Pride und legten ihm die Hände auf die Schultern.

»Sie sagen, er sei verhaftet«, übersetzte Khorsh. »Sie nehmen ihn zum Hauptquartier mit.«

Pride wurde von den vieren hinauseskortiert, wobei er maulte: »He, darf man sich bei euch nicht mal die Schuhe wiederholen?«

Zusammen mit den Polizisten und ihrem Gefangenen verließen auch die Tempelwächter, die Priester, Reiths Touristen, Ganesh Kosambi und seine Gemeindemitglieder den Raum. Draußen schlossen sich andere neugierige Majburuma dem Zug an, der schließlich, als er vor dem Polizeihauptquartier ankam, auf über hundert Personen angewachsen war.

Es folgte ein stundenlanges nervtötendes Hickhack. Der Richter lehnte eine Freilassung Prides auf Kaution kategorisch ab, da dieser Ausländer sei und somit weder Verwandte noch Bekannte in der Stadt habe, die für ihn bürgen könnten.

Plötzlich, nach einer weiteren halben Stunde fruchtlosen Herumgefeilsches, schlug sich Reith aus Zorn über seine eigene Dummheit die Hand vor den Kopf und rief: »Vater Khorsh! Könnt Ihr jemanden auftreiben, der Gorbovast eine Nachricht überbringen kann?«

Khorsh rief einen Bengel von der Straße herein, der gleich darauf mit einem Blatt aus Reiths Notizbuch in der klebrigen Hand lostrabte. Nicht lange, und Gorbovast kam aufgeregt zur Tür hereingehastet.

»*Quel poisse! Ai Râm!* Heiliger Himmel!« rief der Gesandte. »In welche Patsche haben sich Ihre Leute denn jetzt reingeritten. Mr. Ries?«

Nachdem Reith ihm die Geschichte in wenigen Worten erklärt hatte, hielten Gorbovast und der Richter eine längere leise geführte Unterredung. Schließlich wandte der Gesandte den Kopf. »Er hat beschlossen, Mister Pride in Anbetracht der besonderen Umstände mit einer Geldstrafe von tausend Karda davonkommen zu lassen. Die Hälfte des Betrages geht als Schadenersatz an den Tempel.«

»Damit wäre ich ja vollkommen pleite!« jammerte Pride. »Was ich dann noch habe, reicht ja nicht mal mehr für eine Briefmarke, und wir haben noch nicht die Hälfte der Reise hinter uns!«

»Wenn Mister Pride das lieber ist«, sagte Gorbovast, »kann die Polizei ihn auch gern den Priestern übergeben. Sie verfügen über sehr ausgeklügelte Methoden zur Bestrafung von Gotteslästerern.«

Während Pride mit gequälter Miene tausend Goldkarda aus seiner Geldbörse auf den Tisch des Richters zählte, kam einer der jüngeren Priester hereingestürzt und redete wütend auf den Richter ein.

»Er sagt«, übersetzte Gorbovast, »Mister Pride müsse unbedingt den Priestern übergeben werden, damit er seine gerechte Strafe erhalte. Er sagt, wenn der Richter das nicht selbst verfüge, würden die Priester Pride aufgreifen, sobald er das Hauptquartier verlasse. Jetzt möchte der Richter wissen, wann Sie abzureisen gedächten ... Er sagt, wenn Sie Mister Pride auf direktem Wege zum Schiff brächten und mit dem Rest Ihrer Gruppe bis zum Auslaufen an Bord blieben, würde die Polizei Ihnen bis zum Kai Geleitschutz geben. Würden Sie allerdings danach noch einmal den Fuß an Land setzen, so geschähe das auf Ihre eigene Verantwortung.« Gorbovast gab ein trockenes Kichern von sich. »Zur Zeit herrscht in Majbur ein heftiger Disput, ob Kirche und Staat voneinander getrennt sein sollten. Ihr Mann hat Glück; er wäre sonst bestimmt nicht so glimpflich davongekommen. Ich werde Ihr Gepäck zum Schiff bringen lassen.«

Eine erneute Prozession formierte sich, diesmal vom Polizeihauptquartier bis zum Liegeplatz der *Sárbez*. An der Spitze marschierte Silvester Pride, umringt von einem Kordon von acht Wachmännern. Um diesen Kordon herum wieselten ein gutes Dutzend Dashmok-Priester, die Pride wütend anstarrten und auf eine Gelegenheit warteten, in den Kordon einzubrechen und Pride herauszuzerren. Dahinter folgte der Rest der Meute, einschließlich Reith und seiner Touristen.

Am Kai sagten Reith und seine Leute Gorbovast hastig Lebewohl und liefen an Bord. Auch nachdem die Menge sich wieder zerstreut hatte, blieben zwei Polizisten zurück und bezogen Posten vor der Laufplanke.

Kapitän Denaikh war alles andere als begeistert. »Das kostet Euch zusätzlich was«, maulte er. »Schließlich muß ich Eure Leute einen Tag länger als vorgesehen durchfüttern. Außerdem sehe ich es gar nicht gern, wenn diese Landratten auf Deck herumstolzieren, während wir laden. Es braucht sich bloß irgendeine Tonne beim Aufladen selbständig zu machen, während gerade einer daruntersteht, und schon ist er platt wie ein Käfer, der unter einen Stiefelabsatz gerät. Versteht Ihr, mein guter Mann?«

Als Reith seine Leute in ihre Kajüten im Deckshaus scheuchte, rief Pride: »He, Furchtloser, soll das etwa heißen, daß wir den ganzen morgigen Tag auf diesem Kahn verbringen müssen? Daß wir nicht zu dem Ballett gehen können und zugucken, wie die kleinen Priesterinnen mit ihren nackten Titten wackeln?«

»Nein, daraus wird nichts.«

»Das ist nicht fair! Schließlich habe ich bei der Buchung der Reise dafür mitbezahlt!«

Reith packte Pride bei den Rockaufschlägen. »Jetzt hör mir mal gut zu, du dämlicher Hund! Du und kein anderer hast uns diese Suppe eingebrockt! Glaub mir, wenn ich nur wüßte, wie, würde ich dich sofort nach Novorecife zurückschicken, lieber heute als morgen, ich schwör's dir! Und von mir aus könntest du auch die Agentur auf Schadenersatz verklagen, wenn dir das nicht passen würde. Wenn du an Land gehen und dich unbedingt mit den Burschen da ...« (Er deutete auf die Reihe weißgekleideter Priester, die wie Aasgeier am Kai lauerten) »... anlegen willst – von mir aus sofort! Hoffentlich reißen sie dir deine Beine einzeln aus dem Leib!«

»He, he, was fällt dir ein, du ... du Rotzlümmel!« brüllte Pride. »Nimm sofort deine dreckigen Flossen von mir! Das wird dich deinen Job kosten, wenn wir wieder zu Hause sind! Ich werde bei deiner Firma eine Beschwerde einreichen, daß dir Hören und Sehen vergeht!«

Valerie Mulroy kam Reith zu Hilfe. »Mister Pride, nachdem Sie uns das alles eingebrockt haben und wir es nur Fergus zu verdanken haben, daß wir nicht massakriert worden sind, wollen Sie ihm die Schuld in die Schuhe schieben? Pfui! Sie sollten sich was schämen! Fergus ist ein netter Kerl, und Sie sind ein dummer alter Ochse!«

»Recht hat sie!« pflichtete ihr Santiago Guzmán-Vidal bei. »Halten Sie Ihre Klappe und verschwinden Sie, Sie *Sapillo*!«

Als jetzt auch einige der anderen lautstark für Reith Partei ergriffen, kniff Pride den Schwanz ein und verzog sich in seine Kajüte.

4

Aufregung in Zamba

Gemächlich schaukelte die *Sárbez* über die türkisblau glitzernden Fluten der Sabadao-See. Die Sonne brannte gelb aus einem wolkenlosen blaugrünen Himmel. Da das Wetter schön war, waren Reiths Touristen ausnahmsweise einmal alle bei guter Laune. Keiner von ihnen war jemals zuvor auf einem Rahsegler gefahren, da solche Schiffe aus den irdischen Meeren längst ausgestorben waren. So verfolgten sie denn auch voller Faszination jede Operation an Bord des Schiffes.

Voller Prickeln schauten sie zu, wenn die krishnanischen Matrosen auf schwankender Strickleiter zehn oder fünfzehn Meter über Deck in der Takelung hingen und die Segel lösten oder festmachten. Ihre Gespräche drehten sich um Piraten und Meutereien auf der Bounty und Seeschlachten. Jeder wußte was von Halsen, Wenden, Kreuzen und Anluven zu erzählen.

Der Morgen ihrer ersten Nacht auf See brachte die *Sárbez* in Sichtweite der Insel Zamba. Gegen Mitte des Vormittags lagen sie vor dem Hafen von Reshr, der Hauptstadt, deren Zwiebeltürme hinter einer schimmernden Mauer aus Marmor aus dem Morgendunst stachen. Kapitän Denaikh ließ beidrehen und die Segel einholen. Gleich darauf kam ein Boot mit einem Lotsen und einem Hafeninspektor in Sicht und ging längsseits. Der letztere trug als Zeichen seines Amtes einen Zierschlüssel aus Silber und buntem Glas an einer Kette um den Hals.

Reith zeigte dem Inspektor die Papiere für seine Reisegruppe. Khorsh übersetzte schnell, als der Beamte sagte: »Im Namen König Penjirds des Zweiten heiße ich Euch im Königreich Zamba willkommen. Seine Majestät läßt sich wohlwollend dazu herab, Euch und Eurer Gruppe morgen nachmittag eine Audienz zu gewähren, um die dritte Stunde nach Mittag.«

»Wir danken Seiner Majestät sehr«, antwortete Reith stotternd auf Gozashtando. »Wir werden um die dritte Stunde dort sein. Wenn Ihr gestattet, möchten wir heute gern an Land gehen und Eure wunderschöne Stadt besichtigen.«

»Ihr seid herzlich willkommen«, sagte der Inspektor. »Vielleicht möchtet Ihr gern heute nachmittag das *Shânenesb* besuchen.«

»Was war das, dieses eine Wort?« wandte sich Reith hilfesuchend an Khorsh.

Der Erklärung des Priesters nach handelte es sich bei einer *Shânenesb* um etwas ähnliches wie eine terranische Reitshow, bei der krishnanische Reittiere verschiedener Arten alle ihre Gangarten vorführen mußten.

Der Inspektor rief dem Kapitän etwas zu. Dieser brüllte das Kommando an einen kleinen Offizier weiter, der brüllte es seinerseits einem Matrosen zu, der daraufhin eine Flagge hochzog. Zwei Hafenboote, die auf See gewartet hatten, setzten sich in Bewegung. Es waren rudergetriebene Schleppboote – kleine gedrungene Galeeren mit zwei muskelbepackten Krishnanern an jedem Ruder. Kommandos flogen hin und her, nackte Füße patschten über die Decksplanken, Kloben rasselten, Taue flogen über Bord und zu den Schleppern hinüber, und gleich darauf setzte sich das Gespann in Bewegung und glitt in das Innere des Hafens.

Als die *Sárbez* sich dem Pier näherte, zupfte John Turner Reith plötzlich aufgeregt am Ärmel und stocherte wie wild mit dem Finger zum Pier hin. »He, Furchtloser, guck doch mal! Was ist das denn da? Ich fress' einen Besen, wenn das nicht wie ein Dampfer aussieht – ein Schaufelraddampfer aus grauer Vorzeit!«

Turner reichte Reith sein Fernglas, der hindurchschaute und sich nach dem Inspektor umdrehte. »Was ist das, Herr?«

»Oh«, sagte der Inspektor. »Das ist die *Mokinam,* das neue Schiff von Prinz Ferrian von Sotaspé. Der Regent weilt gerade zu einem offiziellen Staatsbesuch bei seiner Majestät.

Kennt Ihr die Geschichte nicht? Dieser Ferrian, ein Mann von Kraft und Geist, erlangte durch eine List von euch *Ertsuma* eine Reihe von Geheimnissen der Kunst des Maschinenbaus. Mit Hilfe dieses Wissens ist der überaus kecke Bursche dabei, seine winzige Insel zur mächtigsten Seemacht des Mittleren Meeres zu erheben. Es heißt, er habe sogar eine Art Flugmaschine gebaut, welche durch die Verbrennung jenes *Yasuvar*-Pollens, den wir zur Fertigung von Feuerwerkskörpern verwenden, duch die Lüfte getrieben wird.

Es gab Zeiten, da zwischen ihm und unserem gnädigen Herrscher eine hitzige und feindselige Rivalität bestand. Doch ist diese jetzt glücklich beigelegt, und die göttlichen Zwei streben danach, ihre Liebe durch ein beiderseitiges Bündnis zu festigen. Und – oh, ehe ich das vergesse! – Prinz Ferrian wäre fürchterlich ergrimmt, wenn einer von euch hochverehrten Besuchern sein stolzes Schiff *Mokinam* vermittels einer Bildaufnahmemaschine abmalen sollte. Er befürchtet nämlich eine Wiederholung des Disasters, das ihn vor einigen Jahren ereilte.«

»Was für ein Disaster?« fragte Reith.

»Damals hatte er mit der Hilfe eines abtrünnigen *Ertsu* ein ähnliches Schiff gebaut, die *Kerukchi.* Als die *Ertsuma* von Novorecife davon Wind bekamen, eilten sie nach Majbur, nahmen ein Schiff, verfolgten die *Kerukchi* und verbrannten sie auf offener See.« Der Inspektor gab jenes seltsame Geräusch von sich, das den Krishnanern als Kichern dient. »Durch diese empörende Verletzung der Souveränitätsrechte der krishnanischen Nationen glaubten sie der Verbreitung ihrer wissenschaftlichen Kenntnisse Einhalt gebieten zu können, fürchten sie doch, daß wir Krishnaner sie in diesem Wettrennen um Weisheit einholen und sie ihres Vorsprungs berauben. Doch sie unterschätzten unseren listenreichen Prinzen! Er entkam durch eine List von dem brennenden Wrack und machte sich, kaum daß er wieder in Sotaspé angekommen war, sofort daran, mit Hilfe der Baupläne der *Kerukchi,* die er in weiser Voraussicht zwiefach hatte ausfertigen lassen, ein neues Schiff zu bauen, besser und schöner noch als das erste, konnte er doch auf die bei der Konstruktion der *Kerukchi* gesammelten Erfahrungen zurückgreifen. Und dort liegt es nun – der Schrecken der saphirnen Sabadao!«

Reith wandte sich an seine Touristen. »Er sagt, keine Fotos von dem Dampfschiff.« Er warf einen scharfen Blick auf Otto Schwerin. »Haben Sie gehört, kein Bild!«

Schwerin lächelte nebelhaft und nickte mit dem Kopf.

An Land angekommen, brauchte Reith über eine Stunde, bis er eine Transportmöglichkeit für seine Touristen organisiert hatte, und dann dauerte es noch einmal eine Stunde, bis sie am Ort des *Shânenesb* eintrafen, einem offenen Gelände am Stadtrand mit einer ellipsenförmigen Rennbahn und einer kleinen Tribüne. Dort herrschte bereits lärmende Jahrmarktsstimmung. Gaukler, Taschenspieler, Pantomimen, ein Puppentheater und diverse Bauchladenhändler, die allerlei Unfug feilboten, wetteiferten lautstark um die Gunst des Publikums, das aufgeregt dem Ereignis entgegenfieberte.

Reith hätte gern Sitzplatzkarten für die Tribüne gekauft, doch war diese bereits voll mit Krishnanern aus der Oberschicht. Die Männer waren mit Schwertern bewaffnet und trugen smaragdgrüne, purpurfarbene und scharlachrote Umhänge über ihrem krishnanischen Lendenkleid, das entweder aus einer Art überdimensionaler rautenförmig gemusterter Windel oder einem in der Mitte geteilten Kilt bestand. Die Frauen trugen brustfreie Kleider, was Pride dazu animierte, sich pausenlos den Hals zu verrenken und dumme Zoten zu reißen. Die Terraner mußten sich durch eine weit größere Menge übelriechender und unscheinbarer gekleideter Unterklassenkrishnaner wühlen, die sich vor dem Zaun auf beiden Seiten der Tribüne drängten.

Die Krishnaner warfen ihren exotischen Besuchern neugierige Blicke zu, wandten ihre Aufmerksamkeit dann aber gleich wieder gespannt dem Innenraum der Rennbahn zu. Wolken von Tabaksqualm wehten über die Menge und reizten Reith zum Husten. Wenn die ersten terranischen Besucher schon unbedingt den Tabak nach Krishna einführen mußten, dachte er, dann hätten sie auch die Seife gleich mit einführen können. Zwar pflegten selbst die ärmsten Krishnaner sich mit Wolken von Parfüm einzustäuben, doch vermochte selbst dies nicht, das beißende Aroma zu überdecken, das ihren ungewaschenen Körpern anhaftete. »Senhor Reith«, sagte jetzt Khorsh zu ihm, »ich höre, die Rennen sind bald vorüber. Das nächste Ereignis ist eine Dressurdarbietung der Königlich Zambanischen Ulanen.«

Reith und seine Leute standen eingezwängt in der Menge, von einem Bein auf das andere tretend, während auf dem Feld krishnanische Jungen mit kleinen Schaufeln und Eimern umherliefen und die Exkremente der Tiere aufsammelten. Schließlich trabten zu den Klängen einer Blechkapelle die Ulanen in ihren schwarzgoldenen Uniformen mit ihren silbernen Brustpanzern auf das Feld.

Die Soldaten brachten ihre Ayas in kunstvolle Quadrat- und Kreisformationen, ließen sie seitwärts und diagonal in geschlossenen, sich in der Mitte einander kreuzenden Reihen über das Feld tänzeln. Zum Abschluß der Darbietung preschten sie in zweireihiger Angriffsformation mit gesenkten Lanzen die Kampfbahn entlang und brachten ihre Ayas dicht vor den Zuschauermassen mit rutschenden Hufen abrupt zum Stehen.

Nach der Exerzierdarbietung folgte eine Serie von Jahrgangs- und Klassenprüfungen. Als erstes kam eine Gruppe von Reitern auf einjährigen Shomals auf das Feld getrabt. Sie führten ihre Tiere durch die verschiedenen Gangarten und stellten sich dann in einer Reihe vor der Jury auf, die auf Klappstühlen vor der Tribüne saß. Als nächstes kam eine Gruppe dreijähriger Ayas ...

Reiths Leute begannen unruhig zu werden, erste Mißfallenslaute wurden hörbar. Nachdem die erste Begeisterung und der Reiz des Exotischen verflogen waren, machte sich Langeweile breit, zumal sie jedesmal erst warten mußten, bis Reith ihnen Khorshs Kommentare zu den einzelnen Punkten des Geschehens umständlich übersetzt hatte.

»Ich hätte meinen Sitzstock mitbringen sollen«, sagte

Mrs. Whitney Scott. »Ich bin zu alt, um den ganzen Nachmittag zu stehen.«

»Schnecken sind schnell, verglichen mit denen da«, knurrte Maurice Considine. »Zu viel Leerlauf zwischen den einzelnen Teilen. Auch einen Schluck, Furchtloser?« Er hielt Reith ein Fläschchen Kvad hin, das er sich an einem Erfrischungsbüdchen hinter der Tribüne gekauft hatte.

»Nein, danke«, sagte Reith. »Ich brauch meinen klaren Kopf. Also, Leute, wenn wir uns alle einig sind, daß wir gehen sollten ...«

»He!« rief Considine dazwischen. »Was machen sie denn jetzt?«

»Einen Sprungwettbewerb«, erklärte Khorsh und zeigte auf den Parcours, auf dem jetzt Arbeiter damit begonnen hatten, Hürden und andere Hindernisse aufzubauen. Andere füllten einen breiten flachen Graben mit Wasser aus einem Tankwagen. »Für Ayareiter«, fuhr der Priester fort. »Sie müssen einem festgelegten Kurs folgen, etwa so ...« (Er malte mit dem Zeigefinger ein paar Schlangenlinien und Kreise in die Luft) »... wobei sie das durch die Fässer markierte Feld nicht verlassen dürfen.«

»Das muß ich sehen«, trompetete Considine, schon leicht schwankend. »Bin früher selbst mal Springturniere geritten, stimmt's John?«

»Hmm«, brummte Turner wenig überzeugend.

Reith fragte sich, wieviel Kvad Considine schon intus haben mochte. Bestimmte krishnanische Früchte hatten die Eigenschaft, bei entsprechender Behandlung beim Gärungsprozeß einen Alkoholgehalt zu entwickeln, der weit höher war als bei jedem terranischen Wein, wenn auch nicht so hoch wie bei irdischen Branntweinen. Obwohl das Prinzip des Destillierens den Krishnanern bekannt war, destillierten sie ihre alkoholischen Getränke nicht. Es war nicht nötig.

Der erste Wettkämpfer kam jetzt auf seinem gehörnten sechsbeinigen Reittier auf den Parcours getrabt, beide, Roß und Reiter, herausgeputzt wie für einen Zirkusauftritt. Ein paar von Reiths Touristen kicherten beim Anblick der Kopfbedeckung des Reiters, die eine verblüffende Ähnlichkeit mit einer terranischen Melone besaß und von einem Kinnriemen festgehalten wurde.

»Es ist eine Art gefütterter Lederhelm«, erklärte Khorsh, »falls der Reiter abgeworfen wird und auf den Kopf fällt.«

Der Reiter verfiel in einen kurzen Galopp, überquerte eine Hürde, wendete in einem engen Bogen, übersprang eine weitere Hürde, schlüpfte mit eingezogenem Kopf unter einem Querbalken durch, setzte mit einem mächtigen Sprung über den Wassergraben, galoppierte zwischen zwei Pfosten hindurch, die gerade so weit auseinanderstanden, daß der Aya hindurchpaßte, und schaffte auch die drei letzten Hindernisse – eine Mauer und einen Doppelochser – ohne Abwurf. Die Menge gab durch lautes Pfeifen und Zischen ihrer Anerkennung Ausdruck. Die Kampfrichter auf ihren Klappstühlen kritzelten eifrig auf ihren Stimmzetteln herum.

Nachdem weitere sechs Wettkämpfer den Parcours durchmessen hatten, fragte Reith: »Vater Khorsh, wie viele folgen noch?«

»Noch fünf, mein Sohn. Danach kommt das Stechen, an dem die drei besten Reiter teilnehmen; und danach das Wagenrennen.«

»Ich finde, wir haben genug gesehen«, sagte Maurice Considine. »Der letsch ... letzte Bursche war nicht besondersch. Da reite ich besser.«

»Okay«, sagte Reith. »Wir gucken uns noch einen an und gehen dann, falls nicht noch jemand das Wagenrennen sehen will.«

»Ich bürde mir gern noch das Bagenrennen angucken, benn ich nicht schon so müde vom Estehen bäre«, sagte Pilar Guzmán-Vidal.

»He!« schrie Considine. »Guckt euch das an!«

Der letzte Reiter ritt gerade mit seinem buntscheckigen Aya die zweite Hürde an. Das Tier verweigerte und warf seinen Reiter in den Staub. Dann drehte es ab und trottete mit leeren Steigbügeln zurück zu den Stallungen hinter dem Parcours.

»Denen werd ich mal zeigen, was eine Harke ist!« brüllte

Considine, offenbar angefeuert durch seinen Kvadrausch, und stieg über den Zaun.

»He, Maurice! Komm sofort zurück!« schrie Reith, aber es war zu spät. Considine rannte hinter dem hinaustrabenden Aya her, faßte ihn bei den Zügeln und schwang sich mit der Behendigkeit eines Cowboys in den Sattel. Die Menge schrie und johlte. Khorsh beugte sich zu Reith hinüber und sagte: »Sie glauben, er sei ein Clown, der sich als Erdenmensch verkleidet hat.«

Das Biest zu besteigen, war eine Sache, es unter Kontrolle zu bringen, eine andere. Als ob er spürte, daß dieses Wesen auf seinem Rücken kein echter Krishnaner war, begann der Aya sich wie wild im Kreise zu drehen. Als das nicht half, bäumte er sich auf und schoß in rasendem Galopp quer durch die Arena, mitten durch die Hürden und anderen Hindernisse hindurch. Considine klebte im Sattel, die Hände in die Mähne der Bestie gekrallt.

Turner zerrte Reith wie ein Wilder am Ärmel, blankes Entsetzen im Gesicht. »Furchtloser, rette ihn! Tu doch was! Er stirbt!«

»Wie zum Henker soll ich ...«, begann Reith.

Der Rest ging unter in einem allumfassenden Aufschrei. Der Aya hatte, gerade als er auf der Höhe der Jury angekommen war, plötzlich begonnen, mit allen Sechsen in die Luft zu springen. Beim zweiten Bocksprung flog Considine im hohen Bogen aus dem Sattel und landete genau auf dem Schoß eines der Kampfrichter, dessen Stuhl mit einem Krachen unter ihm zusammenbrach.

Beamte und Polizisten rannten zu dem Paar, das, Arme und Beine ineinander verknotet, zappelnd zwischen den Trümmern des Stuhls lag. Bevor sie die beiden erreicht hatten, rappelte der Kampfrichter sich auf und schüttelte wütend die Faust wider den trunkenen Unglücksraben Considine. John Turners Fistelstimme blöckte schrill über das Getöse: »Maurice!«

Turner war nicht mehr zu bremsen. Er klomm über den Zaun und rannte kreischend zu seinem gefallenen Geliebten. Als er ankam, war dieser schon von einer wogenden

Menge umringt. Turner stürzte sich todesmutig in das Gewühl und war verschwunden.

»Bleibt, wo ihr seid!« schrie Reith seinen restlichen Touristen zu und kletterte ebenfalls über den Zaun.

Als er sich in die Menge um Considine zwängte, fand er sich inmitten eines wütenden Disputs wieder. Der Kampfrichter, auf dem Considine gelandet war, schrie noch immer unkontrolliert auf denselben ein. Zwei Polizisten hielten Considine, der inzwischen wieder auf den Beinen war, das Gesicht vollkommen verdreckt. Zwei weitere hielten Turner fest, der wehklagend in Richtung seines Freundes jammerte. Andere Krishnaner brüllten dazwischen und schüttelten die Fäuste. Ein paar deuteten jetzt gestikulierend auf Reith, der kein Wort verstand.

Schließlich sprach ein Krishnaner Reith in gebrochenem Portugiesisch an: »Du Boß von diese *Terrestres*?«

»Ja. Was ...«

»Kampfrichter wütend. Will Mann nach Gefängnis bringen. Du schnell kommen.«

»Aber ich habe noch zehn andere ...«

»*Não importa!* Du nicht will Kopf ab, du kommen.«

Ein Tor im Zaun öffnete sich, und die Menge drängte hindurch. Die Wachmänner zerrten Turner und einen humpelnden Considine hinter sich her.

Der Streit unter den Krishnanern auf dem Parcours hatte jedoch unterdessen auf die Zuschauer übergegriffen. Die Polizisten und ihre Gefangenen und der wütende Kampfrichter sahen sich plötzlich von einer johlenden Menge eingekeilt, die ihnen den Weg nach draußen versperrte.

Reith stellte sich auf die Zehenspitzen und hielt nach dem Priester Ausschau. »*Ohé,* Vater Khorsh!«

Der Priester entdeckte ihn und wühlte sich zu ihm durch.
»Was zum Hishkak haben sie jetzt wieder?«

»Einige, mein Sohn, sagen, der Erdenmensch solle wegen Unterbrechung und Störung des Programmes bestraft werden. Andere wiederum sind im Gegenteil der Auffassung, daß dein Mann den Höhepunkt der Veranstaltung überhaupt geliefert habe und deshalb eine Belohnung erhalten müsse. Die Krishnaner, mußt du wissen, sind ein leidenschaftliches und streitbares ...«

Ein direkt neben ihnen stehender Krishnaner schlug einem anderen die Faust ins Gesicht. Das Opfer taumelte rückwärts gegen Vater Khorsh, der seinerseits ins Torkeln geriet. Reith konnte den Priester gerade noch auffangen.

»Ich glaube, mein Sohn«, ächzte der Priester, »du sammelst am besten so schnell wie möglich deine Leute und bläst zum Rückzug.«

»Aber ich kann die zwei doch nicht einfach im Stich lassen!«

»Ah, und ob du das kannst, mein Sohn! Doch bei allen Göttern, schau nur!«

Das Klirren von Stahl erscholl. Auf der Tribüne war es zwischen zwei der vornehmeren Krishnaner, offenbar entzündet an der allgemeinen Debatte um Considine, zu einer handfesten Auseinandersetzung gekommen. Wütend schlugen sie mit ihren Schwertern aufeinander ein. *Kling-klang,* hallte es über die Tribüne. Die Wachmänner, die Considine und Turner festhielten, ließen sofort ihre Gefangenen los und rannten zur Tribüne. Während sie mit Hilfe von ein paar anderen die Kampfhähne überwältigten und entwaffneten, packte Reith Considine und Turner bei den Armen und zerrte sie zum Ausgangstor.

»Bleibt hier stehen!« befahl er und lief zurück, um den Rest einzusammeln. Als er sich durch die Menge zwängte, traf ihn ein verirrter Faustschlag, der eigentlich einem Krishnaner gegolten hatte, mit voller Wucht oberhalb des Ohrs. Er taumelte, sah sekundenlang Sterne, kämpfte sich dann jedoch weiter. Als die Ordnungskräfte wieder einigermaßen Herr der Situation waren, hatte Reith seine Schäfchen zusammen. Der Priester sagte:

»Da siehst du, mein Sohn, einmal mehr die Wirksamkeit des Gebets. Ich sandte nur eine demütige Bitte an Bákh, uns eine kurze Ablenkung zu schenken, und siehe da ...«

»O Gott!« unterbrach ihn Reith, der gerade zur Sicherheit ein zweites Mal hatte durchzählen lassen. »Wo ist Otto?«

Mélanie Jussac antwortete: »Der Mister Schwerin ist

schon weggegangen, bevor Mister Considine seine Cowboynummer aufgeführt hat. Er sagte, er hätte hier genug Bilder gemacht und würde am Schiff auf uns warten.«

Reith preßte sich die Fäuste gegen die Schläfen. »Wenn dieser Idiot nur nicht verlorengegangen ist, allein in einer fremden Stadt, und wo er kein Wort von der Sprache kann ... Aber nun los, Leute, zurück zum Schiff! Und bleibt mir schön zusammen, hört ihr?«

Reith warf noch einen letzten Blick zurück auf die Arena, in die gerade der nächste Wettkämpfer einritt, doch dann bog die Kutsche auch schon um die Ecke und außer Sichtweite des *Shânenesb*. Niemand versuchte sie am Wegfahren zu hindern. Der Richter, dachte Reith, ist wahrscheinlich stocksauer, aber die Bullen sind bestimmt froh, uns von hinten zu sehen, und machen drei Kreuze, daß diese verrückten Außerkrishnanischen endlich weg sind, ehe einer von ihnen wieder irgendwelchen Blödsinn anstellt.

Eine halbe Krishnastunde später stiegen Reiths Leute aus den Kutschen und gingen an Bord der *Sárbez*. Reith zahlte gerade die Kutscher aus, als ein neuer Tumult seine Aufmerksamkeit auf sich zog.

Am Ende des Kais tauchte Otto Schwerin auf, im Schweinsgalopp. Hinter ihm bog, das blanke Schwert in der Hand, ein großgewachsener gutaussehender Krishnaner mit silbernem Brustpanzer in den Kai ein, gefolgt von zwei weiteren ebenfalls bewaffneten Krishnanern.

Schwerin polterte keuchend über den Kai. Die Kamera baumelte ihm an ihrem Schulterriemen vor dem Bauch. »Hilfe!« japste er atemlos und verkrümelte sich hinter Reiths Schultern. »Retten Sie mich!« In seiner Panik krallte er sich so ungestüm in Reiths Jacke fest, daß dieser fast hintüberkippte.

»Aus dem Weg!« brüllte der schwertschwingende Krishnaner auf Englisch. Gleichzeitig versuchte er, um Reith herumzulaufen, um an Schwerin heranzukommen. Dieser jedoch wetzte im Kreis um Reith herum, wobei er sich weiter an der Jacke festklammerte, seinen Reiseleiter quasi als

Schutzschild benutzend. Als ein Stoß des Krishnaners haarscharf an Reiths Rippen vorbeiging, zückte er sein eigenes Schwert und schlug die Klinge des Krishnaners zur Seite.

»Oh, du willst also auch kämpfen?« zischte der Krishnaner.

Er holte zu einem gewaltigen Rückhandschlag gegen Reiths Hals aus. Reith parierte ihn mit Mühe. Behindert durch den dicken Schwerin, der ihm wie ein Sack am Rükken hing, konnte er nur mit größter Mühe die rasch aufeinanderfolgenden Hiebe und Stöße des Krishnaners abwehren.

Jetzt waren auch die anderen Verfolger heran. Zwei hatten Schwerter, der dritte eine Hellebarde, ein vierter mit einer Armbrust war auch schon in Sicht. Angesichts dieser Übermacht wich Reith immer weiter zurück, bis er schließlich am äußersten Rand des Piers stand. Jetzt konnte ihn nur noch ein Sprung in das ölige, von Abfällen übersäte Wasser des Hafenbeckens retten.

Der Krishnaner mit dem silbernen Brustpanzer hielt schwer atmend in seinem Angriff inne. Der Armbrustschütze legte auf Reith an und schrie auf Gozashtando: »Laßt Euer Schwert fallen!«

Reith gehorchte. Bevor der mit dem silbernen Brustpanzer erneut angreifen konnte, schrie Reith: »Sind Sie nicht Prinz Ferrian?«

»Und wenn?«

»Dann wird Eure Hoheit sicherlich die Güte besitzen, mich darüber aufzuklären, worum zum Teufel es hier eigentlich geht!«

»Dieser Erdenwicht, der da hinter Ihnen kauert, hat mein Schiff fotografiert, obwohl Ihre Leute ausdrücklich davor gewarnt wurden.«

»Stimmt das, Otto?« fragte Reith.

»N-nun, es w-war bloß ein einziges kleines B-bild ...«

»Sagen Sie, Hoheit, geben Sie sich damit zufrieden, wenn er Ihnen den Film herausgibt? Dann kann Ihnen kein Schaden mehr entstehen.«

Ferrian ließ sich Zeit mit der Antwort. Der Armbrustschütze hielt seine Waffe noch immer auf Reiths Bauch gerichtet. Schließlich sagte der Prinz: »Nun gut, meinetwegen, obwohl ich den Burschen nach wie vor für einen Spitzel dieser verdammten Imperialisten in Novorecife halte. Aber mit welcher von seinen Kameras hat der Kerl das Foto gemacht? Nein, nein, Sie brauchen sich nicht die Mühe zu machen, ihn zu fragen. Er würde sowieso lügen, um sein Bild von meinem Schiff zu retten, damit er es später an Abreu verkaufen kann. Nehmen Sie aus allen Apparaten die Filme heraus!«

»*Donnerwetter!*« zeterte Schwerin. »Dann sind ja alle Bilder verdorben, die ich in Reshr gemacht habe!«

»Tut mir leid«, sagte Reith, »aber das hätten Sie sich vorher überlegen sollen. Geben Sie schon die Filme raus, sonst liefere ich Sie an diese Leute aus.«

Schwerin jaulte gepeinigt auf, aber Reith ließ sich nicht erweichen. Eine nach der anderen wurden seine drei Kameras geöffnet und die Filme herausgerissen. Prinz Ferrian steckte sein juwelenbesetztes Schwert zurück in die Scheide und hielt die Filme höchstpersönlich gegen das Licht, um sicherzustellen, daß sie auch alle unbrauchbar gemacht wurden. Dann sagte er etwas zu seinen Begleitern, die daraufhin Schwerin noch einmal von Kopf bis Fuß durchsuchten. »Er hat«, erklärte Ferrian Reith, »vielleicht noch eine von diesen kleinen Kameras, die kaum größer sind als ein *Ghalok*-Ei, an seinem Körper versteckt.«

»Eure Hoheit sprechen ein exzellentes Englisch für einen Krishnaner.«

Ferrian lächelte grimmig. »Ich war schon einmal auf Ihrem Planeten zu Besuch. Für einen Terraner fechten Sie übrigens hervorragend.«

»Nun ja, es reicht, um Ihre Hoheit daran zu hindern, mir den Kopf abzuschlagen. Heggstad in Novorecife hat mich grün und blau geschlagen, bis er mich so weit hatte.«

»Nun denn, Mister – eh ...«

»Reith. Fergus Reith.«

»Nun denn, Mister Reith, verzeihen Sie mein etwas unhöfliches Auftreten. Aber das Rechtswesen und die Strafverfolgung sind hier noch so unterentwickelt und uneffektiv, daß ich, wenn mir ein Unrecht geschieht, oftmals versucht bin, zur Selbsthilfe zu greifen. Wie läuft's denn so zur Zeit in Novo?«

Reith zuckte die Achseln. »Ganz gut, soweit ich das beurteilen kann.«

Ferrian sprach kurz mit den anderen Krishnanern, reichte ihnen die ruinierten Filmstreifen und wandte sich wieder an Reith. »Ihr kleiner Mann da scheint nichts weiter bei sich zu haben; ich lasse ihn also laufen. Sie sollten Ihre Leute vielleicht ein wenig straffer am Zügel führen.«

Reith seufzte. »Meine Befugnisse sind leider begrenzt.«

Ferrian stieß ein kurzes rauhes Lachen aus. »Das mag vielleicht auf der Erde genügen, aber nicht hier. Wäre ich Reiseleiter, dann hätte ich einen kräftigen Polizisten und einen zusätzlichen Helfer als Begleiter, um die Burschen in Zucht zu halten. Und wenn einer aus der Reihe tanzen würde, würde ich ihn auspeitschen lassen.«

»Ein reizvoller Gedanke, Hoheit.«

»Aber ihr Erdlinge werdet noch lernen. Und nochmals, nichts für ungut.« Ferrian machte eine steife, knappe Verbeugung. »Wenn einige meiner Projekte erst weiter gediehen sind, werde ich Sotaspé auch für den Tourismus öffnen. *Adeus!*«

Reith ging an Bord der *Sárbez* und zog sich erst einmal in seine Kajüte zurück. In dem guten Gewissen, sich einen Drink redlich verdient zu haben, schenkte er sich ein Glas Kvad ein. Er hatte kaum daran genippt, als es laut an der Tür klopfte.

»Kommt heraus, o Senhor Reith!« dröhnte Kapitän Denaikhs Stentorstimme. »Ein Mann von der Regierung verlangt, sofort mit Euch zu sprechen.«

Es war der Inspektor, der sie bei ihrer Ankunft begrüßt hatte. Nachdem jemand Khorsh zum Dolmetschen geholt hatte, sagte der Beamte:

»Ich habe die Ehre, eine Botschaft von Seiner durchlauchtigsten Hoheit, Penjird dem Zweiten, Dour von Zamba, zu überbringen. Wie unserem verehrten und mächtigen Potentaten zur Kenntnis gebracht wurde, hat die Anwesenheit von euch ungehobelten Barbaren zweimal an einem einzigen Tag zu öffentlichen Zwistigkeiten und Ausschreitungen geführt. Es ist daher verfügt und angeordnet worden, daß ihr alle für die Dauer eures Aufenthaltes in diesem Hafen an Bord des Schiffes bleiben müßt, widrigenfalls schwerste Strafen gegen euch verhängt werden. Hier ist Eure Abschrift der Verfügung. Wie lautet Eure Antwort?«

»Ich weiß nicht. Welche Antwort wird denn von mir verlangt?«

»Daß Ihr Seine großmütige Hoheit demütigst um Verzeihung bittet für das schlechte Betragen Eurer Schutzbefohlenen und ihm für seine Barmherzigkeit und Milde dankt, Euch nicht alle an Land geschleppt und der wohlverdienten Bestrafung zugeführt zu haben.«

»Betrachtet diese Antwort hiermit als gegeben, Herr.«

Der Inspektor wandte sich zum Gehen. Kapitän Denaikh trat ihm in den Weg und redete erregt und wütend auf ihn ein. Der Inspektor gab eine nicht minder wütende Erwiderung. Aus den paar Worten, die er aufschnappen konnte, entnahm Reith, daß der Kapitän dagegen protestierte, die Passagiere den ganzen folgenden Tag an Bord zu haben, wo sie ihm beim Beladen im Weg stehen würden. Der Inspektor blieb jedoch hart. Er schüttelte energisch den Kopf und ließ den schäumenden Denaikh kurzerhand stehen. Der Kapitän keifte ihm noch ein paar deftige Flüche hinterher, und als er sah, daß das nichts fruchtete, stampfte er mit dem Fuß auf und blaffte Reith an. Khorsh übersetzte: »Er sagt, mein Sohn, dies wäre nun schon das zweite Mal. Wenn sich so etwas noch ein einziges Mal ereigne, dann werde er euch allesamt an Land setzen, egal wo, und ohne euch weitersegeln.«

Reith ging in seine Kajüte zurück und genehmigte sich einen anständigen Drink. Er entrollte das Schriftstück, das der Beamte ihm übergeben hatte, konnte sich aber auf die Hieroglyphen keinen Reim machen.

Eine Viertelstunde später begab er sich, mit mehr Kvad im Blut, als er sich für gewöhnlich genehmigte, auf Deck und pochte an die Kajütentüren seiner Touristen. Als er sie alle im Bug der *Sárbez* um sich versammelt hatte, berichtete er ihnen von Prinz Ferrian und der Anordnung des Königs.

Wenn Reith erwartet hatte, daß sie sich, wie schon im Falle Silvester Pride, auf seine Seite stellen und Front gegen die beiden Übeltäter machen würden, so hatte er sich getäuscht. Statt dessen schwenkten sie wie eine Wetterfahne um und richteten ihren Zorn gegen ihn, so als sei er für diese neuesten Zwischenfälle verantwortlich. »Soll das heißen, daß wir den ganzen morgigen Tag an Bord verbringen müssen?« – »Dann können wir ja gar nicht die Tempel und die anderen Sachen besichtigen!« – »Heißt das, daß der Empfang beim König nicht stattfindet?« – »Was ist denn auf einmal los mit dir? Dir fällt doch sonst auch immer was ein!« – »Ich gehe an Land, wenn es mir paßt!« – »Ich lass' mich doch von diesem lausigen kleinen König nicht einsperren!« – »Eine Frechheit ist das!« – »Ich verlange mein Geld zurück!«

Pride sagte: »He, soll das heißen, daß ich mir keine neuen Schuhe kaufen kann? Wie lange soll ich denn noch auf Socken rumlaufen, hä?«

Nur die alte Mrs. Scott und die Jussacs stellten sich auf Reiths Seite, aber der Chor der Beschwerden übertönte ihre Stimmen. Reith vermutete, daß die Leute ganz einfach überreizt waren, als Folge der langen, ermüdenden Herumsteherei auf der Rennbahn. Als das Gemeckere nicht aufhören wollte, schlug er, von der Wirkung des Alkohols zusätzlich zur Tollkühnheit angestachelt, mit der Schwertscheide auf die Decksplanken, daß es nur so krachte, und donnerte:

»Ruhe! Ich habe euch was zu sagen. Zweimal wäre ich durch eure verdammte Blödheit schon fast umgebracht worden.

Ich bin das jetzt endgültig leid. Wenn ihr wollt, fahren wir sofort zurück nach Novorecife und nehmen das nächste Schiff zur Erde. Ich jedenfalls habe unter diesen Umständen die Schnauze gestrichen voll.«

»Und wie willst du das anstellen?« fragte Considine. »Sie lassen uns ja nicht von diesem Zuber runter, und außerdem fährt er nach Baianch weiter.«

»Keine Angst, mir wird schon was einfallen. Wenn ihr es vorziehen solltet, die Tour zusammen mit mir zu Ende zu machen, dann müßt ihr euch vorher verpflichten, meinen Anordnungen in Zukunft Folge zu leisten.«

»Hält sich wohl für einen dieser krishnanischen Könige«, murmelte Considine.

Reith unterdrückte mit Mühe den Impuls, sein Schwert herauszureißen und Considine eins mit der flachen Seite überzuziehen. »Weiter: Wenn ihr euch entschließt, die Tour fortzusetzen, und noch ein einziges Mal einen Aufruhr verursacht, brechen wir die Tour sofort an dem Punkt ab und kehren nach Novorecife zurück. Habt ihr verstanden?«

Reith wartete einen Augenblick, bis sich das Gemurmel gelegt hatte, und ließ dann abstimmen. »Professor Mulroy, stimmen Sie für Weiterfahren oder Abbrechen?«

Trotz einigen Gemurres stimmten schließlich alle für Weiterfahren.

»So!« knurrte Reith. »Wem das noch immer nicht paßt, der kann gern seine Sachen zusammenpacken und sich auf eigene Faust nach Novorecife durchschlagen.«

»Das ist unfair«, nörgelte Turner. »Du kannst dich mit diesen Kanaken unterhalten, wir nicht.«

»Das ist dein Problem, Jüngchen. Keiner, der gehen will? Nein? Okay, wir fahren also weiter. Versammlung beendet.«

5

Die falsche Tür

Während die *Sárbez* langsam an ihren Kai im Hafen von Baianch verholt wurde, standen Reith und seine zwölf Touristen in einer Reihe an der landwärtigen Reling. Sie waren ein arg ramponierter, jammervoller Haufen. Das Meer war mehrere Tage sehr stürmisch gewesen, und die meisten von ihnen waren von schrecklicher Seekrankheit heimgesucht worden.

Doch das Herannahen von festem Boden ließ ihre Lebensgeister wieder erwachen. Einige deuteten auf die Klippe, die sich über der Unterstadt erhob, von deren oberem Rand eine mächtige graue Festung grimmig auf die Stadt herabblickte. Die Zwiebeltürme eines Köngispalastes ragten aus dem trutzig grauen Mauerwerk hinaus. Hinter der Festung erstreckte sich die Oberstadt gegen den Fuß des Vorgebirges, auf welchem Baianch gebaut war. Die gesamte Oberstadt, ausgenommen die Spitzen der Tempeltürme, lag hinter der Masse der Klippe versteckt. Zu beiden Seiten des Vorgebirges dehnte sich bis zum Horizont die dunkel bewaldete, sanft fließende Hügellandschaft von Dur.

»Es erinnert mich an Quebec«, sagte Aimé Jussac.

»Guckt mal, Soldaten!« rief Pilar Guzmán-Vidal. »Bollen sie uns bohl verhaften, Furchtloser?«

Auf dem Kai hatte sich eine Abteilung uniformierter Duruma in Zweierreihe formiert, eine Reihe Armbrustschützen, die andere Pikenträger. Sie trugen Flügelhelme und schwarze Kettenhemden über ihren scharlachroten Waffenröcken. Bei ihnen stand eine Gruppe in durischer Zivilkleidung. Diese trugen anstelle der sonst üblichen Kilts oder windelartigen Oberschenkelhosen richtige lange Hosen, und ihre Gewänder waren mit Pelzen besetzt. Ihre Gesichtsfarbe war heller als die der Krishnaner aus den südlicheren Nationen.

»Keine Angst«, sagte Reith. »Das sieht mir eher nach einem bunten Empfangskomitee aus. Der Regent möchte, daß wir einen guten Eindruck bekommen, damit in Zukunft möglichst viele Touristen ihr Geld hierlassen.«

Als die Laufplanke auf den Anlegesteg krachte, erscholl ein Hornsignal. Die Soldaten nahmen zackig Haltung an und präsentierten ihre Piken und Armbrüste. Angeführt von einem sehr großen ganz in Schwarz gekleideten Krishnaner, marschierten die Zivilisten die Laufplanke herauf. Der Anführer, auf dessen Brust ein roter Wappenyeki aufgestickt war, löste sich aus der Gruppe, trat vor die Touristen und sagte auf Durou: »Wer ist euer Führer?«

Khorsh übersetzte die Frage und wies auf Reith. Der schwarze Hüne schlug die Hacken seiner Stiefel zusammen, machte eine knappe Verbeugung und streckte Reith die Hand hin. »Tashian bag-Garin, zu Euren Diensten.«

Krampfhaft versuchend, sich die Unterschiede zwischen Durou und Gozashtando wieder ins Gedächtnis zu rufen, antwortete Reith: »Ich – eh – Fergus Reith, Exzellenz. Wir – eh – sehr geehrt – eh – von Begrüßung.« Erst jetzt bemerkte er zu seiner Überraschung, daß der schwarze Anzug des Mannes so gar nicht seinen hohen Posten widerspiegelte, sondern alt und fadenscheinig war, mit deutlich sichtbaren Flicken übersät.

»Ausgezeichnet!« rief der Regent. »Wir haben für Euch Quartiere im Alten Palast vorbereitet, da unsere Gasthäuser den Ansprüchen nicht genügen. Heute abend möchten wir Euch gern zu einem formellen Empfang mit anschließendem Bankett einladen, wenn Ihr von Eurer langen Reise nicht allzusehr ermüdet seid. Was meint Ihr?«

Reith sondierte rasch die Stimmung unter seinen Touristen, dann wandte er sich wieder an den Regenten und antwortete mit einer formvollendeten Verbeugung: »Wir glücklich und geehrt.«

Wenig später wand sich eine kleine Karawane von Fuhrwerken mit den Touristen an Bord die engen, winkligen, von düsteren grauen Mauern gesäumten Straßen zur Oberstadt hinauf, ganze Scharen von Bettlern, Krüppeln und schreienden Kindern im Schlepptau.

»Großer Gott!« murmelte Shirley Waterford bewegt. »Diese armen Leute könnten wirklich ein bißchen soziale Gerechtigkeit gebrauchen.«

Eine Stunde später wurden die Touristen in ihre Quartiere im Alten Palast eingewiesen, einem bröckeligen alten Gebäude, das, nur durch eine schmale Gasse getrennt, dem Neuen Palast gegenüberlag. Zum letzteren gehörten die Türme, die sie vom Schiff aus gesehen hatten. Der Alte Palast diente als Nebengebäude der Verwaltungs- und Regierungsstellen im Neuen Palast. Ihren Zimmern war deutlich anzusehen, daß man sie kurzfristig von Büro- in Wohnräume umgewandelt hatte. Sie waren frisch getüncht, die gröbsten Löcher und Risse in den Wänden notdürftig mit Mörtel ausgebessert, um die Spuren der Baufälligkeit zu überdecken. Reith konnte sich lebhaft die mürrischen Gesichter der Regierungsbeamten vorstellen, wie sie, vollgepackt mit ihren Karteien und Akten, auszogen, um den fremden Gästen Platz zu machen.

Der Neue Palast erwies sich, ganz wie die Kleidung des Regenten, als erstaunlich schäbig. Am späten Nachmittag wurde Reith im Empfangsraum der Douri, Vaźni bad-Dushta'en, vorgestellt. ›Douri‹ konnte man sowohl mit ›Königin‹ als auch mit ›Prinzessin‹ übersetzen, da die Gesetze der meisten Varasto-Nationen keine weibliche Herrschaftsausübung zuließen.

Das nominelle Staatsoberhaupt von Dur war jung, wohlgeformt und für eine Krishnanerin recht drall. Sie trug ein florartiges violettes Gewand und hatte ihre Antennen dazu passend eingefärbt. Ihr blaugrünes Haar krönte eine glitzernde Tiara.

Reith, der sich schon vorher über das Protokoll informiert hatte, kniete nieder und küßte die dargebotene Hand. Vázni kicherte.

»Erhebt Euch«, sagte sie. »Euch, schöner Junker, soll der erste Tanz mit mir gehören. Wie gefällt Euch mein Gewand?«

»Oh, es ist sch-schön – sehr schön«, stotterte Reith.

»Ach, Schnickschnack! Es ist noch vom letzten Jahr – ärmlich, aber mein, wie der Held in Saqqiz' *Königin Dejanai* sagt. Doch mit Schmeichelei, so heißt es, erreicht man alles. Vergeßt nicht, Ihr habt den ersten Tanz!«

Reith warf dem Regenten einen gequälten Blick zu. Er war, was seine Tanzkünste anging, bestenfalls unteres Mittelmaß. Er war mit seinen Reit-, Fecht- und Sprachübungen in Novorecife so ausgelastet gewesen, daß ihm der Gedanke, krishnanische Tänze zu lernen, gar nicht gekommen war. Ein wenig geistesabwesend stellte er seine Touristen vor, die sich zur Feier des Tages alle in ihren krishnanischen Sonntagsstaat geworfen hatten.

»Meister Ries«, sagte Tashian, »wenn Ihr die Freundlichkeit habt, Euch jetzt mit Euren Leuten hintereinander aufzustellen, dann werde ich Euch und die Euren mit meinem Hofstaat bekanntmachen. Sind wir soweit? Dies ist unser Minister für Bergbau und Forsten, Sálegu bam-Morgh ...«

Der Regent hatte seine sämtlichen höheren Bürokraten antreten lassen – mindestenz zweihundert, Ehefrauen, Mätressen und sonstiges weibliche Beiwerk nicht mitgerechnet. Die Schar verbreitete eine atemberaubende Parfümwolke.

Reith eiste sich einen kurzen Moment von der Händeschüttelei los, um Khorsh zu bitten, einen Stuhl für Mrs. Scott zu besorgen. Als er wieder zurück war, sah er zu seiner Verblüffung, daß der nächste Händeschüttler in der Riege ein Terraner war. Er hatte ungefähr Reiths Alter und Größe, war sehr muskulös und trug ein freundliches, sympathisches Grinsen zur Schau.

Reith konnte den Namen nicht verstehen – der Regent sprach ihn mit einem sehr starken Akzent aus. Der Terraner quetschte Reith kraftvoll die Hand und sagte:

»Ich heiße Kenneth Strachan, Mister Reith. Wir sprechen uns nachher noch wegen der Bahnfahrt.«

»Sind Sie Schotte?« fragte Reith, dem der leichte Akzent nicht entgangen war.

»Ja. Und Sie sind Amerikaner, trotz Ihres guten alten schottischen Namens, stimmt's?«

»Meine Eltern stammen aus Schottland, und ich gehöre zu Hause zur St. Andreas-Gesellschaft ...«

»Später«, sagte Strachan. »Der Polizeichef von Baianch steht hinter mir, ganz wild darauf, Ihnen schnell die Hand zu schütteln, damit er gleich wieder zurück kann, Übeltäter jagen.«

Die Reihe schien kein Ende zu nehmen. Schon nach den ersten paar hatte Reith es aufgegeben, die Namen zu behalten. Dann kam ein farbiger Terraner, groß, schlank und krausköpfig. Er trug als einziger der anwesenden Terraner irdische Kleidung.

»Ich bin Percy Mjipa«, stellte er sich auf eine knappe, präzise Art vor. »Ich bin hier, um ein terranisches Konsulat in Baianch einzurichten. Bis jetzt sind Dur größere Besucherströme von der Erde erspart geblieben. Aber da sich das in Zukunft ändern wird, ist die Anwesenheit eines ständigen WF-Vertreters notwendig.«

»Freut mich, Sie kennenzulernen, Mister Mjipa. Wenn ich mal fragen darf: Von welchem Teil unseres Planeten stammen Sie?«

»Ich komme aus Botswana, im südlichen Afrika. Ich bin ein Bamangwato. Wenn ich Ihnen einen Rat geben darf: Versuchen Sie, Ihre Leute zu vorbildlichem Benehmen anzuhalten. Das ist gerade in Gegenwart von Nichtterranern besonders wichtig. Viele Terraner, die hierher kommen, sind das letzte Gesocks. Das ist natürlich unserem Image nicht gerade förderlich, wenn Sie verstehen.«

Mijpa ging weiter. Das Ende der Reihe kam in Sicht. Kurz darauf wurde das Büfett eröffnet, und ein Vier-Mann-Orchester schepperte los.

»Meister Ries«, sagte eine Stimme. »Ihr habt mir den ersten Tanz versprochen.« Reith fuhr herum. Vázni stand hinter ihm und schaute ihn mit erwartungsvollem Blick an.

Reith konnte sich nicht erinnern, dergleichen versprochen

zu haben. Tashian hatte ihn zur Begrüßung seiner Bürokraten antreten lassen, bevor er Zeit gehabt hatte, auf den Vorstoß der Prinzessin einzugehen. Mit angestrengter Miene formulierte er eine Erwiderung auf Durou: »Ich fühlen sehr geschmeichelt, Douri. Aber ich nicht weiß wie krishnanischer Tanz. Ihr bitte beibringen.«

Die Prinzessin kicherte erneut. »Das ist ganz einfach, mein guter Herr. Gebt mir Eure Hand. Jetzt stellt Euch hin – *so.* Und jetzt den rechten Fuß nach vorn – *so,* und dann den linken, und dann gehen wir auseinander – *so* – und verbeugen uns. Seht, genauso wie dort drüben der Botschafter von Ulvanagh mit seiner Gemahlin!«

Der menuettähnliche Tanz erwies sich als weniger kompliziert, als Reith befürchtet hatte. Bald hüpften, trippelten und kreisten er und Vázni wie ein altes aufeinander eingespieltes Paar über die Tanzfläche. Dennoch war Reith erleichtert, als der Tanz bald zu Ende war, ohne daß er jemandem auf die Zehen gestiegen wäre und einen interplanetarischen Eklat heraufbeschworen hätte.

Das Tanzen und der gleichzeitige Kampf mit dem Durou-Dialekt hatten seine Konzentrationsfähigkeit so in Anspruch genommen, daß er die Prinzessin als Person dabei kaum wahrgenommen hatte. Trotzdem verspürte er einen kleinen Stich von Eifersucht, als jetzt Maurice Considine mit einer Verbeugung vor die Prinzessin trat und auf Englisch sagte: »Darf ich Euch um den nächsten Tanz bitten, Majestät?«

Vázni lachte über die fremden Laute, hatte aber offensichtlich ihren Sinn verstanden. Gleich darauf wirbelten sie und Consdine schwungvoll über das Parkett, so als hätten sie ihr Leben lang nichts anderes getan.

Reith ging zum Büfett, wo die Jussacs sich soeben mit einem Appetit über die Erfrischungen hermachten, als stünde eine dreimonatige Hungersnot bevor, und schenkte sich einen Krug Kvad ein. Dabei kam er mit einem älteren Duru ins Gespräch, der ein paar Brocken Portugiesisch konnte. Der Duru, der, wie sich herausstellte, Leiter des Schatzamtes war, erklärte:

»Der Regent hat den ehrgeizigen Plan, sein Königreich

zum ersten Touristenland unseres Planeten zu machen. Wir können nicht zulassen, daß kleinere Mächte wie Majbur und Sotaspé uns überflügeln. Sie als Experte auf dem Gebiet können uns da sicherlich ein paar gute Ratschläge geben.«

»Gern, soweit es in meinen Kräften steht.«

Als vorrangigste Maßnahme hätte er ihnen gern die Einführung von Toiletten mit Wasserspülung empfohlen, aber er wußte, daß das nicht möglich war wegen der Saint Rémy-Behandlung, der er und seine Touristen vor der Reise unterzogen worden waren. Diese Behandlung hatte die Wirkung, daß sie in dem Moment, wo sie versuchen würden, technisches Wissen an Außerirdische weiterzugeben, kein Wort mehr herausbringen würden. Daher sagte er:

»Das wichtigste ist, dafür Sorge zu tragen, daß die Besucher Schlafstätten bekommen, die frei sind von Ungeziefer, und daß die Nahrung, die sie erhalten, sich nicht allzusehr von der unterscheidet, die sie von zu Hause her gewöhnt sind ...«

Die Paare verließen jetzt die Tanzfläche, und Diener trugen Stühle und Tische herein. Die Tische wurden so zusammengestellt, daß sie ein Hufeisen bildeten. Reith fand sich auf einem Platz zur Linken der Prinzessin wieder, am Bogen des Hufeisens, während der Regent zu ihrer Rechten saß. Die Touristen hatte man zwanglos unter die Krishnaner verteilt – offenbar, weil Tashian sich davon das Zustandekommen einer heimelig-ungezwungenen Atmosphäre versprach. Doch da es an einer beiderseitigen verbalen Verständigungsmöglichkeit haperte, verlief das gemeinsame Abendessen in einer eher ungemütlichen Atmosphäre peinlichen Schweigens. Hinzu kam, daß, wie gewöhnlich auf Krishna, die Terraner nicht alle Teile des Menüs genießbar fanden. Die Duruma sahen indes höflich darüber hinweg.

»Meister Ries«, brach schließlich Vázni das Schweigen, »erzählt mir doch ein wenig von den fremden Bräuchen Eurer Heimatwelt. Wie ich hörte, werden bei Euch die Jungen lebend geboren, wie bei uns die Jungen des Aya und des Yeki, statt wie wir und andere vierbeinige Lebewesen auf unserer Welt aus Eiern zu schlüpfen.«

»Das sehr wahr, Majestät.«

»Aber wie werden dann die Jungen gemacht? Legt sich der Mann auch wie bei uns auf die Frau und pflanzt ihr seinen Samen ein?«

»Eh – nun – also – Eure Majestät – eh – nun – ja. Das richtig.«

»Dann erzählt mir doch, wie das genau geschieht. Es heißt, die Kopulation zwischen einem *Ertsu* und einer Krishnanerin sei durchaus möglich, ja sogar vergnüglich. Wenn das stimmt, dann bedeutet das, daß ihre Organe ganz ähnlich sein müssen. Ich bin sehr neugierig; ich möchte gern einmal sehen, wie ein *Ertsu* nackt aussieht ... Aber Meister Fergus, geht es Euch nicht gut? Warum wird Euer Kopf so rot?«

Trotz der schweißtreibenden Einführung in die Freuden des Sex, die er von Valerie Mulroy empfangen hatte, hatte Reith sich niemals ganz von der verklemmten Erziehung seiner neopuritanischen Eltern freimachen können. Mit puterrotem Kopf stotterte er: »Majestät, b-bitte verzeihen. Mein – mein Durou so schlecht, geben vielleicht falsche Information. Wenn längere Zeit in Dur wäre ...«

»Belästige nicht den jungen Erdenmann, Vázni!« knurrte Tashian. »Zu jung bist du, als daß du dich schon mit solchen Dingen beschäftigen solltest.«

»Oh! Jetzt fängst du schon wieder an! Immer predigst du mir, ich solle meine Unschuld und die Reinheit unserer Geschlechtslinie bewahren!« maulte Vazni. »Ich bin erwachsen und sollte schon seit langem einen kräftigen jungen Gefährten zum Paaren haben – einen, der mich nicht in einem Gewand vom letzten Jahr zu offiziellen Empfängen auftreten läßt!«

Tashian beugte sich vor und sprach an der Douri vorbei zu Reith. »Beachtet Sie nicht, Meister Ries. Sie ist wütend auf mich, weil ich, entschlossen, einen wirklich würdigen Gemahl für sie zu finden, alle bisherigen Freier, ausnahmslos nichtswürdige Wichte, die weder Rang noch Geist noch Mut besaßen, abgewiesen habe. Als zukünftiger Prinzgemahl kommt nur der Beste in Frage!«

»Bei deinen Ansprüchen werde ich an Altersschwäche sterben, bevor du den Richtigen gefunden hast«, nörgelte Vázni. »Außerdem würde dieser Held, wäre er endlich aufgetaucht, seinen Antrag gewiß wieder zurückziehen, wenn er mich erst in den abscheulichen Fetzen sähe, in die du mich kleidest.«

Ohne sich weiter um sie zu kümmern, fuhr Tashian fort: »Meister Ries, Strachen hat mir gesagt, er müsse in drei Tagen nach Zir zurückkehren. Werden Eure Leute bereit sein, mit ihm zu gehen? Mein Astrologe behauptet, an dem Tag ständen die Sterne günstig.«

»Soweit ich weiß, sind wir bereit«, antwortete Reith. »Was ist Posten von Meister Strachan?«

»Hilfsingenieur bei der Bahn, die ich nach Zir baue. Sigvard Lund ist der Chefingenieur. Meister Strachan ist in Baianch, um weiteren Nachschub zu holen. Ich hoffe, Ihr könnt Eure Leute während der zwei nächsten Tage ausreichend beschäftigen.«

»Da bin ich ganz sicher, Exzellenz. Ist genug Dinge hier, um sich lange Zeit beschäftigen.«

»Gut. Ich werde den Abfahrtstermin der Sárbez so festlegen, daß Ihr noch ein paar Tage Zeit nach Eurer Rückkehr aus Zir habt. Auf diese Weise habt Ihr Gelegenheit, Euch noch alle die Sehenswürdigkeiten anzuschauen, für die Euch in den kommenden zwei Tagen die Zeit fehlt.«

»Eure Exzellenz sind sehr aufmerksam.«

Wie in einer Welt ohne elektrisches Licht üblich, hatte das Diner ein gutes Stück vor Sonnenuntergang begonnen. Noch ehe die Dunkelheit hereinbrach, begannen sich die Gäste zu erheben, zum Kopf des Tisches zu gehen, sich vor dem Regenten und der Douri zu verbeugen und sich zurückzuziehen.

Auch Kenneth Strachan erhob sich von seinem Platz und verabschiedete sich von den beiden Herrschern. Bevor er hinausging, sagte er noch kurz zu Reith: »Kommen Sie doch noch ein bißchen rüber, sobald Sie Ihre Schäfchen ins Bett gebracht haben. Sie finden mich im Spielsalon.«

Der Spielsalon war ein kleiner Raum mit einem Kamin und fünf Tischen für krishnanische Brettspiele. An einem davon saß Strachan, vor sich einen Krug Kvad. Die anderen Tische waren leer.

»Hallo, Fergus, Kumpel, setz dich!« begrüßte ihn der Schotte wie einen alten Bekannten. Dann schnippte er mit den Fingern den dezent im Hintergrund lauernden Diener heran und sagte zu ihm auf Durou: »Einen Drink für meinen Freund hier, und leg ein bißchen Holz auf das Feuer.« Er wandte sich wieder Reith zu. »Der alte König Dushta'en war ein leidenschaftlicher und hervorragender Spieler, ganz im Gegensatz zu seinem knauserigen Neffen. Der denkt bloß daran, wie er seine Macht vergrößern und die Technik von Dur verbessern kann, und dreht jeden Kard, ehe er ihn ausgibt, so lange zwischen den Fingern, bis der Gott auf der Münze um Hilfe schreit. Man könnte ihn einen krishnanischen Peter den Großen nennen. Manche meinen, das wäre auch der Grund, warum er sich partout gegen eine Heirat der Douri sträubt. Wenn sie nämlich einen Jungen ausbrütet, wird der König, sobald er volljährig ist, und dann wär's vorbei mit Tashys Macht und mit seinen ehrgeizigen Projekten.

Also, dieser Spielsalon ist nichts weiter als ein kleiner privater Barraum, und außer mir kommt selten jemand her. Sie wollen mit Ihren Touristen also bis zum Ende der Strecke rausfahren, bis zur Grenze von Zir?«

Strachan hatte eine Art zu sprechen, die Reith verwirrend fand. Einmal duzte er ihn, dann siezte er ihn wieder; einmal sprach er ein farbloses Standardenglisch, das sich kaum von seinem, Reiths, unterschied; dann wieder verfiel er für ein Wort oder eine Phrase in breitestes Schottisch, das Reith kaum verstehen konnte. Reith zählte seine Touristen auf, erzählte Strachan ein bißchen von ihren individuellen Makken und Eigenarten und schloß:

»Es ist ein weiter Weg von Schottland bis hier, Mister Strachan. Was hat Sie hierhin verschlagen?«

Strachan lächelte. »Seine Exzellenz ist, wie ich schon sagte, ganz verrückt darauf, sein Land zu modernisieren, ob die

Duruma wollen oder nicht. Eines seiner Projekte ist diese Bahn an der Küste der Va'andao-See entlang nach Zir. Er hofft, sie eines Tages nach Gozashtand verlängern zu können, um Anschluß an die Hauptlinie von Hershíd nach Qadr und von Majbur nach Jazmurian zu kriegen, falls er sich jemals mit diesem geschäftigen kleinen König Eqrar einigen kann. Und falls ihm nicht schon vorher die Postkutschenmagnaten das ganze Projekt buchstäblich aus den Gleisen werfen oder der alteingesessene Adel eine Revolte gegen ihn ausheckt, um ihm heimzuzahlen, daß er ihnen ihre Feudalprivilegien beschnitten hat.

Nun, jedenfalls ließ Tashian überall verbreiten, er hätte gute Jobs für Krishnaner, die in der Lage wären, eine Bahn zu bauen. Daraufhin köderten ihn zwei betrügerische Majburuma mit einem besonders günstigen Angebot. Er beauftragte sie mit dem Bau, aber was dabei herauskam, war nicht zu gebrauchen. Die Trasse war so uneben, daß selbst ein Schiebkarren sich nicht auf den Gleisen hielt und umkippte. Außerdem ließen sich die zwei linken Vögel die Lohngelder für doppelt so viele Arbeitskräfte auszahlen, als sie in Wirklichkeit eingestellt hatten; die Differenz steckten sie sich natürlich in die eigene Tasche. Tashian erwischte sie gerade noch im letzten Moment, als sie sich mit ihrer Beute davonmachen wollten.«

»Und was hat er mit ihnen gemacht?«

»Ihnen die Köpfe abgehackt, das hat er gemacht. Die Köpfe steckten noch auf ihren Pfählen über dem Westtor, als Siggy und ich ankamen. Wie Sie sich leicht vorstellen können, schreckte das andere Möchtegern-Eisenbahnbauer ab. Also wandte sich Tashian schließlich hilfesuchend an Novorecife. Zu der Zeit hatten wir gerade einen Job für die Republik Suruskand erledigt, also empfahl Kennedy uns.«

»Ich dachte, es wäre für jemanden, der sich dieser neuen Saint Rémy-Behandlung unterzogen hat, unmöglich, technologisches Wissen an Krishnaner weiterzugeben.«

»Wir bringen ihnen nichts bei, was sie nicht schon wüßten. Wir wenden lediglich bereits existierende Prinzipien an. Die Idee, Waggons von Bishtaren über Gleise ziehen zu lassen, existierte hier entweder schon, als der Planet entdeckt wurde, oder aber sie stammte von einem der ersten Terraner, die den Planeten bereisten – vor der Technologiesperre des Interplanetarischen Rats. Vielleicht schreibt mal jemand eine Doktorarbeit über diese Frage. Außerdem ist es beim gegenwärtigen Entwicklungstempo der krishnanischen Technologie ohnehin nur noch eine Frage der Zeit, bis jemand das Kraftfahrzeug erfindet.«

»Fürchten Sie denn nicht um Ihren Kopf?«

Strachan grinste. »Tashian mußte bei Kennedy eine horrende Kaution als Garantie für unsere sichere Rückkehr hinterlegen. Er meckerte zwar über die Höhe des Betrages, aber ohne diese Garantie wären wir nicht mitgekommen. Nun, jedenfalls geben wir uns alle Mühe, redliche Arbeit zu leisten. Bill Kennedy möchte nicht, daß noch mal jemand auf mysteriöse Weise verschwindet, wie seinerzeit Felix Borel.«

»Was passierte eigentlich mit dem?«

»Wir wissen es nicht. Er fuhr bis ans Ende der Bahnlinie und verschwand in den tiefen Wäldern. Irgendein Krishnaner, den er übers Ohr gehauen hatte, war hinter ihm her. Es geht das Gerücht, der Franzmann hätte seine Tricks einmal zuviel versucht, entweder beim selbsternannten Dasht von Zir oder bei der sogenannten Hexe von Zir, aber genau weiß das keiner. Mjipa war damals so erbost, daß er am liebsten eine Bombe auf Zir geschmissen hätte, um den ›Bettlern eine Lektion zu erteilen‹, wie er sich ausdrückte. Percy ist ein fähiger Bursche, aber auch ein Imperialist von altem Schrot und Korn, und das ist heutzutage aus der Mode.« Strachan schaute Reith an. »Komisch – da fällt mir gerade ein, Borel hatte auch rote Haare, so wie Sie.«

»Ein Wunder, daß meine noch nicht grau sind, nach all dem, was ich mit meinen Schäfchen schon erlebt habe.«

»Ja? Dann erzählen Sie mir mal von Ihrem Leidensweg.« Strachan drehte sich um und orderte bei dem Diener zwei neue Drinks.

Reith erzählte von den Abenteuern seiner Gruppe in Gadri, Majbur und Reshr. »Danach schienen sie für eine Weile Vernunft angenommen zu haben, aber leider hielt das nicht sehr lange vor. In Chesht kriegte dieser Trottel Schwerin erneut Ärger wegen seiner Knipserei. Der Pandr von Lusht hatte offenbar einem einheimischen Fotografen ein Monopol garantiert. Die Kamera, die dieser Krishnaner benutzte, war ein echtes Museumsstück; sie sah aus wie einer von den Apparaten, wie sie die ersten Fotografen auf der Erde in den Kindertagen der Fotografie benutzten: ein riesiger schwarzer Kasten auf einem Dreifuß, und als Blitzlicht eine Pfanne, auf die er eine Art Pollen streute.

Während ich damit beschäftigt war, Otto aus der Patsche zu befreien, verführte Valerie Mulroy, unsere Gruppennymphomanin, einen Altardiener im Tempel des Kangand. Es gelang mir, die Priester davon abzubringen, den armen Kerl auszupeitschen, aber dann erhängte er sich in seiner Zelle, offenbar weil er die Schmach nicht verwinden konnte, sein Gelübde gebrochen zu haben. Und Madame Jussac klaute doch tatsächlich Juwelen! Aber sie ist ein prima Kerl – meinte, es wäre ohnehin bloß wertloses Zeugs.

Die nächste Aufregung gab es, als Valerie sich an Guzmán-Vidal ranmachte und ich nur mit Mühe Señora Pilar daran hindern konnte, Valerie umzubringen. In Uporé verursachte Shirley Waterford, die farbige Dame, dann um ein Haar einen Volksaufruhr, als sie sich auf den Marktplatz stellte und vor einer Menge geschwänzter Sklaven eine flammende Rede gegen die Übel des Rassismus schwang. Sie hatte irgendeinen verkrachten volltrunkenen Terraner aufgegabelt, der für sie übersetzte. Sie ist eine gute Seele, erfüllt von hehren Idealen, aber leider ohne gesunden Menschenverstand. Das Schlimmste war, daß Khorsh gerade in irgendwelchen priesterlichen Obliegenheiten unterwegs war und ich kein Wort Katai-Jhogorai konnte. Ein paar Sklavenbesitzer versuchten den Pöbel gegen uns aufzuhetzen, um uns zu lynchen, aber zum Glück schafften wir es, heil aufs Schiff zurückzukommen, ehe die Meute sich formiert hatte.

Seit der Zeit sind wir nicht mehr von Bord gegangen, aber das Wetter war ohnehin zu schlecht. Sagen Sie, gibt es außer Mjipa noch andere Terraner in Baianch?«

»Ein paar Missionare von terranischen Sekten, ein oder zwei verkrachte Existenzen und eine Anthropologin, die herumläuft und den Kopfumfang von Krishnanern ausmißt. Wenn schon mal die Rede davon ist, daß alle *Ertsuma* nicht ganz dicht im Kopf sind, dann wird in der Regel sie als das deutlichste Beispiel angeführt. Ja, und dann zur Zeit natürlich noch ich, aber ich bin ja nur für ein paar Tage hier. Gehe ich recht in der Annahme, daß Sie und Ihre Leute mit mir nach Gha'id rausfahren?«

»Ja.«

»Nun, dann will ich nur hoffen, daß sie was vertragen können«, sagte Strachan. »Der Ausflug wird nämlich alles andere als ein Zuckerschlecken. Alles da draußen beißt, sticht und stinkt, und alles Widerliche ist mindestens doppelt so widerlich wie die irdische Pest.«

»Bis jetzt haben sie sich ganz tapfer geschlagen«, erwiderte Reith. »Die alte Missis Scott sieht zwar ein bißchen hinfällig aus, aber das täuscht; die besteht offenbar aus Gummibändern und Klavierdraht. Aber erzählen Sie mir was von sich, Ken. Ich habe schon immer mal Schottland besuchen wollen, wo meine Vorfahren herkommen.«

»Ja? Also, eins kann ich dir sagen: Für einen, der dort geboren und aufgewachsen ist, ist es nicht so romantisch. Ich bin von Aberdeenshire, vom Fuß der Grampianberge, und von klein an hatte ich nur ein Ziel vor Augen, nämlich da rauszukommen. Nun, man könnte fast sagen, daß mir das besser gelungen ist, als ich mir je hätte träumen lassen.« Strachan nahm einen kräftigen Schluck Kvad, warf den Kopf zurück und sang:

»Kahl sind Kaledoniens Höhen,
Seine Eb'nen rauh und wild,
Nackt die Beine seiner Nymphen,
Nackt die Burschen unterm Kilt ...

Warte, bis ich dir das erst mal mit meinem Dudelsack vorspiele.«

»Von wem ist das?« fragte Reith.

»Von einem Schotten namens Rennie, vor ein paar Jahrhunderten geschrieben. Er war Ingenieur, genau wie ich. Heutzutage, in unserer dekadenten Zeit, tragen die Burschen natürlich den Hintern nicht mehr nackt unterm Kilt, sondern sie ziehen Unterhosen drunter an. Ich muß mir unbedingt mal hier einen Schneider suchen, der mir einen Kilt machen kann, wenn ich ihm zeige, wie das geht. Das ist nämlich gar nicht so einfach, wie man glaubt.« Strachan unterdrückte einen beginnenden Schluckauf. »Wie wär's mit einer Partie *Piza*? Wer zwei von drei Spielen verliert, zahlt die Drinks.« Er zeigte auf das Schachbrettmuster, das in die Platte des kleinen Tisches eingelassen war, auf dem ihre Krüge standen. »Typisch Tashy, läßt seine Gäste sogar noch die paar Tröpfchen Alkohol bezahlen, die sie bei ihm trinken.«

»Wie geht dieses *Piza*?« fragte Reith.

»Ich zeig's dir.« Strachan nahm Figuren aus einer Schublade in dem Tischchen und stellte sie auf. »Jede Figur darf ein Feld in jede Richtung springen – vorwärts, rückwärts, seitwärts oder diagonal ...«

Das Spiel gehörte zur Familie der irdischen Damespiele, aber mit mehr Figuren als beim klassischen Damespiel und mit komplizierteren Springregeln. Strachan gewann die erste Partie überlegen. Als er die Figuren neu aufstellte, fragte Reith: »Was hat es mit diesem selbsternannten Dasht von Zir und dieser Hexe auf sich? Ich glaube, es wär ganz gut, wenn ich ein bißchen mehr darüber wüßte.«

»Ach, das sind bloß zwei machtgierige Waldschrate, weit draußen jenseits der derzeitigen Endstation der Bahnlinie. Wenn wir anfangen, Schienen in das Gebiet von Zir zu legen, könnte es möglicherweise Ärger geben. Das ist einer der Gründe für meinen Besuch hier. Es hieß, die Hexe von Zir hätte die Strecke mit einem Fluch belegt, woraufhin die Hälfte unserer Arbeiter das Weite suchte. Und da mußte ich eben nach Baianch zurück, um neue Arbeitskräfte anzuwerben. Diesmal hast du den ersten Zug.«

Diesmal gewann Strachan nur knapp. »Du lernst aber schnell«, sagte er grinsend. »Ich glaube, ich höre besser auf, solange ich noch führe.« Er warf einen Blick auf die Wasseruhr vor der Wand. »Ich muß sowieso los, Kumpel. Hab noch 'ne Verabredung für 'ne Nummer. Hättest du nicht auch Lust auf eine? Ich könnte das ohne weiteres für dich deichseln. Die krishnanischen Weiber kommen schneller zur Sache als unsere.«

Reith verbarg seine Überraschung. »Im Moment nicht, vielen Dank. Ich muß morgen früh raus, damit meine Schäfchen keine Dummheiten machen.«

»Okay, du mußt es wissen. Aber du brauchst keine moralischen Bedenken zu haben, falls es das ist. Das Gesetz verbietet zwar Unzucht mit Abhängigen und Sodomie mit Schafen und anderen blöden Viechern, aber es steht nirgendwo, daß es verboten wäre, es mit einem extraterrestrischen Humanoiden zu treiben. Den irdischen Priestern und Moralaposteln macht das ganz schön zu schaffen.«

Den Krug Kvad noch mehr als zur Hälfte gefüllt vor sich, blieb Reith sitzen, als Strachan erwartungsvoll enteilte. Er zog sein Notizbuch hervor und ging noch einmal seine Liste der unregelmäßigen Verben des Durou durch, wobei er gemütlich seinen Krug leertrank. Nun, da Khorsh wieder zu seinen priesterlichen Pflichten im Tempel des Bákh zurückgekehrt war, blieb ihm nichts anderes übrig, als diese exotische Sprache so schnell wie möglich zu beherrschen.

Schließlich zahlte er und erhob sich, um sich zur Nachtruhe hinüber in den Alten Palast zu begeben. Dabei merkte er, daß er ein bißchen unsicher auf den Beinen war; offenbar hatte er doch mehr getrunken, als er beabsichtigt hatte. Aber dieser Gefahr setzte man sich wohl aus, wenn man versuchte, mit einem wie Strachan mitzuhalten.

Er gab sich einen Ruck und machte sich auf den Weg zum Palasteingang. Er bewegte sich mit dem typischen übertrieben kontrollierten Schritt des leicht Angetrunkenen, der nicht auffallen will. Mjipas mahnende Worte, man dürfe sich nicht vor Außerirdischen danebenbenehmen, kamen ihm in den Sinn. Auf dem Weg zum Palasteingang mußte er mehrmals abbiegen und diverse Türen passieren, an denen gepanzerte Wachmänner jeweils zu zweit unbeweglich Posten standen. Sie schenkten ihm nur einen flüchtigen Blick

Er stieß durch eine Schwingtür und prallte verdutzt zurück. Er stand nicht, wie erwartet, in der Palastvorhalle, sondern in einem Wohngemach. An einem Tisch saßen Vázni und eine ältere Krishnanerin und spielten. Vázni jauchzte bei seinem Anblick erfreut auf. Reith tastete verlegen nach dem Türgriff und stotterte: »Ich – verzeiht – eh – ich habe mich verlaufen.«

»Wie schön!« jubelte die Douri. »Dann müßt Ihr zur Strafe hierbleiben und mich unterhalten! Holt Euch einen Stuhl, guter Meister Ries!«

Während Reith noch zögernd dastand, sprach Vázni mit ihrer Gefährtin. Danach stand diese auf, verbeugte sich, murmelte ein paar Artigkeiten und entschwand.

Jetzt wurde Reith erst so richtig angst und bange. Nach allem, was er über die terranische Geschichte wußte, reichte es an einem mittelalterlichen Hof schon aus, als Mann mit einer Dame der königlichen Familie allein angetroffen zu werden, um schon einen Kopf kürzer gemacht zu werden. Andererseits hatte er Angst, sich den Anordnungen der Prinzessin offen zu widersetzen.

»Nun macht schon, setzt Euch!« sagte Vázni. »Hier brauchen wir wenigstens nicht zu schreien, um uns verständlich zu machen, so wie bei dem Bankett heute nachmittag. So, und nun erzählt mir mehr von Eurer fernen exotischen Heimat!«

»Ich – ich spreche Eure Sprache so schlecht ...«

»Unsinn; um so mehr ist es eine gute Übung für Euch. Ich werde Eure Fehler korrigieren. Nehmt Ihr bei Euch nur ein einziges Weib zur Gemahlin, oder heiratet jeder Mann viele Weiber, wie bei den Heiden von Nich-Nyamadzë?«

Reith begann mit einer stotternden, mühsamen Erläuterung terranischer Heiratsbräuche. Durch geschickte Verlagerung der Thematik auf den Bereich der Kindererziehung hoffte er Váznis Interesse von der Form und Funktion menschlicher Genitalien abzulenken.

Während er sprach, spürte er einen zusehends stärker

werdenden Harndrang – eine Folge des ungewohnten Alkoholkonsums. Er überlegte krampfhaft, was er tun sollte. Was sagte man in solch einem Fall auf Krishna, noch dazu in Gegenwart einer Prinzessin? Etwa: »Ich muß mal für kleine Jungen«?, oder: »Ich muß mal eben dahin, wo der Kaiser zu Fuß hingeht«?

Aber derartige Umschreibungen würden sie bloß verwirren, selbst wenn es ihm gelänge, sie in Durou zu übersetzen. Gebrauchten die Krishnaner überhaupt solche Euphemismen, oder redeten sie ganz frank und frei drauflos ... Sich von übermächtigem Harndrang gepeinigt auf seinem Stuhl windend, preßte er hervor: »Hoheit, bitte mich jetzt entschuldigen. Ich muß nach meinen Leuten sehen.«

»Aber so verweilet doch noch ein wenig!« versetzte sie leicht schmollend. »Soll ich Euch einen Trunk kommen lassen?«

»Oh, nein danke; ich schon zuviel getrunkt – getrunken.« (Diese verfluchten unregelmäßigen Verben!)

Sie musterte ihn scharf. »Schweiß glitzert auf Eurer Stirn, mein guter Herr. Findet Ihr die Luft zu heiß?«

»O nein! Ich – ich fühle mich gut.« Er preßte die Zähne zusammen und spannte seinen Schließmuskel. »Sagt an, warum kleidet sich der Regent des reichen Varasto-Reiches so – so ...« Er suchte krampfhaft nach einem Duro-Äquivalent für ›anspruchslos‹.

Die Prinzessin lachte. »Weil mein Vetter nicht nur der reichste, sondern auch der geizigste Wicht der Drei Seen ist. Wenn ich ihn für seine Bettlerkleidung ausschelte, sagt er immer, daß ihn ohnehin in Dur ein jeder kenne; warum also solle er prächtige Gewänder tragen?«

»Besser dieses Extrem als das andere – das Geld des Reiches für Schaugepränge verschwenden.«

»Was seine eigene Person betrifft, so mag er ja knausern, wenn ihn das glücklich macht. Was mich jedoch so ärgert, ist, daß er danach trachtet, dieselbe Schmucklosigkeit und Kargheit auch mir aufzuzwingen. Man sagt, ich wäre gar nicht so häßlich; doch könnte ich es ebensogut sein; denn in den ärmlichen Fetzen, die zu tragen mein schmales Gewänderbudget mich zwingt, schaut mich ohnehin kein männliches Wesen an!«

»Ich finde Euer Gewand wunderschön.«

»Ach, Schmeichler Ihr! So manche Dame, ob Weib eines Handelsmanns oder gar eines Handwerkers, trägt stolzeren Putz als ich, die ich Douri bin! Doch nun erzählt mir mehr von den Methoden der Begattung bei den *Ertsuma,* wurden wir doch heute nachmittag darin so jäh unterbrochen. So möchte ich zum Beispiel gerne wissen, welche Größe und Gestalt das männliche Organ besitzt. Und was ihm die Steifheit verleiht, die vonnöten ist, um in das weibliche – oh, Meister Ries, findet Ihr, daß es Eurem Stuhle an Bequemlichkeit gebricht? Ihr zappelt so. Hier, nehmt diesen.«

»N-nein, nein; es ist nicht Stuhl. Ich fühle mich nicht gut. Muß schnell in mein Zimmer, Medizin einnehmen.« Er begann sich aus dem Stuhl zu erheben.

»O weh, armer Wicht! Kann ich irgend etwas für Euch ...«

Die Tür ging auf, und im Rahmen stand der Regent und starrte aus seinen fast zweihundert Zentimetern Höhe düsteren Blicks auf die idyllische Szenerie herab. In einem Ton, der nichts Gutes ahnen ließ, sagte Tashian: »Bei Tyazans Nase, Meister Ries! Ich muß mich sehr wundern, Euch hier vorzufinden!«

Vázni plapperte hastig auf ihren Vetter ein. Den wenigen Worten, die er aufschnappte, entnahm Reith, daß sie ihm erklärte, daß er sich lediglich verlaufen habe, dabei zufällig in ihrem Gemach gelandet sei, versucht habe, sich wieder zurückzuziehen, von ihr jedoch davon abgehalten worden sei.

»Ich um Vergebung bitte«, sagte Reith und erhob sich endlich ganz aus dem Stuhl. »Ich hätte Wache nach dem Weg sollen fragen, aber mein Durou so schlecht ist. Ich wollte gerade gehen.«

Tashian musterte das Paar eingehend. Obwohl die platten halborientalischen Gesichter von Krishnanern nicht sehr ausdrucksstark waren, konnte Reith in Tashians Zügen ablesen, daß der Regent die Tatsache abwägte, daß sich die beiden gegenübersaßen, voneinander getrennt durch den Tisch; daß ihre Kleidung in Ordnung war und daß Vázni ja sofort die Wache hätte rufen können, wenn Reith versucht hätte, zudringlich zu werden. Außerdem, beruhigte sich Reith, will er sich das Touristengeschäft nicht schon im Anfangsstadium verderben. Schließlich sagte Tashian: »Gut, Meister Ries, vergessen wir diesen kleinen Fehltritt. Ein Krishnaner hätte es nicht gewagt, meiner Base einen nächtlichen Besuch abzustatten, aber ich glaube, daß Ihr in harmloser Absicht kamt, und einem Fremden muß man vieles verzeihen.«

»Eure Exzellenz«, preßte Reith verzweifelt hervor. »Sprecht Ihr irgendeine terranische Sprache?«

»Ein paar Worte Portugiesisch. Warum?«

»Bitte – *onde posso urinar*?«

Tashians Antennen zuckten, bei Krishnanern ein untrügliches Zeichen für Verdutztheit. Und dann brach er in schallendes Gelächter aus und hieb Reith freundschaftlich auf den Rücken. Der etwas kleinere Reith ging in die Knie und – was noch schlimmer war – verlor um ein Haar die Kontrolle über seinen Schließmuskel.

»Das war's also, wonach Ihr suchtet!« brachte Tashian prustend hervor. »Mein guter Mann, ich zeige es euch sofort. Ab ins Bett mit dir, Vázni, bevor du noch einen von unseren Gästen aus fernen Welten in Verlegenheit bringst. Mögen die Sterne über deinen Schlaf wachen. Folgt mir, o Ries.«

Als Reith hinter dem Regenten zur Tür hinausging, hob er die Hand und preßte sie einmal kräftig gegen seinen Kopf. Er wollte sich vergewissern, ob dieser noch ganz fest auf ihm draufsaß.

6

Die Bahnlinie nach Zir

Considine und Turner stiegen in den Bahnwaggon. Beim Anblick der Holzbänke sagte der erstere: »He, Furchtloser, was ist das denn? Ein Viehwaggon? Oder heißt das hier ›Shaihanwaggon‹, hähä?«

Silvester Pride schimpfte: »Diese verdammten Eingeborenentreter drücken an allen Enden. Der rechte und der linke sind genau gleich. Und dabei habe ich die ganze Zeit hinter diesem Kanakenschuster gestanden und ihm gesagt, wie ich sie haben wollte!«

»Bo sollen denn diese Arweiter hin, die Mister Esstrachan angeheuert hat?« fragte Santiago Guzmán-Vidal. »Bir bollen nicht den ganzen Baggon voll eschtinkender Eingeworener haben!«

»He, Kumpel!« rief Strachan und schwang sich an Bord. »Alles an Bord? Der Sonderzug nach Gha'id fährt gleich ab auf Gleis eins.«

»Alles an Bord«, sagte Reith. »Aber da ist noch ein Problem. Wegen der Duruma. Sie – eh – sie wollen nicht so gerne mit ihnen – eh – in einem Waggon ...«

»Mein Gott, was für ein Haufen blöder Snobs!« brummte Strachan. »Aber sie brauchen keine Angst zu haben. Meine Krishnaner haben zwei Waggons für sich. Außerdem würden sie sowieso nicht zusammen mit den *Ertsuma* in einem Waggon fahren wollen. Sie sagen, die stinken ihnen zu sehr. Da kommt unsere zweite Lokomotive. Wir brauchen nämlich zwei.«

Die Touristen schauten aus dem Fenster, wie der zweite Bishtar vorbeistampfte. Das Tier hatte in etwa die Größe und die Form eines Elefanten, nur ruhte der lange zylindrische Rumpf auf sechs statt auf vier säulenartigen Beinen. Der Kopf war mit zwei Rüsseln ausgestattet, wies jedoch am wenigsten Ähnlichkeit mit einem Elefanten auf. Er erinnerte eher an den Kopf eines riesigen Tapirs. Die beiden Rüssel – eigentlich mehr eine gabelartige Verlängerung des Kopfes – waren etwa einen Meter lang. Die Ohren hatten die Form von Trompeten. Das ganze Tier war bedeckt von einem kurzen weichen glänzenden Fell, dessen dunkles purpurartiges Braun hier und da weiße Flecken aufwies.

Hinter den Ohren, auf einem Sattel über dem Hals, saß rittlings ein krishnanischer Treiber und redete auf das Tier in einer Sprache ein, die wohl nur Bishtaren und ihren Herren bekannt war. Wenig später war von vorn das Rasseln von Ketten zu hören, als der zweite Bishtar vor den ersten geschirrt wurde.

Dann geschah eine ganze Zeit gar nichts, bis schließlich die Touristen ungeduldig wurden und anfingen, Reith mit Fragen zu löchern, wieso es nicht weiterginge. Reith fragte Strachan, der wiederum wandte sich an den Schaffner.

»Er sagt, es ginge gleich los. Sie sind noch nicht ganz mit dem Beladen der Fracht fertig.«

»Diese Eingeworenen!« seufzte Guzmán-Vidal. »Kein Sinn für Pünktlichkeit.«

Schließlich rief jemand: *»Byant-hao!«* Ein Trompetensignal erscholl, und dann setzte sich der Zug mit einem Ruck und unter dem lauten Klappern der Waggonkupplungen in Bewegung. Er holperte schaukelnd über Weichen und schwenkte ruckartig auf das Qongholzgleis der Hauptlinie.

Holz quietschte und knarrte, Achsen kreischten, Kupplungen klapperten und Zugketten klirrten, als der Zug an Fahrt gewann – das Ganze unterlegt von dem dumpfen, rhythmischen Stampfen der zwölf Säulenbeine seiner ›Lokomotive‹. Schlingernd und schaukelnd rollten die zwölf kleinen hölzerenen Waggons mit einer Geschwindigkeit von etwa fünfzehn terranischen Stundenkilometern gen Osten.

Die Strecke wand sich entlang der Küste der Va'andao-See, die jedoch nur gelegentlich einmal hinter den Bäumen zur Linken aufblitzte. Ansonsten glitt ein endloses Panorama von Feldern und Wäldern an ihnen vorüber. Nach einer Stunde Fahrt wurde das Ackerland spärlicher und wich schließlich dichtem Laubwald zu beiden Seiten der Strecke. Doch wurde mit der Zeit auch dieser trotz der prachtvollbunten Vielfalt seiner Blätter (»Wie New Hampshire im Herbst!« schwärmte Mrs. Whitney Scott) langweilig und monoton. Hin und wieder sahen sie wilde krishnanische Pflanzenfresser am Rande der Strecke grasen, die hastig die Flucht ins Dickicht des Waldes ergriffen, wenn das zwölfgliedrige Ungetüm vorüberrumpelte.

Dann wurde die Strecke abschüssig. Pfeifen schrillten, Kommandos wurden gebrüllt, und das Zugpersonal hastete aufgeregt von Waggon zu Waggon und warf die Bremshebel herum, um zu verhindern, daß der Zug den hinteren Bishtar rammte.

Turner erhob sich von seinem Sitz, um das kleine Toilettenabteil am hinteren Ende des Waggons aufzusuchen. Breitbeinig, um das Schlingern des Waggons auszugleichen, hangelte er sich von Rückenlehne zu Rückenlehne vorwärts. Als der Waggon erneut eine heftige Schlingerbewegung machte, griff seine Hand an einer Rückenlehne vorbei ins Leere, und er landete auf dem breiten Schoß von Mélanie Jussac.

»Ah, der kleine Junge möchte wohl zu seiner Mutter, *n'est-ce pas?*« fragte Madame Jussac lächelnd. »Sie können von Glück reden, daß Sie mir und nicht der Señora Guzmán in den Schoß gefallen sind, sonst wäre jetzt Santiago mit seinem Schwert hinter Ihnen her!«

Lachend stellte sie Turner wieder auf die Beine. »Das ist ja schlimmer als auf der Schwäbischen Eisenbahn!« schimpfte er grinsend und kämpfte sich weiter Richtung Toilette.

Nachdem Reith sich vergewissert hatte, daß seine Touristen einstweilen gut versorgt und aufgehoben waren, stand er auf, um den Zug ein wenig zu erforschen. Vorn, zwischen ihrem Waggon und den zwei Bishtaren, waren zwei voll beladene Güterwagen, die mit Planen bedeckt waren. Hinter ihnen kamen zwei weitere Personenwaggons, beide voll von krishnanischen Bahnarbeitern, und dahinter folgten zwei weitere Güterwaggons. Nach einem Blick auf die meterbreite Lücke zwischen seinem eigenen schlingernden Waggon und dem nachfolgenden, tastete sich Reith zurück zu seinen Touristen im vorderen Teil des Waggons und reichte Guzmán-Vidal sein Schwert mit den Worten: »Könntest du eine Weile darauf aufpassen, Santiago? Ich möchte mal zum nächsten Waggon rüberspringen und habe Angst, daß mir das Ding dabei zwischen die Beine kommt und ich runterfalle.«

Reith sprang hinüber auf den Waggon und ging weiter in das Abteil, in dem die Krishnaner saßen. Strachan saß auf einer der Bänke, rauchte eine kräftige krishnanische Zigarre und unterhielt sich in fließendem Durou mit einem seiner Arbeiter.

»Ahoi, Kumpel!« begrüßte er Reith. »Nicht gerade der Edinburgh-Expreß, was? Aber gib ihnen Zeit. Die industrielle Revolution ist schon mit Riesenschritten unterwegs. Komm in hundert Jahren noch mal wieder, und du erkennst den Planeten nicht mehr wieder. Wahrscheinlich werden sie auch erst mal ein Automobilzeitalter durchmachen, genau wie wir, bis ihnen das Erdöl ausgeht ... das heißt, falls sie überhaupt Erdöl haben.«

»Aber wird das nicht mit gewaltigen Erschütterungen einhergehen? Revolutionen, Kriege und dergleichen?«

Strachan zuckte die Achseln. »Wahrscheinlich, aber was sollen wir dagegen tun? Wenn sie erst mal wissen, was man alles machen kann – und wir liefern ihnen ja das Beispiel –, dann werden sie nicht rasten und ruhen, bis sie es auch geschafft haben. Es hat keinen Zweck, sie vor den Fehlern zu warnen, die wir Terraner gemacht haben. Sie sind und bleiben ein sprunghaftes, unbeherrschtes Völkchen, also macht ein bißchen mehr Gewalt auch nicht sehr viel Unterschied.«

»Ken«, sagte Reith, »du wolltest mir noch ein bißchen von diesen beiden geheimnisvollen Wesen draußen in Zir erzählen, dem Dasht und der Hexe.« Er mußte schreien, um das Geklapper und Gerumpel des Zugs zu übertönen.

»Also, nun – he, halt dich fest! Wir gehen auf ein Ausweichgleis!«

Als der Zug über die Weiche rumpelte, schlug der Waggon so heftig hin und her, daß Reith sich mit beiden Händen an der Rückenlehne eines Sitzes festhalten mußte, um zu verhindern, daß er einem Krishnaner neben ihm in den Schoß plumpste. Wieder hetzte das Zugpersonal aufgescheucht durch die Waggons. Dann quietschten Bremsen, und der Zug kam ruckartig zum Stehen. Reith schaute aus dem Fenster. Sie hielten auf einem zweigleisigen Streckenabschnitt.

»Was ist passiert?« fragte er Strachan.

»Wir halten aus zwei Gründen: erstens, um den entgegenkommenden regulären Tageszug aus Jizorg auf dem Hauptgleis vorbeizulassen, und zweitens, weil es Zeit für unser Mittagessen ist.«

»Ich hätte mich auch gewundert, wie wir bei diesem Seegang hätten essen sollen. Haben die krishnanischen Bahnen keine zweigleisigen Strecken?«

»Noch nicht. Das lohnt sich bei den wenigen Zügen und dem weiten Streckennetz noch nicht. Sag deinen Leuten, sie können aussteigen und sich ein bißchen die Beine vertreten, wenn sie Lust haben. Wir fahren bestimmt nicht ohne sie ab.«

Reith eilte zurück in seinen Waggon und verteilte die Lunchpakete, die auf einem Sitz gestapelt waren. Gleich darauf standen oder saßen seine Touristen alle neben dem Zug und aßen und tranken. Die beiden Bishtare wurden ausgespannt und zum Waldrand geführt, wo sie sofort zu fressen anfingen. Jedes Tier umschlang mit seinen Rüsseln ein gewaltiges Büschel Blattwerk, rupfte es ab und stopfte es sich in den höhlenartigen Schlund.

»Achtung! Nicht anfassen!« hörte Reith plötzlich die Stimme von Strachan rufen. Er drehte sich um. Die Warnung Strachans galt Professor Mulroy, der gerade im Begriff gewesen war, einen Sprößling von einer Pflanze mit wunderschön anzuschauenden schwarz-weiß gestreiften Blättern abzubrechen. »Das ist der *Sha'pir* oder das Zebrakraut, wenn Ihnen das besser gefällt. Es hat dieselbe Wirkung wie unsere terranische Brennessel, nur daß es, gemäß dem Prinzip, daß alles Widerliche hier doppelt so widerlich ist wie bei uns, doppelt so stark brennt, doppelt so stark juckt und in seiner Wirkung doppelt so lange anhält.

Als Siggy und ich in Suruskand arbeiteten, nahm er einmal an einem heißen Tag ein Bad im Fluß, und als er rauskam und feststellte, daß er nichts zum Abtrocknen mit hatte, rupfte er eine Handvoll von diesen Blättern ab und versuchte sich damit das Gesicht, die Hände und andere Körperteile abzutrocknen. Der Erfolg war, daß er so lange flachlag, daß es uns den Bonus kostete, den wir bekommen hätten, wenn wir den Auftrag vor dem Termin fertiggekriegt hätten.«

»Bei Gott!« ächzte der Professor. »Ich bin Ihnen außerordentlich dankbar, Mister Strachan. Diese Pflanze sieht sehr interessant aus. Sie hat offenbar eine Art ›Warnsignal‹ in Form ihres auffälligen Streifenmusters entwickelt, analog zu unserer irdischen Hornisse. Ich nehme nicht an, daß es ein Buch über die auf Krishna vorkommenden Giftpflanzen gibt.«

»Nicht daß ich wüßte. Vor ein paar Jahren kam mal ein terranischer Botaniker nach Suruskand, um die dortige Flora zu studieren. Aber der arme Kerl ging einmal zuviel ohne Begleiter in den Wald und wurde von einem Yeki gefressen.«

»O Gott!« ächzte abermals der Professor. Ein paar der umstehenden Touristen, die mitgehört hatten, stießen ebenfalls erschreckte Ausrufe hervor. »Ich hoffe doch, daß wir einem solchen Räuber nicht ohne adäquaten Schutz begegnen!«

»Hier gibt es ohnehin keine. Der Yeki ist hauptsächlich ein Steppenbewohner; seine Heimat sind die Prärien von Ruz. Das größte Raubtier dieser Regionen ist der Kargán, der kleinere Vetter des Yeki, der sich jedoch nur in äußerst seltenen Fällen an Wild von unserer Größe heranwagt. Gefährlicher ist da schon der Wildeshun, der sich ausschließlich in Rudeln bewegt; aber der meidet größere Gruppen wie unsere.«

»Nun, da bin ich ja beruhigt. Ich glaube, ich gehe jetzt mal die Körpertemperatur der Bishtare messen.« Mulroy zog ein Fieberthermometer hervor. »Ich glaube nicht, daß das bisher schon einmal jemand festgestellt hat.«

»He!« rief Reith. »Sie wollen ihm das Ding doch nicht etwa in den Hin ...«

»Keine Angst, Fergus. Bei einem so großen Tier macht man das anders.«

»Wie denn?«

»Ganz einfach. Man wartet, bis das Tier den Darm leert und steckt dann das Thermometer in den noch frischen Kot.« Der Professor schritt erwartungsvoll von dannen, zu den äsenden Bishtaren hinüber.

Als Reith mit seinem Lunch fertig war, sagte er leise zu Strachan: »Ken, kann ich dich mal einen Moment unter vier Augen sprechen? Ich möchte noch ein bißchen was über Zir wissen, aber ich halte es für besser, wenn meine Schäfchen nicht unbedingt zuhören.«

»Also, Zir ist ein wildes Bergland am Nordwestzipfel der Va'andao-See. Sowohl Dur als auch Gozashtand erheben Anspruch auf das Gebiet, aber keiner von beiden kann seinen Anspruch durchsetzen. Das Land ist unwegsam und rauh, und die Ziruma machen jedem Eindringling das Leben schwer.«

»Was ist mit diesem Burschen, der sich ›Dasht von Zir‹ nennt?«

»Vor ein paar Jahren begann Barré vas-Sarf seine Karriere als schlichter *Bandido,* der mit seiner Horde das Unterland unsicher machte. Sowohl Tashian als auch Eqrar schickten daraufhin Truppen in das Gebiet, um dem Treiben ein Ende zu bereiten, aber die zogen sich schließlich demoralisiert zurück, nachdem sie in dem unwegsamen Berggelände immer wieder von nächtlichen Stoßtrupps überfallen und in Hinterhalte gelockt worden waren, ohne die Banditen jemals zu fassen zu kriegen.

In der Zwischenzeit hatte Barré immer mehr Stämme und Clans unter seine Kontrolle gebracht, und schließlich nannte er sich ›Dasht von Zir‹. Eqrar und Tashian haben ihn seitdem immer wieder aufgefordert, er solle ihnen den Lehnseid schwören, und seine Antwort war jedesmal, sie sollten sich ihren Lehnseid sonstwohin stecken.«

»Und du glaubst, er sieht tatenlos zu, wie du für Tashian eine Bahnlinie durch sein Gebiet baust?«

»Tashian glaubt, daß er mit der Bahn am jeweiligen Ende der Strecke genug Soldaten unterhalten kann, um Barré an einem Überfall zu hindern. Ich habe da meine Zweifel, aber solange Tashian weiterhin genug Gold nach Novo schickt, ist die Sache für Siggy und mich das Risiko wert.«

»Und was ist eigentlich mit der sogenannten Hexe von Zir?«

Strachan stieß ein heiseres Lachen aus. »Deren Existenz haben wir den gottverdammten Missionaren zu verdanken. Warum sie diese vertrottelten Schwachköpfe scharenweise ins Land lassen, gleichzeitig aber ehrlichen Technikern wie mir verbieten, den Krishnanern was Sinnvolles und Nützliches beizubringen, ist mir schleierhaft. Da stecken wahrscheinlich politische Interessen an höchster Stelle dahinter. Und wenn sie die Christen und Moslems und Buddhisten und dergleichen reinlassen, dann müssen sie natürlich alle die kleinen verrückten Sekten auch zulassen. Wie diesen einen Burschen, den wir in Suruskand trafen, der den Krishnanern weismachen wollte, sie wären die Zehn Verlorenen Stämme Israels. Als Beweis für diese verrückte These führte er die Ähnlichkeit zwischen dem krishnanischen *Shomal* und unserem irdischen Kamel an – sowohl äußerlich als auch vom Namen her. Beide Wörter, ›Shomal‹ wie ›Kamel‹, hätten dieselbe Wurzel – irgendsoein altes hebräisches Wort, *Gamal,* glaube ich.

Glaub mir, dieser ganze Religionszirkus schafft mehr Gewalt und Blutvergießen als alle Erfindungen der industriellen Revolution zusammengenommen. Nun, jedenfalls bekehrte einer von diesen Spinnern vor mehreren Jahren eine einheimische Priesterin, die sich daraufhin aus Teilen seiner Lehre einen eigenen Kult aufbaute. Shosti, so heißt diese Priesterin, ist mittlerweile Oberhaupt einer weitverbreiteten Sekte: der ›Endgültigen Wahrheit‹, wie man wohl auf Englisch sagen würde. Der Kern ihrer Lehre ist die Behauptung, daß das Universum der Schauplatz eines gewaltigen Ringens zwischen zwei sich unversöhnlich gegenüberstehenden Gruppen interplanetarischer Entitäten ist, nämlich der Guten und der Bösen. Wir *Ertsuma* sind die Bösen. Es geht das Gerücht, daß dieser französische Schwindler, Borel, bei ihr Unterschlupf gefunden hat.«

»Aber wenn er doch einer von den Bösen ist ...«

»Wie schon gesagt, Kumpel, es handelt sich lediglich um ein Gerücht. Seit sich seine Spur in den Bergen verlor, haben wir nichts Konkretes mehr von ihm gehört. Da kommt übrigens der Tageszug.«

Der aus fünf Waggons bestehende, von nur einem Bishtar gezogene Zug aus Jizorg näherte sich ratternd auf dem Hauptgleis. Schmuck anzuschauen in seinem frischen rotblauen Anstrich, rumpelte er an dem auf dem Ausweichgleis wartenden Sonderzug vorüber. Die Passagiere an den Fenstern tauschten Winke und Grußrufe mit den draußen herumspazierenden Insassen des Sonderzugs aus.

Strachan aß seine Frucht zu Ende. »Ich sehe, daß Meister Kherát, unser braver Schaffner, gerade seine Leute einsammelt. Am besten holst du deine jetzt auch. Es geht gleich weiter.«

Wenig später hatte Reith alle seine Leut zurück an Bord des Zuges. Das heißt, alle bis auf einen: Otto Schwerin. Nach einer verzweifelten Suche fanden sie ihn schließlich auf einem Ast hockend, beim Fotografieren.

Der gelbe Roqir verschwand schon hinter den bewaldeten Bergrücken, als der Zug das Dorf Jizorg erreichte und auf einem Nebengleis hielt. Strachan führte Reith und seine Touristen über die morastige Hauptstraße zum Dorfgasthof. Ein stämmiger Krishnaner tätschelte beruhigend seinen Eshun, der beim Anblick des seltsamen Haufens wild an seiner Kette zerrte und knurrte. Alsdann begrüßte der Krishnaner – der der Gastwirt war, wie sich herausstellte – die Gruppe mit Verbeugungen und gestenreich vorgetragenen Worten, jedoch zu schnell und in einem zu starken Dialekt, als daß Reith hätte folgen können.

»Er sagte«, erklärte ihm Strachan, »als Dank für die Ehre, die erste Touristengruppe aus einer fremden Welt beherbergen zu dürfen, wolle er seinen Schuppen in einen Palast umgestalten.«

»Da hat er aber eine Menge zu tun«, meinte Considine spöttisch.

Im Hof zeigte der Wirt ihnen stolz den Ziehbrunnen in der Mitte. Zwei Arbeiter waren dabei, einen Kreis um den Brunnen mit flachen Steinplatten auszupflastern, während ein dritter, ein Maurer, einen weiteren Stein gerade so zurechthaute, daß er sich in den kreisförmigen Sockel der Brunneneinfassung einfügte. Der Wirt verfiel erneut in einen gestenreichen Wortschwall.

»Er sagt«, übersetzte Strachan, »daß der alte Brunnen gut genug gewesen wäre, als er noch wenige Gäste gleichzeitig gehabt hätte; aber bei dem wachsenden Touristenaufkommen, mit dem er für die Zukunft rechnet, würde der Hof zu einem Morast zertrampelt. Deshalb die steinerne Einfassung. Als nächstes, sagte er, werde er eine Winde und einen Schwengel auf der Mauerkrone der Brunneneinfassung installieren, damit die Dienstboten die Eimer nicht mehr mühsam von Hand hochzuziehen brauchten. Ich sag's ja, Kumpel, die industrielle Revolution naht mit Riesenschritten.«

Obgleich Reiths Touristen sich mittlerweile an einiges gewöhnt hatten, was den Unterbringungskomfort betraf, waren sie doch entsetzt angesichts der Primitivität, mit denen dieses Logis aufwartete. Besonderen Anlaß zur Klage gab die Tatsache, daß bei nur vier verfügbaren Betten die Männer zu viert in einem Bett nächtigen mußten.

»Ich verlange ein Wett für mich und meine Frau!« erklärte Guzmán-Vidal kategorisch. »Die anderen vier Damen können in dem anderen Wett eschlafen. Bir eschlafen niemals getrennt, nicht einmal, benn bir Eschtreit haben!«

»Nichts zu machen, Santiago«, sagte Reith achselzuckend.

»Awer ich win ein *Mann!* Ich kann nicht getrennt von meiner Frau eschlafen ....«

»Willst du allein zurück nach Novo?« fragte Reith mit leicht drohendem Unterton in der Stimme.

Guzmán-Vidal schickte sich murrend in das Unvermeidliche. Als dann aber auch noch nacheinander Pride und Considine Sonderwünsche anmeldeten, sagte Reith:

»So, Freunde, jetzt hört mal gut zu! Ihr habt diese sehr teure und zeitaufwendige Reise gebucht, weil ihr etwas ganz Besonderes erleben wolltet, mal was ganz anderes als das, was ihr tagtäglich zu Hause auf der Erde sehen könnt. Man hat euch vorab gewarnt, daß es keine Vergnügungsfahrt mit allem terranischen Komfort werden würde. Wenn das nämlich so wäre, dann wärt ihr wie die Leute, die nach Timbuktu wollen, bloß weil der Name so romantisch klingt. Und wenn sie dann ankommen, hocken sie den ganzen Tag im Timbuktu-Hilton herum und jammern, die Stadt wäre ja wie jede andere. Wer was wirklich Exotisches erleben will, der muß nun mal ein paar Abstriche am Komfort in Kauf nehmen. Das ist eben der Preis, den man zahlen muß, wenn man was nicht Alltägliches sehen will.«

Ein seltsames Geräusch weckte Reith bei Sonnenaufgang. Als er das Fenster öffnete und hinausschaute, entdeckte er Strachan, der in seiner normalen krischnanischen Kluft auf dem Hof herummarschierte und auf seinem Dudelsack spielte. Reith zog sich rasch an und ging hinunter auf den Hof. Dort unterhielt sich Strachan gerade mit dem Wirt.

»Einer meiner Arbeiter ist während der Nacht verschwunden«, erklärte Strachan. »Der Wirt sagt mir gerade, derselbe Krishnaner wäre vor ein paar Tagen schon einmal hier durchs Dorf gekommen, auf dem Weg nach Osten. Er hätte seinen Aya bei ihm eingestellt und hätte dann den Zug nach Baianch genommen. Jetzt wäre er zusammen mit den anderen im Zug wiedergekommen. Er hätte seine Stallkosten bezahlt und wäre auf seinem Aya weggeritten.«

»Und was ist dabei?«

»Was dabei ist? Daß er sich als gewöhnlicher Bauarbeiter ausgegeben und bei meiner Kolonne verdingt hat, obwohl er offensichtlich keiner ist. Ein Arbeiter verdient nämlich nicht so viel, daß er sich einen Aya leisten könnte. Ich halte ihn für einen Spitzel von Barré, der auskundschaften sollte, wie weit wir mit dem Bau der Bahnlinie sind.«

»Bedeutet das irgendeine Gefahr für meine Leute.

Strachan runzelte die Stirn. »Nein, Kumpel, ich glaube nicht. Zumindest nicht mehr als irgendwo anders auf diesem turbulenten Planeten. Barré hat kein Motiv, deine Leute zu belästigen. Außerdem sind wir ein ganzes Stück von der Grenze entfernt – wenn man überhaupt von einer Grenze im eigentlichen Sinne sprechen kann.

Nun, jedenfalls hat Tashian uns trotzdem eine Schwadron Soldaten geschickt. Ziemlich faules Pack, übrigens. Wir hatten ihn zwar um eine ganze Kompanie gebeten, aber das war ihm zu teuer.« Er zuckte die Achseln. »Der allmächtige Bákh wird's schon irgendwie richten, daß uns nichts passiert. Du kannst ja mal zu ihm beten, vielleicht nützt das was.«

»Nun – eh ... also ...«, begann Fergus, ein wenig unschlüssig.

Strachan klopfte ihm auf die Schulter und sagte aufmunternd: »Komm, Fergus, alter Junge! Mach dir keine Gedanken. Euch wird schon nichts passieren! Ich werde euch persönlich überallhin begleiten, solange ihr hier seid. Glaub mir, ihr seid hier sicherer aufgehoben als auf dem Schiff, mit all den Stürmen und Piraten und so.«

»Na schön«, sagte Reith. Einerseits hatte er zwar das Gefühl, wider sein besseres Wissen zu handeln, wenn er seine Leute diesem Risiko aussetzte, andererseits aber war er erleichtert, nicht in die peinliche Lage zu kommen, seinen Leuten sagen zu müssen, daß sie ihre Reise mittendrin abbrechen und wieder umkehren mußten.

»Prima!« rief Strachan. »Ich wußte doch, daß sich so ein alter Schotte nicht bange machen läßt! Wäre auch traurig gewesen, wenn du wieder umgekehrt wärst. Die Krishnaner sind zwar okay, aber mit der Zeit geht es einem ganz schön auf die Nerven, wenn man sich nicht mal zwischendurch mit einem Terraner unterhalten kann. Der Svensk ist ein prima Boß und ein guter Ingenieur, aber so gesprächig wie ein Grabstein. Wird Zeit, daß wir frühstücken, wenn wir den Zug nicht aufhalten wollen.« Er spielte noch schnell eine letzte Nummer auf seinem Dudelsack und ging dann hinein.

7

Der Banditenkönig

In Gha'id stiegen Fergus Reith und sein verwegenes Dutzend etwas steifbeinig aus dem Waggon. John Turner sagte: »Nach den drei Tagen in dem Ding fühle ich mich wie die kleine Kugel in der Trillerpfeife eines Schiedsrichters. Ich hätte nicht gedacht, daß ein so lahmes Gefährt einen so durchschütteln kann.«

Reith bat seine Leute, einen Moment stehenzubleiben, wo sie standen, und ging das Gepäck zählen. Weiter hinten sammelte Strachan seine krishnanischen Arbeiter. Als Reith zu seiner Gruppe zurückkehrte, näherte sich ihnen ein hoch aufgeschossener, dunkelhaariger Terraner.

»Sie sind Mister Reith, nehme ich an«, sagte der Mann und streckte Reith die Hand zum Gruß hin. »Ich bin Sigvar Lund.« Der Ingenieur sprach britisches Englisch mit kaum hörbarem schwedischen Akzent. »Wenn Sie mir bitte folgen wollen. Ich zeige Ihnen Ihr Quartier. Wir mußten eigens für Sie eins bauen, weil es in Gha'id keinen Gasthof gibt. Hier entlang bitte, wenn Sie so nett sind.«

Das ›Quartier‹ war eine Baracke aus rohen Brettern und Bohlen, mit vier kleinen und einem größeren Raum. Die drei Ehepaare bekamen je einen der kleinen Räume zugewiesen, den vierten teilten sich Mrs. Whitney Scott und Shirley Waterford, während die übrigbleibenden Männer mit Kojen im Hauptraum vorlieb nehmen mußten. Ein wenig Aufregung gab es, als die Neuankömmlinge ein paar nicht sehr anheimelnd aussehende krishnanische Käfer aufscheuchten, die es sich unter ihren Betten bequem gemacht hatten; doch wurden diese rasch zertreten oder zur Tür hinausgejagt.

Als Reith seine Touristen und ihr Gepäck ordentlich verstaut wußte, sagte er zu Strachan und Lund: »Meine Leute werden morgen erst mal ein bißchen Ruhe brauchen. Die Zugfahrt hat sie doch ganz schön geschafft.«

»Sie sind vom terranischen Luxus verdorben«, sagte Lund streng.

»Kann sein, aber vergessen Sie nicht, daß ein paar von ihnen schon ziemlich alt sind. Außerdem brauchen sie ein bißchen Freizeit, um Briefe zu schreiben, Socken zu waschen und dergleichen.«

In diesem Moment ging die Tür des Aufenthaltsraums der Ingenieure auf, und herein kam ein junger Krishnaner in durischer Armeeuniform, mit scharlachrotem Rock, glänzendem Küraß, Flügelhelm und klirrendem Schwert.

»Fergus«, sagte Strachan, »das ist Gandubán vash-Sherdurogh, der Befehlshaber unserer kleinen Garde. Hat etwa den Rang eines Hauptmanns.« Dann sagte er auf Durou: »Ich darf vorstellen: Meister Fergus var-Reith, der Befehlshaber der Touristen.«

Gandubán knallte die Hacken zusammen, verbeugte sich und streckte die Hand zum Gruß aus. Dann sagte er in kaum verständlichem Englisch: »Ich sehr entzückt, gute liebe Herr! Ich geehrt! Ihre Aufenthalt hier sehr glücklich soll sein! Ich dich helfen, wo kann mit meine tapfere Männer. Ich gut Englisch sprechen, nicht wahr?«

Reith ließ sich die Hand quetschen. Als sie wieder Platz genommen hatten, nahm er den Faden erneut auf: »Wenn Sie sie dann übermorgen mit zur Baustelle rausnehmen, sind sie den ganzen Tag beschäftigt, so daß wir den Tag darauf dann wieder abfahren könnten.«

Lund schien erleichtert. »Sie haben also nicht vor, länger zu bleiben?«

»Nein. Sie werden sicher alles gesehen haben, was sie wollten.«

»Ausgezeichnet! Verstehen Sie mich nicht falsch, Mister Reith. Ich sehe gern hin und wieder mal Terraner. Aber Ihre Anwesenheit belastet mich mit einer schweren Verantwortung, und durch Ihren Besuch geraten wir mit unserer Arbeit in Verzug. Selbst wenn Sie darauf achten, daß niemand im Weg herumsteht, werden unsere Arbeiter – von denen die meisten noch nie einen *Ertsu* gesehen haben – mit der Arbeit aufhören und gaffen.

Ich werde noch einen Sonderzug startklar machen lassen. Wir haben ohnehin zur Zeit eine ganze Ansammlung leerer Güterwaggons hier, und es wird Zeit, daß wir ein paar davon nach Baianch zurückschicken.«

»Prima. Wann gibt es was zu essen?«

»Gleich, aber ich vermute, Sie müssen mit Ihren Leuten essen.«

»Im Gegenteil. Die Agentur hat nichts dagegen, wenn ich getrennt von der Gruppe esse, wann immer ich will.«

»Wieso?«

»Schauen Sie, wenn Sie sich von morgens bis abends Beschwerden und irgenwelche blöden Vorschläge anhören müßten und verlorengegangene Gepäckstücke suchen und Streit schlichten müßten, würden Sie dann nicht auch froh sein um jede Minute, in der Sie nicht mit ihnen zusammensein müßten?«

»Ah, ich verstehe. Sehr schön. Sie werden also mit uns essen. Kenneth, sei so nett und öffne die Flasche.«

Am nächsten Morgen sah Reith Gandubán zu, wie er seine zwölf Soldaten drillte. Zuerst mußten sie im Gleichschritt marschieren, hübsch anzuschauen in ihren mit Messingknöpfen verzierten Lederwämsern. Danach übten sie Fechten und Schießen, wobei sie umstehende Bäume als Sparringspartner und Zielscheibe benutzten.

Als die Soldaten abgetreten waren, kam Gandubán freudestrahlend auf Reith zu und begrüßte ihn: »Ah, die tapfere Erdmann! Die Erforscher von fremde Welten!«

Reith musterte scharf sein Gesicht, um zu sehen, ob er es ironisch gemeint hatte, aber nichts an ihm deutete darauf hin. Begeistert fuhr er fort: »Ich große Bewunderer von Erdmänner. Bitte, Herr, ich mein Englisch an dir üben. Auch schon gut die Portugiesisch kann sprechen. Du höre: *Tamates! Graças a Deus! Ve para o diablo!* Und jetzt die Englisch muß lernen.«

Reith erwiderte in bemühtem Durou: »Ich bin sicher, Meister Gandubán, daß mein Durou mehr der Übung bedarf denn Euer Englisch.«

»Okeh, dann wir sprechen bißchen Englisch, bißchen Durou. Einen Tag Erdmänner regieren ganz Krishna, wie Erdmänner unsere Welt nennen. Dann Mann, der gut terranisch kann sprechen, die gute Jobbe kriegt. Dann ich werde sein bereit.«

»Ach wo«, sagte Reith. »Ihr wißt doch, daß der Interplanetarische Rat jede Art von Imperialismus strikt verbietet. Die in Novorecife dürfen nicht mal eingreifen, wenn unsere eigenen Leute in Schwierigkeiten geraten ...«

»Oho! Du glauben, ich bin dumm und glauben das? Ich gelesen terranisch Geschichte in brasilianische Missionsschule. Ich weiß. Nationen mit die beste Waffen, die senden Spione, die sagen sind bloß Missionare, Händeler, Wissenschaftler. Spionen machen machen, daß kommt Aufruhr, dann Regierungen haben Grund für Soldaten senden. Ganz schon bald, dann alle rückständige Volke alle Sklave von fortgeschrittene Volke. Immer so geschehen. Jetzt geschehen selbe auf Krishna, mit Leute, die sagen, daß sind Missionar oder Wissenschaftler, jetzt sagen sind Touriste.« Er blinzelte Reith schelmisch zu – eine Geste, die Reith bisher auf Krishna noch nicht gesehen hatte. Gandubán mußte sie in der Missionsschule gelernt haben. »Aber keine Sorge. Gandubán – wie sagen – landet immer auf Füße.«

Reith versuchte dagegen zu argumentieren, gab es aber bald auf, da Gandubán nicht von seiner Überzeugung abzubringen war. Er vereinbarte mit dem Offizier, wechselseitig Englisch und Durou miteinander zu sprechen, war aber nicht unglücklich, als das Nahen der Essenszeit ihm einen guten Vorwand bot, sich abzusetzen. Später sagte Strachan zu ihm: »Ich weiß nicht, wie groß Gandubáns Fähigkeiten als Soldat sind, aber fest steht, daß er ein ausgemachter Schleimer ist. Er kriecht jedem Terraner in den Arsch, von dem er glaubt, daß er Einfluß in Novo hat. Wenn jemals einer auf seinen Vorteil bedacht war, dann dieser junge Speichellecker. Aber daran sind diese verfluchten Missionsschulen schuld.«

Am Morgen des freien Tages besuchte Reith Sigvard Lund in seiner Baubude, wo der Schwede gerade über einer topographischen Karte saß. Er versuchte den Ingenieur in ein Gespräch zu verwickeln, mit dem Hintergedanken, etwas über mögliche Gefahren für seine Touristen aus ihm herauszulocken. Aber der lange Schwede erwies sich als ebenso schweigsam, wie Strachan gesprächig war. Außerdem gab er freundlich, aber bestimmt zu verstehen, daß er zu tun habe und keine Zeit für loses Geplauder habe.

Als Reith aus der Bude trat, kam Gandubán auf ihn zugeschossen. »Mister Ries!« jubelte er. »Welch günstige Gelegenheit! Meine Männer gerade fertig mit Üben. Jetzt wir üben Sprechen, ja?«

Der Krishnaner hängte sich wie eine Klette an Reith, als dieser sich unter dem Vorwand, nach seinen Touristen sehen zu müssen, davonmachen wollte. Um das Beste aus der Situation zu machen, fragte Reith:

»Erzähl mir, was du über Barré vas-Sarf weißt.«

»Ach, der! Ist bloß große Aufschneider. Herumreitet, laut spricht, daß will Bahn kaputtmachen. Aber nichts tut. Nur Bandit. Meine tapfere Soldaten stärker als hundert Ziruma. Wir nicht Aufschneider! Wir richtige Flieger!«

»Flieger? Ich verstehe nicht ...«

»Du verstehen. Wort heißt Mann, der fliegt wie – wie *Aqebat* durch die Luft in Maschine von Prinz Ferrian. Heißt auch Mann, der kämpft mit andere Soldaten gegen Feind.«

»Ach, du meinst ›Krieger‹!«

»Ja, natürlich – Krieger. Du sehen, wie wichtig, wenn wir viel Sprechen üben. Meine tapferen Männer richtige Krieger, nicht Banditenaufschneider wie Barré!« Er zückte schwungvoll sein Schwert und focht mit einem imaginären Gegner. »Du fechten mit Schwert?«

»Nun ja, ich habe es ein wenig geübt, aber ich bin sicher, du würdest mich beim ersten Angriff in Stücke hauen.«

»Fein! Wir auch üben Fechten! *Angart!*« *(En garde!)*

»He, nicht mit richtigen Schwertern! Warte, ich hole meine Fechtstöcke. Ich bin aus der Übung.«

»Wie klug!« sagte Gandubán, als er die Fechtmasken und

die wattierten Jacken sah. »Ihr Erdmänner immer alles richtig machen. Darum ihr einen Tag auch meine Welt regieren. Doch nun *angart,* mein Herr!«

Eine schweißreiche Stunde später sagte der Krishnaner keuchend: »Du Überraschung. Du gut. Natürlich erst angefangen; ich seit Jahren mache jeden Tag. Ich genug gekämpft, ich müde. Du auch? Komm, wir nehmen Duschebad.«

Die ›Dusche‹ bestand aus einen Bretterverschlag, in den sich der Badende stellte, während sein Partner ihm durch eine Art Sieb von oben einen Eimer Wasser über den Kopf schüttete.

Als sie sich auszogen, starrte Gandubán Reiths Körper so unverhohlen an, daß Reith sich unbehaglich fühlte. Da der Krishnaner jedoch keine Annäherungsversuche startete, wertete Reith sein Verhalten als bloße Neugierde. Gandubán erklärte: »Wenn Lund hören, daß du mit Touristen kommen, er sagt Arbeiter, sollen nageln diese Vorhang. Sagt, viele Erdmänner komisch sind; nicht wollen, daß andere sehen, wenn ohne Kleider sind.«

Reith japste erstickt nach Luft, als das eiskalte Wasser durch den Rost auf ihn herunterplatschte. Als er sich abgetrocknet und wieder angezogen hatte, fragte er auf Durou: »Und nun erzählt mir bitte von dieser Hexe von Zir.«

»Ach, die!« Gandubán machte eine abfällige Handbewegung. »Wollt Ihr, mein guter Her, mir die große Ehre geben, diese Zigarre anzunehmen?«

»Danke, aber ich rauche nicht. Was hat es nun mit dieser Hexe auf sich?«

»Unter den Ziruma geistert, wie Nebelschwaden in den Wipfeln der Bäume, eine wilde, phantastische Mär. Irgendwo in den Bergen, so sagen sie, haust eine unsterbliche Zauberin, umgeben von einem Gefolge von Kobolden und Dämonen von unglaublicher, bizarrer Gestalt. Es heißt, die Schönheit dieses Weibes sei so groß, daß kein Mann ihm widerstehen kann. Ein armer Wicht der, welcher den betörenden Verlockungen ihres Leibes erliegt! Statt der erhofften Sinnesfreuden teilhaftig zu werden, die der Hexe be-

bender Leib verheißt, sieht er sich fortan gewisser Teile und Organe des eignen Leibes tragisch beraubt. Selbige verwendet die Zauberin zur Herstellung magischer Tränke.

Das Opfer wird alsdann – so geht die Mär – davongejagt, lebendig zwar, doch seiner Manneskraft ledig. Das Ganze ist, wie ich bei einem von Eurer Geistesschärfe nicht sonderlich zu betonen brauche, schierer Aberglaube.«

Gandubán schnippte einen Zentimeter Asche von seiner Zigarre. »Niemand hat je einen dieser beklagenswerten Verstümmelten gesehen. Selbst wir armen rückständigen Duruma sind zu gewitzt, solch hanebüchnen Flunkergeschichten Glauben zu schenken.«

»Nichtsdestotrotz«, erwiderte Reith, »ist die Geschichte nicht angetan, einen, der eine solch flatterhafte Herde wie die meine führt, mit Zuversicht zu erfüllen.« Ihm war ein wenig mulmig von dem beißenden Qualm, der der Zigarre des Krishnaners entstieg.

»Fürchtet Euch nicht, mein guter Herr!« tönte Gandubán. »Mit mir und meinen tapferen Kämpen als Schutz seid Ihr so sicher wie im Herzen der Festung von Baianch. Wir würden unser Leben hingeben, ehe wir zuließen, daß den Erdenmenschen auch nur ein Haar gekrümmt wird!«

Am Abend wurden die Bishtare mit Seilen aneinandergebunden und in eine Koppel außerhalb des Lagers getrieben. Am Morgen wurden die losgebunden, die zur Arbeit auf der Baustelle benötigt wurden; den Rest führte man zum Äsen in den umliegenden Wald.

»Man muß ihnen ebensoviel Zeit zum Fressen wie zum Arbeiten geben«, erklärte Strachan. »Das Paar, das uns von Bainach hierhergezogen hat, hat seither nichts anderes getan, als sich vollzustopfen. Die vier da sind für deine Leute.«

Vier Bishtare waren losgebunden worden und standen jetzt, langsam hin- und herschwankend, in einer Reihe vor Reith und seinen Touristen. Krishnanische Arbeiter ließen Strickleitern von den gondelähnlichen Howdahs herunter und bedeuteten Reith und seinem Gefolge hinaufzuklettern.

Zu Reiths großer Erleichterung hatte Mrs. Whitney Scott

gebeten, daheim bleiben zu dürfen. »Ich hasse es zwar, etwas zu verpassen«, hatte sie gesagt, »aber in meinem Alter muß man manchmal ein bißchen kürzer treten.«

Somit blieben Reith noch elf Touristen. Ebenfalls mit von der Partie war Strachan, um alles Sehenswerte zu zeigen und zu erklären. Gandubán und vier seiner Soldaten standen parat und warteten auf Befehle.

Als Reith seine Leute auf die einzelnen Bishtare aufgeteilt hatte, sagte er: »Ken, du gehst am besten auf das vorderste Tier, damit du immer sagen kannst, wo wir gerade vorbeikommen. Ich nehme das letzte. Hauptmann Gandubán, könntet Ihr in jeden Howdah einen Eurer Soldaten setzen und selbst einen der beiden mittleren Bishtare besteigen?«

»Meine tapferen Recken und ich stehen allzeit zu Euren Diensten, Herr!«

Als alle verstaut waren, schrie der vorderste Treiber *»Boi vegh!«* und stieß in seine Trompete, worauf sein Bishtar sich gemächlich in Bewegung setzte. Die anderen folgten. In gemütlichem Tempo trabten sie hintereinander den Nachschubpfad entlang, der parallel zur Bahnlinie verlief. Zwar schaukelten die Howdahs beträchtlich, doch war ihr Schaukeln weit weniger hart und unangenehm als das der Bahnwaggons.

Als sie einen mit Bahnschwellen beladenen Shaihan-Karren überholten, mußten die Bishtare, um das Gefährt passieren zu können, so hart an den Rand des Pfades ausweichen, daß Reith und seine Touristen die Köpfe einzogen, um nicht an Baumstämme zu stoßen.

Als sie sich dem schneebedeckten Kehar-Berg näherten, stieg der Pfad merklich an. Zwischen dem Berg und dem Meer erstreckte sich ein langgezogener Kamm, der zu einer Spitze anstieg, um dann steil zur Va'andao hinunter abzufallen. Strachan wandte sich in seinem Sitz um und rief nach hinten:

»Der Abhang zur See hinunter ist zu steil und zu zerklüftet, als daß eine direkte Streckenführung zwischen dem Gipfel und dem Meer möglich wäre. Wir müssen also über die Senkung. Das zwingt uns zu einem gewaltigen Umweg.

Wir müssen nach rechts abbiegen, halb um den Kehar-Berg, immer mit leichtem Anstieg, versteht sich, bis wir eine Stelle finden, die eben genug ist, um wieder zurückzubiegen und die Strecke über den Sattel zu führen. Wenn wir dann endlich auf der anderen Seite angekommen sind, haben wir praktisch den Kehar-Berg einmal umrundet.«

»Warum nicht einfach geradeaus über den Paß?« fragte einer.

»Weil die Steigung zu groß ist. Wir dürfen einen bestimmten Steigungswinkel nicht überschreiten, sonst kriegen die Tierchen die Waggons nicht mehr hoch, beziehungsweise, gebremst, wenn's bergab geht. Der Karrenpfad geht auf dieser Seite des Passes in Serpentinen hoch, aber bei einer Bahnlinie geht das nicht. Die Kehren wären zu eng für die Waggons.«

Der Nachschubpfad gabelte sich jetzt. Eine Zweigung folgte der Bahnlinie nach rechts, die andere nahm die kürzere, aber steilere Route den Paß hinauf. Die Gruppe nahm die Abzweigung nach links, die sich bald zickzackförmig die Steigung hinaufzuwinden begann.

Nach mehreren Serpentinen erreichten sie die Baustelle kurz unterhalb der Paßhöhe. Zur Rechten wurde auch wieder die Bahnlinie sichtbar, die wenig später wieder parallel neben dem Pfad verlief.

Eine krishnanische Gleisbaukolonne war damit beschäftigt, Schwellen zu legen. Eine zweite Gruppe legte die Schienen aus Qongholz darauf und nagelte sie fest. Alsdann schaufelten die Männer Schotter auf die Schwellen, um sie gegen Verrutschen zu sichern.

Weiter oberhalb bahnte und begradigte eine weitere Kolonne die Trasse. Zwei Bishtare rodeten unter den Kommandos ihrer Reiter Bäume und Unterholz. Die größeren Bäume stießen sie mit ihren mächtigen Schädeln um und schleppten sie dann aus dem Weg; die kleineren Bäume und Sträucher umschlangen sie einfach mit ihren Rüsseln und rissen sie mitsamt Wurzel aus der Erde. Ein Haufen Reisig brannte laut knisternd. Blauer Rauch kräuselte sich in die Höhe.

Ein weiterer Bishtar zog einen Schürfkübel, um die Terasse einzuebnen. Hinter ihm folgte eine weitere Kolonne, die Erdreich darüberschaufelte und das Ganze mit Rechen glättete. Zwei Bishtare stampften alsdann die solchermaßen präparierte Trasse mit ihren Säulenbeinen fest.

Ein beiderseitig mit Pfählen abgesteckter Trampelpfad kennzeichnete den geplanten Streckenverlauf. Er führte kurz hinter der Baustelle in den Wald. Reiths Bishtare folgten weiter dem Nachschubpfad, der parallel zu dem abgesteckten Pfad verlief. Nach wenigen Minuten sichteten sie weitere Krishnaner und Sigvar Lund, der dabei war, die Route zu vermessen. Das Instrument, dessen er sich dabei bediente, war ein kleiner Tisch mit Senkbleien zum Ausloten, auf dessen Platte ein Visier angebracht war. So ähnlich, dachte Reith, mußte das Ding ausgesehen haben, mit dem schon George Washington seine Vermessungen gemacht hatte. Aber der Interplanetarische Rat ließ keine modernen Geräte zu.

Lund schaute von seinem Tisch auf, als die Bishtare neben ihm anhielten. »Ist alles in Ordnung, Mister Reith?«

»Danke, alles in Ordnung. Wo sollen wir picknicken?«

»Wo Sie wollen, solange Sie uns nicht im Wege stehen.« Lund beugte sich wieder über sein Instrument und visierte die Pfahlreihe an, die ein Stück weiter im Wald verschwand. Reith rief nach vorn: »He, Ken, zweihundert Meter zurück war eine Stelle mit einem guten Ausblick. Laß uns doch da picknicken.«

Die Mahuts wendeten ihre Tiere und ritten zurück. An der Stelle, wo eine Schneise durch den Wald einen schönen Ausblick in die Ferne freigab, hielten sie an. Die Strickleitern wurden ausgerollt, und die Terraner stiegen hinunter.

Im Osten breiteten sich die bewaldeten Hügel und die Farmland-Flickenteppiche von Dur vor ihnen aus. Zur Rechten glitzerte die türkisfarbene Va'andao-See in den Strahlen Roqirs. Am Fuß des Hanges konnte man das Bahncamp und das Dorf Gha'id erkennen, winzig klein wie Ameisenhaufen.

Die folgende Stunde verbrachten die Touristen damit, ihr Picknick zu verzehren, nach kleinen fliegenden Quälgeistern zu schlagen und Strachans Ausführungen über die Probleme und Besonderheiten des Bahnbaus in Krishna zu lauschen. Zwischendurch tauchte auch Lund einmal kurz auf, warf einen Blick auf die Runde, nickte stumm und schlenderte weiter. Schließlich gab Reith das Kommando zum Aufbruch.

Gandubán winkte den Mahuts, die auf ihren Tieren geblieben waren, während diese sich mit Grünzeug vollstopften. Gleich darauf standen die Bishtare wieder in einer Reihe, und die Touristen kletterten in ihre Howdahs. Strachan, der an der Baustelle blieb, winkte ihnen zum Abschied.

Der vorderste Mahut stieß in seine Trompete, und die Bishtare trotteten los. Da es jetzt bergab ging, kamen sie schneller voran als auf dem Hinweg.

Sie hatten die Baustelle kaum hinter sich gelassen, als sich ein plötzlicher Lärm erhob. Reith wandte sich erschrocken um und sah, wie die Arbeiter schreiend in alle Himmelsrichtungen davonstoben und im Wald verschwanden.

Ein Schwarm Berittener tauchte auf dem Nachschubpfad auf und galoppierte hinter Reiths Gruppe her. Als sie näherkamen, sah Reith, daß es wild aussehende, bis an die Zähne bewaffnete Krishnaner mit Pelzmützen waren. Schreiend und lanzenschwenkend stürmten sie auf ihren kurzbeinigen Ayas heran.

Reiths Mahut brüllte *»Harzí! Harzí!«* Das Schaukeln des Howdahs wurde heftiger, als der Bishtar seinen Trott beschleunigte. Auch die vorderen Bishtare waren, aufgescheucht von dem Schrei, in einen schnelleren Schritt verfallen.

Obwohl zu schwer zum Traben oder Galoppieren, entwickelten die plumpen Sechsbeiner eine erstaunliche Geschwindigkeit. Dennoch holten die Verfolger auf.

Reith warf einen Blick auf den Soldaten in seinem Howdah, in der Erwartung, daß dieser sich zum Kampf vorbereitete. Statt dessen warf der Bursche seinen Bogen zu Boden und sagte: »Gegen fünfzig können wir nichts ausrichten,

Herr. Wir müssen Ruhe bewahren und so tun, als wären wir ihnen freundlich gesinnt.«

Die anderen Soldaten folgten seinem Beispiel. Reith war sich unschlüssig, ob er wütend werden sollte angesichts dieses memmenhaften Verhaltens oder ob er den Rat befolgen sollte. Doch bevor er zu einem Entschluß gekommen war, erreichte der Zug die erste Serpentine.

»Mein Gott, Furchtloser!« ächzte Silvester Pride. »Bei dem Tempo schaffen wir die Kurve nie!«

Der erste Bishtar legte sich schlitternd in die Kurve, schaffte sie beinahe, doch dann rutschte er, vom Schwung getragen, auf allen Sechsen über den Außenrand und verschwand. Der zweite und der dritte rutschten hinterher.

Reith sah die Kurve auf sich zukommen. Seine Hände umkrampften den Rand des Howdahs so fest, daß die Knöchel weiß hervortraten. Für den Bruchteil einer Sekunde überlegte er, ob er abspringen sollte. Er hörte, wie seine eigene Stimme auf Englisch krächzte: »Halt! Du bringst uns um!«

Der Mahut, der natürlich kein Englisch verstand, reagierte überhaupt nicht. Mit lauten Rufen trieb er sein Tier in die Kurve hinein. Der Bishtar scheute einen Moment vor dem Abgrund, Reith hörte das Prasseln von losem Geröll, dann stürmten sie hinunter wie die Schaumkrone auf einem Brecher.

Zu seiner Überraschung sah Reith, daß alle Bishtare auf den Beinen geblieben waren, trotz der enormen Abschüssigkeit des Hanges. Sechs Beine sorgten offenbar doch für eine erheblich bessere Geländegängigkeit als vier. Die Kolosse schlitterten, die Vorderbeine wie Hemmschuhe in den Boden gestemmt den Hang hinunter, eine mächtige Lawine aus Geröll und Erde vor sich herschiebend.

Als sie unten ankamen, stürmten sie, vom Schwung vorwärtsgetragen, geradeaus weiter über den Pfad und die nächste Anhöhe hinauf. Erst kurz vor dem Ende der Anhöhe war der Schwung soweit verebbt, daß sie wieder in normalen Trott fallen und in die Serpentine einbiegen konnten.

Auch die Verfolger wählten den direkten Weg. Als Reith sich umdrehte, sah er sie in einer Wolke von Staub und Geröll den Hang hinunterrutschen, laut »*Shtuí! Shtuí!*« schreiend. Wahrscheinlich das Zirou-Wort für ›Halt‹, dachte Reith.

Der erste Bishtar stampfte bereits den Pfad hinunter. Plötzlich stemmte er die Vorderbeine in den Boden und bremste. Quer über den Pfad verteilt stand ein weiterer Trupp Ziruma und blockierte ihnen den Weg, mit gesenkten Lanzen, die Armbrüste schußbereit. Die Bishtare blieben stehen. Die Verfolger schwärmten aus und umzingelten die Bishtare, die schwer atmend, mit bebenden Flanken und hängenden Köpfen dastanden. Reith zählte an die hundert Ziruma.

Ein Ziru, der sich von den anderen durch seine bessere Kleidung und einen roten Schal um den Kopf unterschied, kam nach vorn geritten und rief auf Portugiesisch: »*Vocês! Descei!*«

Die Mahuts kletterten aus ihren Sätteln in die Howdahs und ließen die Strickleitern herunter. Reith rief:

»Er sagt, wir sollen runterkommen, Leute! Wir sollten gehorchen.«

Pilar Guzmán-Vidal war der Hysterie nahe, aber ihr Mann schob und zerrte sie über den Rand des Howdah. Wenige Augenblicke später standen Reith, die Touristen, die Mahuts und die fünf Soldaten in einer Reihe auf dem Pfad. Der gutgekleidete Krishnaner schritt die Reihe auf und ab und inspizierte seine Beute.

»Das ist Freiheitsberaubung!« schrie Considine. »Das wird Sie teuer zu stehen kommen!«

Der Ziru blieb stehen und schaute ihn verständnislos an. »*Não entendo. Quem fala Português?*«

»Er scheint wohl kein Englisch zu verstehen«, sagte Valerie Mulroy. »Okay, Mister, wissen Sie was? Sie sind ein mieser Scheißer, Sie blödes Arschloch, Sie ...«

»Haltet die Klappe – beide!« zischte Reith. Dann wandte er sich an den Ziru: »Ich spreche ein wenig Portugiesisch und ein wenig Durou. Was ist Ihnen lieber?«

»Bist du der Führer?« fragte der Krishnaner auf Durou.

»Ja, von diesen elf *Ertsuma.*«

»Seid ihr die Reisegruppe, von der ich gehört habe?«

»Ja. Seid Ihr Barré vas-Sarf?«

»Barré, Dasht von Zir, wenn ich bitten darf. Schließlich bin ich der, der ich bin. Wie heißt du?«

Reith nannte ihm seinen Namen. Der Krishnaner bellte einen Befehl. Einige seiner Leute stiegen von ihren Ayas, packten die fünf Soldaten, entwaffneten sie und begannen ihnen die Hände hinter dem Rücken zu fesseln.

Als sie Gandubán das Schwert abnehmen wollten, sprang dieser plötzlich zurück, riß seine Klinge heraus, rammte sie dem nächstbesten Ziru in den Bauch, huschte zwischen zwei anderen hindurch und rannte davon. Ehe die anderen reagieren konnten, war er schon über den Rand des Pfades gesprungen und jagte mit gewaltigen Sprüngen den Abhang hinunter.

Die Ziruma brachen in gellendes Wutgeheul aus. Ein paar rissen ihre Armbrüste hoch und schossen auf ihn. Ein Pfeil schlug ihm in den Rücken und prallte von seinem Panzer ab, ein anderer streifte seinen geflügelten Helm. Drei Reiter spornten ihre Ayas zu einem mächtigen Satz über den Rand und jagten hinter ihm her. Doch ehe sie die Hälfte der Strecke bis zur nächsten Serpentine bewältigt hatten, hatte Gandubán schon das Ende des Abhangs erreicht, den Pfad überquert und sich ins Dickicht des Waldes geschlagen.

Barré brüllte einen Befehl. Ein Trompetenstoß erscholl. Die drei Verfolger zügelten ihre Ayas und ritten über den Pfad wieder zurück.

Barré beugte sich über den Ziru, den Gandubán aufgespießt hatte. Die Klinge stak fast bis zum Heft, die Spitze ragte ein gutes Stück aus seinem Rücken. Er gab ein letztes leises Stöhnen von sich, ein Zittern lief durch seinen Körper, dann lag er still.

Barré bellte ein paar knappe Befehle. Zwei seiner Männer entwaffneten Reith, Considine, Guzmán-Vidal und Turner. Ein paar andere stießen die vier gefesselten Soldaten an den Rand des Pfades und zwangen sie unsanft auf die Knie. Ein Ziru mit einem riesigen Schwert stellte sich hinter den ersten von ihnen und holte aus. Die Klinge traf ihr Ziel mit einem dumpfen, kernigen Geräusch. Der Kopf des Soldaten flog zur Seite und rollte den Hang hinunter. Der Rumpf sackte nach vorn und blieb halb über dem Rand des Pfades liegen.

»Ich wußte gar nicht, daß sie wirklich blaues Blut haben«, sagte Turner.

»Es basiert auf Hämozyanin statt auf Hämoglobin«, erklärte Professor Mulroy. »Darum haben sie auch diese grünliche Gesichtsfarbe. Auf der Erde ist Hämozyanin die sauerstoffbindende Substanz im Blut von Mollusken und Gliederfüßlern. Es ist weniger wirkungsvoll als Hämoglobin, aber die krishnanischen Organismen verfügen über entsprechende Kompensationsmechanismen.«

Der zweite Soldat verlor seinen Kopf, dann der dritte. Blaugrünes Blut quoll aus den Stümpfen hervor und färbte die Erde. Pilar Guzmán-Vidal und Shirley Waterford brachen in Tränen aus.

»Sie meinen«, sagte Silvester Pride, »diese Krishnaner sind also eigentlich nichts weiter als eine Art hochentwickelte Austern? Wir könnten sie also essen ...«

»Schnauze!« knurrte Reith. »Oder bist du scharf darauf, deinen Schädel auch loszuwerden? Ich versuche rauszukriegen, was sie sagen.«

Der Scharfrichter wollte gerade den vierten Soldaten enthaupten, als Barré »Shtuí!« rief. Er ließ das Schwert sinken. Barré sprach mit den vier Mahuts, die daraufhin wieder auf ihre Tiere kletterten und in schnellem Trott Richtung Camp davonritten. Dann wandte sich der Anführer zu dem knienden Soldaten um und sagte auf Durou: »Möchtest du dein Leben behalten, Wicht?«

»Ja, Herr«, antwortete der Soldat zaghaft.

»So soll es dir denn geschenkt sein. Doch mußt du einen Befehl für mich ausführen.«

»Ja, Herr.«

»Du wirst sofort zum Basiscamp eilen. Ich hatte gehofft, auch die beiden terranischen Ingenieure ergreifen zu können, doch sie entwischten allzu hurtig in den Wald. Sobald sie zurückkehren, wirst du ihnen berichten, daß ich diese Terraner hier als Geiseln halte. Doch ich warne sie: Jeder falsche Trick – etwa ein Befreiungsversuch – wird den sofortigen Tod der Geiseln nach sich ziehen.

Morgen früh werde ich einen Boten zu eurer Baustelle senden, der meine Bedingungen vorträgt. Sollte diesem Boten auch nur ein Haar gekrümmt werden, müssen die Geiseln sterben. Sollten deine Herren sich weigern, den Boten anzuhören, werde ich ihn einen Tag später erneut schicken, und zwar mit einem Körperteil von einer der Geiseln. Sollte das noch immer nicht ausreichen, sie zur Besinnung zu bringen, wird er am darauffolgenden Tag mit einem anderen Körperteil derselben Geisel erscheinen, und so weiter. Hast du verstanden?«

»Ja, Herr.«

»Dann schneidet ihn los.«

Von seinen Fesseln befreit, erhob der Soldat sich steif und machte sich sogleich auf den Weg. Mehrere Ziruma riefen ihm Flüche und Drohungen nach. Einer schoß sogar mit seiner Armbrust nach ihm. Der Pfeil strich hart am Kopf des Soldaten vorbei. Er duckte sich und begann zu rennen. Barré trat auf den Schützen zu, schlug ihm hart ins Gesicht und befahl ihm, den Pfeil zu suchen und zurückzubringen.

»Ein schöner Held, dieser Gandubán!« höhnte Considine. »Erst große Reden führen, aber wenn's hart auf hart geht, abhauen und uns im Stich lassen –«

»Sei still!« knurrte Reith. »Schließlich konnte er ja wohl schlecht gegen hundert auf einmal kämpfen.«

»So, und nun zu euch«, sagte Barré auf Durou, an die Touristen gewandt. »Ihr kommt mit uns. Wer zu entfliehen versucht, teilt das Schicksal dieser Imperialistensöldner.« Er zeigte auf die drei Leichen. »Und jetzt Marsch!«

Reith übersetzte. Die Gefangenen mußten hintereinander Aufstellung nehmen, jeder bekam einen Ziru als Wachhund, dessen Aya wiederum von einem Kameraden übernommen wurde, und dann setzte sich der Trupp in Bewegung.

Wenig später bog die Gruppe vom Nachschubpfad ab

und folgte einem Waldweg. Reith, der vorneweg stapfte, grübelte immer wieder darüber nach, was er falsch gemacht haben mochte. Er versuchte, das Gemurmel hinter seinem Rücken zu ignorieren: »Daran ist allein der Furchtlose schuld.« – »Klar. Wenn er ein bißchen Verstand hätte, dann wären wir jetzt nicht in dieser beschissenen Lage.« – »Der Kerl ist ganz offensichtlich unfähig.« – »Er hört ja auch nie auf uns.« – »Er hätte uns in diesem *Pueblo* zurücklassen und erst einmal allein vorausgehen und die Gegend auskundschaften sollen, ob die Luft auch rein ist.« – »Wenn ich hier je wieder heil rauskomme, verlange ich mein Geld zurück.«

Das Gemurmel verebbte, als die Gefangenen merkten, daß sie ihre ganze Luft zum Klettern brauchten. Die Übergewichtigen – die Jussacs, Shirley Waterford und Silvester Pride – zwangen den ganzen Trupp zum Schneckentempo. Vergeblich versuchten die Ziruma, sie mit unsanften Knüffen und Püffen mit ihren Lanzen zu einer schnelleren Gangart anzustacheln.

Reith dachte an das Gespräch mit Strachan in Jizorg zurück. Warum hatte er sich bloß von dem schwatzhaften Schotten breitschlagen lassen? Aber die Angst, vor seinen Touristen als Feigling dazustehen, war stärker gewesen als seine Bedenken. Ein schwacher Trost zu wissen, daß seine Leute genauso lautstark protestiert hätten, wenn er von Jizorg aus sofort wieder nach Baianch zurückgekehrt wäre. Dann hätte es geheißen, sie bekämen für ihr Geld nichts geboten, nur weil er, Reith, übertrieben vorsichtig sei.

8

Feuerwaffen

Als es so aussah, als würden die älteren und beleibteren Mitglieder von Reiths Safari jeden Moment umkippen, erreichten sie eine Lichtung, auf der weitere Ziruma mit Ayas warteten. Kräftige Arme hoben die Terraner auf die stämmigen sechsbeinigen Tiere und banden sie mit den Handgelenken an den Sattelhörnern fest, wobei sie ihnen gerade soviel Bewegungsfreiheit ließen, daß sie aufrecht sitzen konnten.

»Fallt um Himmels willen nicht runter!« warnte Reith seine Leute. »Sonst werdet ihr zu Tode geschleift.«

»Als ob ich das nicht selbst wüßte!« knurrte Pride.

Die roten Strahlen Roqirs fielen schon fast horizontal durch die dichtstehenden Bäume, als die Gruppe auf einer weiteren größeren Lichtung ankam. Reith sah Zeltreihen und eine größere Anzahl bewaffneter Krishnaner.

Barré vas-Sarf sprang von seinem Aya und schrie Befehle. Krishnaner umringten die Touristen, banden sie los und halfen ihnen von ihren Ayas herunter. Ein paar konnten sich kaum noch bewegen. Mehrere brachen zusammen. Barré sagte: »Ich bedaure, meine Damen und Herren, daß ich euch diese Strapazen nicht ersparen konnte. Aber mein armes Land kann sich leider keinen solchen Luxus leisten wie die Imperialisten mit ihrer Bahn. Doch seid versichert, daß ihr während eures Aufenthaltes hier als Gäste behandelt werdet. Wenn ihr eure Unterkünfte primitiv finden solltet, dann bedenkt, daß sie immer noch besser sind als jene, die wir armen Kämpfer für die Freiheit uns selbst gönnen.« Er wartete, bis Reith übersetzt hatte, dann fuhr er fort: »Wollen wir gemeinsam hoffen, daß meine vernünftigen Forderungen erfüllt werden und ihr bald wieder in die Freiheit entlassen werden könnt. Meine Männer werden euch jetzt zu euren Quartieren führen.«

Die Quartiere waren eine Reihe von sechs Zelten in der Mitte der Lichtung, die in einem gewissen Abstand zueinander standen.

»Ob die Angst haben, daß wir was ausbrüten?« brummte Considine.

»Ich denke, das ist so, damit sie uns besser im Auge behalten können«, antwortete Reith.

Die Paare, Considine und Turner eingeschlossen, bemächtigten sich je eines Zeltes, so daß Reith, Pride, Schwerin und Shirley Waterford vor dem Problem standen, wie sie sich auf die beiden übrigen Zelte aufteilen sollten.

»Ich teile auf keinen Fall ein Zelt mit einem Mann!« erklärte Miß Waterford kategorisch. »Ich bin eine gute Christin, und in diesem Punkt gibt es gar keine Diskussion.«

»Dann müssen wir eins der Paare auseinanderreißen«, sagte Reith.

»Uns reißt du nicht auseinander!« rief Guzmán-Vidal. »Ein Mann von solcher Potenz bie ich ...«

»Wir wissen ja alle um deine Manneskraft«, unterbrach ihn Reith. »Aber ...«

»Warum wechseln wir uns nicht ab?« schlug Aimé Jussac vor. »Selbst der gute Santiago wird es verkraften, mal eine von drei Nächten von seiner schönen Pilar getrennt zu sein.«

»Okay«, sagte Reith schnell, bevor die anderen Einwände erheben konnten. »So machen wir's. Professor Mulroy, würden Sie die erste Nacht bei mir schlafen?«

Mulroy nickte. Valerie Mulroy sagte: »Furchtloser, du weißt doch, wie Winston schnarcht. Wenn es dich beim Einschlafen stört, könnte ich ja mit ihm tauschen ...«

Ohne auf diesen Vorschlag einzugehen, fuhr Reith fort: »Okay, Leute. Die stellen sich zum Essenfassen auf. Stellen wir uns am besten auch an.«

Er gestand sich ein, daß er trotz aller seiner neopuritanischen Hemmungen gern eine flotte Nacht mit Valerie verbracht hätte. Sie hatte ihn nicht nur auf den Geschmack gebracht, sondern ihm auch zu einer gewissen Expertenschaft verholfen. Aber eine neuerliche Liebschaft mit ihr würde mehr Komplikationen mit sich bringen, als er zur Zeit bewältigen konnte. Die Gefahr, in der sie steckten, war so schon groß genug.

»Ich glaube nicht, daß ich noch so weit laufen kann«, stöhnte Pride. Aber dann humpelte er wie die anderen zu den Essenstöpfen.

Reith fand sich in der Schlange zwischen Considine und Turner wieder, die sofort anfingen, ihn zu nerven: »Furchtloser, du hast uns das hier eingebrockt. Warum *tust* du nichts?«

»Ja, du mußt was unternehmen. Diese Kerle bringen es fertig und machen uns kalt.«

»Oder opfern uns womöglich irgend so einem Mumbo Jumbo.«

»Und vorher foltern sie uns genüßlich zu Tode.«

»Oder verarbeiten uns zum Grillspieß.«

»Genau. Warum drohst du ihnen nicht mit der Macht der Terraner? Wir könnten sie wegputzen ...«

»Jetzt reicht's aber!« schnaubte Reith. »Ich tue, was ich kann, und dadurch, daß ihr zwei hier rummeckert, macht ihr mir die Aufgabe bestimmt nicht leichter. Man hat euch gewarnt, daß diese Reise nicht ohne Risiken sein würde. Ich selbst habe euch bei der Vorbesprechung in Philadelphia eindringlich darauf hingewiesen. Ich bin genauso dran interessiert, hier wegzukommen, wie ihr, also nervt mich nicht mit eurem ständigen Gemeckere.«

Als Barré vorbeigeschlendert kam, wandte Reith sich zu ihm und sagte auf Durou: »Mein Herr! Bekommen wir keine Teller, wie die anderen?«

»Aber gewiß doch!« antwortete der Anführer. »Ich vergaß, daß ihr kein Eßgeschirr bei euch führtet, als wir euch unsre Gastfreundschaft gewährten.« Auf einen Wink hin erschien ein Untergebener mit einem Stapel Holzschüsseln und einer Handvoll Hornlöffeln. Und schon bald waren die hungrigen Mäuler der Touristen zu voll zum Nörgeln und Klagen.

»Ich hätte nie gedacht, daß ich diesen Schlangenfraß jemals mit soviel Genuß essen würde«, seufzte Turner, während er mit vollen Backen auf einem zähen Stück Unhafleisch kaute.

»Wenigstens kitzelt es einen nicht beim Essen, wie diese lebenden Spaghetti in Jizorg«, meinte Considine.

Jussac, der sich wie immer eine Riesenportion hatte auftischen lassen, sagte genüßlich kauend: »Meine Freunde, ihr habt eine falsche Einstellung zu exotischen Speisen. Man sollte sie als eine Bereicherung seines kulinarischen Erfahrungsschatzes würdigen. Ich für mein Teil schätze und hege die Erinnerung an jede einzelne Mahlzeit, die ich auf diesem Planeten zu mir genommen habe, wie einen Schatz, selbst wenn ich sie scheußlich fand. Sich solche Gelegenheiten entgehen zu lassen, ist das gleiche, wie wenn man sich weigert, Gebäude und Monumente zu besichtigen, weil man fürchtet, sie könnten sich als häßlich herausstellen.«

»Daß du diese Einstellung hast, wundert mich nicht«, sagte Considine feixend. »Bei deinem Appetit ... schau dich doch mal an, mit deiner Wampe!«

Jussac tätschelte liebevoll sein Bäuchlein. »Aber denk nur an all meine schönen Erinnerungen an wunderbare Schlemmereien!«

Reith löffelte hastig seinen Eintopf herunter. Dann nahm er sein Geschirr und ging zu der Tonne, die als Spülbecken diente. Das Wasser sah nicht so aus, als wäre es jüngst gewechselt worden, so daß das Geschirr nach dem Abwaschen kaum sauberer als vorher sein würde. Reith zog es daher vor, sein Geschirr so gut es ging mit einer Handvoll Blätter sauberzureiben. Danach suchte er Barré und fand ihn auf einem Holzklotz sitzend, wo er mit seinen Leutnants aß.

»Herr!« sagte Reith. »Würdet Ihr jetzt die Güte besitzen, mir zu erklären ...«

Ein knorriger Krishnaner sprang mit einem Schrei auf und riß sein Schwert heraus. Reith glaubte schon, sein letztes Stündlein habe geschlagen, als der Anführer einen Befehl bellte. Der Unterführer steckte sein Schwert wieder ein, und Barré erklärte: »Ihr braucht keine Furcht zu haben, Meister Ries. Meine Soldaten dürfen mich nicht ansprechen, ohne mich zuvor um Erlaubnis zu bitten. Najjim wähnte Euch daher eines Verstoßes gegen die Disziplin schuldig. Doch soll für Euch diese Vorschrift nicht gelten. Doch nun sprecht, was wünscht Ihr von mir?«

»Ich wünsche lediglich von Eurer Exzellenz zu erfahren, warum Ihr meine Gruppe als Geiseln genommen habt. Doch ich bitte Euch, sprecht langsam.«

Zumindest glaubte Reith, das gesagt zu haben; Barré indes schaute ihn verdutzt an.

»Was habt Ihr gesagt?« fragte der Anführer.

Reith wiederholte die Frage, peinlich bemüht, genau zu artikulieren und die richtige Wortwahl zu treffen.

»Ah«, sagte Barré mit einem Schmunzeln. »Eine kluge Frage, mein lieber Freund.« Er vollführte mit dem Arm eine weitschweifende Geste nach Osten. »Dort drüben liegt das aufgeblasene, zügellos wuchernde Königreich Dur, in den habsüchtigen Klauen jenes raffgierigen Geizhalses Tashian. Nicht zufrieden damit, sein eigenes Land schamlos auszusaugen, um seine überquellenden Schatztruhen zu füllen, schielt er seit geraumer Zeit mit begehrlichem Blick auch zu uns herüber. Er würde sich nur zu gern unser armes, karges Land einverleiben, um seinen Steuereintreibern eine neue Provinz zum Ausbeuten überlassen zu können. Doch wir werden es niemals zulassen. Niemals wird sich das brave Bergvolk von Zir einem fremden Joch beugen! Es lebe die Unabhängigkeit!«

»Aber was haben meine Leute damit zu tun?«

»Wären wir zahlenmäßig gleichstark, würden wir niemals nach einer Überlegenheit der Waffen streben. Ein freiheitsliebender Ziru kann drei feige Flachländer in die Flucht schlagen. Doch wir sind in der Zahl unterlegen. Für jeden Mann, den ich bewaffnen kann, kann Tashian ein Dutzend ins Feld führen. Deshalb sind wir gezwungen, auf andere Weise Waffengleichheit zu erreichen.

Nun ist uns wohlbekannt, daß ihr Erdenmenschen über furchtbare Waffen verfügt, gegen welche sich unsere wie harmloses Kinderspielzeug ausnehmen. Auch wissen wir, daß ihr etliche davon in Novorecife habt und sie dortselbst streng unter Verschluß haltet, damit keiner sie hinausschmuggeln und nachmachen kann. Ein *Ertsu* riß vor nicht allzulanger Zeit die Herrschaft in Zamba an sich und brachte sich, indem er einen von Novos kleinen Bürokraten mit einer Summe Geldes bestach, in den Besitz einer Kiste dieser Waffen, ›Feuerwaffen‹ oder ähnlich genannt. Doch weh! Zwei terranische Schergen, als Einwohner dieser Welt vermummt, vereitelten die Verschiffung der Kiste und brachten sie zurück in die Hand ihrer Herren. Der schuldige Beamte, so ward mir berichtet, schmachtet noch heute im Kerker.

Beginnt vielleicht nun das Licht der Erkenntnis den Schleier des Unverständnisses zu durchdringen? Ich habe Euch und Eure Gefährten, und ich werde euch mit Freuden gegen ein paar Kisten mit jenen Feuerwaffen eintauschen.«

»Und wie stellt Ihr Euch vor, das zu erreichen?«

»Ich werde meine Forderung Tashian unterbreiten, welcher sie flugs an Novorecife weitergeben wird. Es liegt in seinem Interesse, daß dieser Handel möglichst rasch und ohne Aufsehen vonstatten geht, sieht er doch sonst seinen ehrgeizigen Plan gefährdet, sein Land zu einem beliebten Reiseziel für zahlungskräftige Terraner zu machen.«

»Ich glaube kaum, daß Novo sich darauf einlassen wird. Sie weisen jeden Erdenmenschen darauf hin, daß er, einmal außerhalb ihrer Mauern, auf sich allein gestellt ist. Wird er getötet, so bedauern sie dies zwar, sehen aber darin keinen Grund zum Einschreiten. Ihr schadet daher nur Euren eigenen Interessen, wenn Ihr uns festhaltet.«

»So? Nun, wir werden ja sehen, ob eine Hand oder ein Kopf von einem Eurer Gruppe, abgetrennt von seinem Besitzer, ihren Starrsinn nicht erweicht. In jedem Falle bereitet euch auf einen längeren Aufenthalt vor; denn es wird mindestens eine Umdrehung Shebs dauern, bis meine Botschaft eure Artgenossen erreicht und ich ihre Antwort empfangen habe.«

Strömender Regen fesselte Reith und seine Touristen an ihre Zelte. Die Enge und die Untätigkeit hatten zur Folge, daß sie mürrischer und streitsüchtiger waren als je zuvor. Doch als der Regen endlich vorbei war, erwachten auch ihre Lebensgeister rasch wieder.

Fergus Reith trat aus seinem Zelt, wo er die ganze Zeit über an seiner Spesenabrechnung gesessen hatte, in den Sonnenschein. Seine Leute waren über das ganze Lager verstreut und versuchten, das Beste aus ihrer Situation zu machen. Shirley Waterford schnitt Silvester Pride mit einer geborgten Schere die Haare, während Pride ihr langatmig die Geschichte seiner – wie er sich ausdrückte – verkorksten ersten Ehe erzählte. Mélanie Jussac wusch im gemeinschaftlichen Waschzuber die Jussacschen Socken. Professor Mulroy betrachtete durch seine Taschenlupe eine Pflanze, die er gepflückt hatte, und machte sich dazu Notizen. Ein paar der jüngeren Touristen spielten Hockey auf dem Exerzierplatz neben dem Lager, wobei ihnen als Schläger ein paar ausgediente Speerschäfte dienten. Der ›Ball‹ war ein eher eiförmiges ausgestopftes Etwas krishnanischer Machart.

Valerie Mulroy saß auf einem Baumstamm und probierte die paar Brocken Zirou, die sie inzwischen aufgeschnappt hatte, an dem neben ihr sitzenden Jungoffizier aus, der Reith fast mit dem Schwert erschlagen hatte, als dieser ohne Aufforderung Barré angesprochen hatte. Der junge Mann korrigierte jeden ihrer Fehler mit lautem Gelächter.

Otto Schwerin schnatterte mit wütenden Gebärden auf Deutsch auf eine Gruppe von Krishnanern ein, die offensichtlich belustigt um ihn herumstanden. Einer von ihnen hatte versucht, eine von Schwerins Kameras auseinanderzunehmen, und dabei sein Messer als Schraubenzieher benutzt. Die mit einem Selbstzerstörungsmechanismus ausgerüstete Kamera hatte sich dabei explosionsartig in ihre Bestandteile aufgelöst. Der Krishnaner hielt sich die Nase; ein Stück von einer Linse hatte ihn getroffen.

»Mister Ries!« schrie Schwerin. »Diese barbarischen Einheimischen haben mir meine Kamera und einen ganzen Film ruiniert!«

In diesem Moment tauchte Barré zwischen den Zelten auf, ein Gesicht wie drei Tage Regenwetter. Als er Reith gewahrte, blaffte er:

»Meister Ries!«

»Ja, Eure Exzellenz?«

»Kommt mit mir!«

Reith bedachte Schwerin mit einem entschuldigenden Achselzucken und folgte dem Ziru in sein Zelt. Es war größer als die der gemeinen Soldaten, aber ansonsten genauso spartanisch ausgestattet. An der Decke hing eine flackernde, qualmende Bronzelampe.

»Setzt euch!« befahl Barré. Nachdem er eine Minute grimmig und schweigend vor sich hingestarrt hatte, sagte er: »Mein Bote ist soeben mit Tashians Antwort eingetroffen.«

»Und?«

»Er sagt, Tashian weise meine Vorschläge mit Hohn und Verachtung zurück. Der Schurke behauptet, er hätte keinen Einfluß in Novorecife; außerdem würde er eher zum Hishkak fahren, als daß er mir Waffen verschaffen würde, mit denen ich mich seinem gerechten Ziel, der Wiedervereinigung seines Landes, widersetzen könnte.«

»Wiedervereinigung?«

»Die Tatsache, daß so ein memmenhafter Vorgänger von mir irgendwann einmal die Oberherrschaft Durs anerkannt hat, nimmt er zum Vorwand, meine Unterwerfung zu verlangen, obgleich die Urkunde schon seit einer Generation in Zir nicht mehr in Kraft ist.« Barré versank erneut minutenlang in grimmiges Schweigen, ehe er mit mühevoll beherrschter Stimme fortfuhr: »Zu allem Überfluß erdreistet sich der *Unha,* seiner Botschaft ein beleidigendes Postscriptum hinzuzufügen, in dem er mir Ratschläge erteilt, wohin ich mir meinen Vorschlag stecken könne. Ich frage Euch, ist das der Ton, in dem ein Souverän einen anderen anreden sollte?«

Offenbar, dachte Reith, ist Barré in politischen Dingen ziemlich naiv, trotz seiner unbestreitbaren Qualitäten als Führer. In holprigem Durou, sich immer wieder verbessernd und nach dem passenden Wort fahndend, antwortete er: »Aus dem wenigen, was ich über krishnanische Politik weiß, glaube ich, daß er die Wahrheit spricht, wenn er sagt, er habe keinen Einfluß auf Novorecife.«

»Und wenn ich ihm ein Körperteil von einem von euch schicke ...«

»Verzeiht, Exzellenz, aber wenn er die Erdenmenschen nicht zum Einlenken bewegen kann, dann kann er es nicht; und selbst wenn Ihr ihm alle unsere Köpfe in einem Korb überbrächtet, würde das nichts an der Tatsache ändern. Ihr würdet höchstens Novorecife auch noch gegen Euch aufbringen.«

»Glaubt Ihr nicht, er ließe sich vielleicht aus Mitleid mit euch Fremden zu einer Änderung seiner Meinung bewegen?«

»Ich bezweifle, ob er überhaupt weiß, was Mitleid bedeutet. Wenn Ihr eine Botschaft nach Novorecife durchbringen wollt, warum schickt Ihr dann nicht einen Mann über den Landweg, durch Gozashtand? Das ist kürzer, wenn ich die Karte richtig in Erinnerung habe.«

»Weil Eqrars Soldaten das Grenzgebiet so scharf kontrollieren, daß nicht einmal ein *Burha* ihnen durchs Netz schlüpfen könnte. Außerdem ist der kleine *Zeft* Zirs Unabhängigkeit noch weniger hold als Tashian.«

Reith überlegte eine Weile, dann sagte er: »Es gibt einen *Ertsu* in Baianch, der Euch vielleicht helfen könnte.«

»Ja? Und wer ist das?«

»Ein Mann namens Mjipa. Er ist dort, um ein terranisches Konsulat einzurichten. Als Beamter meiner eigenen Weltföderation verfügt er vielleicht sogar über mehr Möglichkeiten als der stolze Tashian.«

Barrés Miene verfinsterte sich wieder. »Ein kluger Plan – aber nicht durchführbar. Tashian würde niemals dulden, daß ein Gesandter von mir nach Baianch reist. Seinen eigenen Untertanen ist jeglicher Kontakt zu Fremdweltlern verboten, es sei denn, er selbst gibt ausdrücklichen Befehl dazu. Nach allem, was mein Bote mir berichtet hat, bin ich überzeugt, daß Tashian jeden Schritt, der mich meinem gerechten Ziel ein Stück näherbringen könnte, mit allen Mitteln verhindern wird.«

Reith kam ein plötzlicher Gedanke: »Nun, Exzellenz, Ihr könntet ja mich als Boten schicken. Tashian könnte schwerlich etwas dagegen einzuwenden haben, daß ich einen irdischen Landsmann besuche.«

»Oho! Aus der Richtung weht also der Wind! O nein, mein Freund! Ich kenne euch *Ertsuma*. Ihr seid hinter euren häßlichen Nasen gar nicht so anders als wir. Habt ihr erst einmal den Kopf aus dem Maul des Yeki gezogen, dann verspürt ihr wenig Lust, ihn wieder hineinzustecken, wie geschehen in der Sage von König Sabzavar und dem Dieb Gavehon.

Klar ausgedrückt, Meister Ries, ließe ich Euch erst gehen, dann würdet Ihr auf schnellstem Wege zu Eurer terranischen Festung eilen und Eure Mündel im Stiche lassen. Und auf diese Weise würde ich meinen stärksten Trumpf in diesem Spiel aufgeben, zu niemandes Segen als allein dem Euren.«

»Also, ich darf doch sehr bitten, Exzellenz! Wofür haltet Ihr mich? Es ist die heilige Pflicht eines Reiseführers, für das Wohl und die Sicherheit seiner Schutzbefohlenen zu sorgen. Ich nehme meine Aufgabe ernst.«

Barré lachte und schüttelte den Kopf. »Ihr seid ein einnehmender Schelm. Aber was solltet Ihr auch sonst sagen, mein guter Freund? Nein, nein, es hat keinen Sinn zu protestieren. Wenn Ihr mich jetzt entschuldigen wollt ...«

»Bitte, Herr, noch eines. Wer ist denn diese Shosti, von der ich hörte? Ist sie auf Eurer Seite oder auf der anderen?«

Barré stieß ein kurzes bellendes Lachen aus. »*Ao!* die selbsternannte Priesterin der Endgültigen Wahrheit hält eine Bergfeste nordwestlich von hier, namens Senarzé, von wo aus sie ihren unheilvollen Einfluß aussendet. Ob es in Gestalt magischer Kräfte oder bloß fanatischer Jünger geschieht, weiß ich nicht; aber sie bereitet mir mehr Verdruß, als mir lieb ist. Sie allein ist es, die mein heiliges Ziel blokkiert, die Einheit Zirs zu schmieden, so daß wir vereint allen schändlichen Eroberern die Stirn bieten können. Ich will es Euch zeigen.«

Barré öffnete eine Kiste und entnahm ihr eine zusammengerollte Landkarte. Nachdem er sie zur Hälfte aufgerollt hatte, hielt er plötzlich inne, schaute Reith eindringlich an, rollte das Pergament wieder zusammen und legte es zurück in die Kiste.

»Besser doch nicht«, sagte er. »Ein kurzer Blick auf jene Karte, und schon hat ein kluger Erdenmensch wie Ihr sich alles eingeprägt. Und das wäre für Euch von großem Nutzen, solltet Ihr uns entwischen.

Doch um auf die Schlampe von Senarzé und ihre Sekte zurückzukommen – ich brauche eine neue Religion, so wie die ihre, um den Kampfeswillen meines Volkes zu stärken. Dieser astrologische Kult, dem sie in Gozashtand frönen, gefällt mir nicht. Zuviel Mathematik, keine Kraft, um Emotionen zu schüren. Nach allem, was ich gehört habe, scheint mir die Kirche der Herren des Lichts durchaus geeignet für meine Zwecke, doch bisher hat noch keiner ihrer Missionare den Weg nach Dur gefunden. Zweifelsohne haben die Lügen von Tashian und Eqrar sie abgeschreckt, die mich als einen blutrünstigen Barbaren hinstellen.«

»Wenn es mir gelänge, einen solchen Missionar hierher zu schaffen, wäre das nicht eine faire Gegenleistung für die Freilassung Eurer Geiseln?«

Barré schmunzelte. »Nie verlegen um Einfälle, nicht wahr? Nein, nein! Das hieße, mein Schwert für einen Löffel hergeben. Beide haben ihre Nützlichkeit, aber das verleiht ihnen noch lange nicht den gleichen Wert. Außerdem – so gern ich einen solchen Missionar hier hätte, ich würde Euch niemals nur auf das vage Versprechen hin ziehen lassen, einen zu besorgen. Solltet Ihr jedoch eine Möglichkeit finden, wie ich die verfluchte Hexe in meine Gewalt bekommen kann, nun, in dem Fall würde ich sicher mit mir reden lassen.«

»Könnte man sagen, daß Shosti in der gleichen Beziehung zu Euch steht wie Ihr zu Tashian?«

»*Fointsaq*, nein! Das ist etwas gänzlich anderes. Das ist

sehr unfreundlich von Euch, Meister Ries, nachdem ich alles getan habe, Euch und die Euren so milde und gastfreundlich zu behandeln, wie unsere gebirglerische Armut und die Erfordernisse des Falles es erlauben. Ihr dürft gehen.«

Reith trat wieder in die mittägliche Sonne hinaus, einen vor Empörung schnaubenden Barré zurücklassend. Nachdenklich wanderte er über die Lichtung. Schade, daß Barré ihm einen Blick auf die Landkarte verwehrt hatte. Das wäre sehr hilfreich gewesen.

Reith überlegte, wie groß seine Chancen waren, unbemerkt in Barrés Abwesenheit in das Zelt zu schleichen und einen Blick auf die Karte zu werfen. Aber er verwarf den Gedanken gleich wieder. Das Zelt wurde ständig von mindestens zwei Ziruma bewacht; Barré war, was die Führung seiner Truppe betraf, alles andere als lasch. Reiths eigene Karten waren unerreichbar in Gha'id, außerdem zeigte ohnehin keine von ihnen Zir genügend detailliert.

Reith schlenderte an der Stelle vorbei, an der Valerie Mulroy und der junge Offizier vorhin ihre Sprachlektion abgehalten hatten. Die beiden saßen noch immer auf dem Baumstamm, inzwischen deutlich dichter aneinandergerückt. Sie schenkten Reith keine Beachtung. Valerie schaute den jungen Krishnaner mit einem Gesichtsausdruck an, der Reith nicht unbekannt war; daher war er auch nicht überrascht, als er sie sagen hörte: »... also in die Mitternacht.«

»Um Mitternacht«, korrigierte Najjim sie lächelnd. »Das paßt mir ganz hervorragend. Ich habe heute nacht Wache. Wir treffen uns an der Südseite des Lagers, sobald ich die anderen Posten zu den anderen Seiten geschickt habe. Abgemacht?«

Reith, immer noch in Gedanken versunken, verschwand außer Hörweite. Er hatte keine genaue Vorstellung, wo das Lager sein mochte, außer daß es irgendwo westlich von Gha'id und der Baustelle lag. Sie befanden sich nahe dem Gipfel eines großen Hügels oder kleineren Bergs, aber der umliegende Wald versperrte die Sicht.

»He, Furchtloser!« rief Maurice Considine, der noch immer mit den anderen Hockey spielte. »Hast du nicht Lust mitzuspielen?«

Reith hatte zwar seit Jahren keinen Hockeyschläger mehr in der Hand gehabt, aber der Gedanke mitzumachen reizte ihn. »Wir spielen zwei gegen zwei«, erklärte Considine. »Du und ich gegen John und Silvester. Aimé braucht eine kleine Verschnaufpause. Die Tore sind die beiden Holzklötze da drüben und der alte tote Baum hier auf unserer Seite.«

Beim ersten Angriff stellte Reith sich so ungeschickt an, daß er bei einem Schußversuch über den eigenen Schläger stolperte und der Länge nach auf den Bauch fiel, was ihm natürlich den Spott der anderen eintrug. Beim zweiten Angriff jedoch spielte er Pride geschickt aus und brachte den Ball mit einem gekonnten Schlagschuß zwischen den beiden Holzklötzen durch. Als er zur Mitte des Feldes zurücklief, flüsterte er Turner zu: »He, John! Tu so, als würdest du dich mit mir streiten, und jag mich den Baum rauf.«

»Was? Wieso?«

»Frag jetzt nicht! Fang einfach an!«

Turner schaute einen Moment verdutzt drein, doch dann schien er begriffen zu haben. Er trat mit wütender Miene zu Reith und schrie:

»He, das Tor gilt nicht! Der Schuß von Fergus war viel zu hoch!«

»Stimmt gar nicht!« schrie Reith zurück.

»Willst du behaupten, ich lüge?«

»Das siehst du verdammt richtig! Was kann ich dafür, wenn ihr zu blöd seid, einen Ball zu halten? Der Ball hatte höchstens Brusthöhe!«

»Ich lass' mich doch nicht von einem hergelaufenen rothaarigen Armleuchter als Lügner beschimpfen! Du nimmst das sofort zurück, kapiert? Sonst hau ich dir die Zähne in den Darm!«

Aimé Jussac kam aufgeregt angeschnauft. »Jungs, Jungs! Hört auf! Ihr könnt euch doch nicht im Beisein des Feindes zanken!«

Reith und Turner begannen, sich wie Streithähne hin- und herzuschubsen und schließlich mit wilden Schwingern, die allesamt um einen halben Meter am Kopf des Gegners vorbeigingen, aufeinander loszustürmen. Dann rannte Reith plötzlich zu dem Baum und kletterte hinauf, Turner mit drohend erhobener Faust hinterher. Die beiden Krishnaner, die zur Bewachung der Gefangenen abgestellt waren, schauten interessiert zu, sichtlich amüsiert über die Possen der Fremdweltler.

Reith kletterte immer höher, bis er die Krone erreicht hatte und auf gleicher Höhe mit den Wipfeln der umliegenden Wälder angelangt war. Von hier oben bot sich ihm ein hervorragender Blick über das gesamte Umland. Hinter mehreren kleineren Anhöhen und Hügelketten erhob sich als deutlich erkennbarer Orientierungspunkt der schneebedeckte Gipfel des Kehar-Berges, und ein Stück südlich von ihm, hart am Rande des Meeres und mit ihm durch einen sattelförmigen Rücken verbunden, der kleinere, aber spitzere Gipfel.

»Kommt sofort herunter, ihr zwei!« schrie eine krishnanische Stimme.

Reith blickte nach unten und sah direkt unter sich Hauptmann Najjim stehen.

»Geh wieder runter, John!« sagte Reith.

Als Turner aus dem Weg war, ließ Reith einen letzten Blick über das Land schweifen und versuchte, sich jede Senke und jede Kuppe ins Gedächtnis einzuprägen. Dann kletterte auch er hinunter. Turner versuchte gerade, Najjim mit seinen paar Brocken Durou begreiflich zu machen, daß er und Reith bloß ein bißchen herumgealbert hätten. Der verdutzten Miene des Hauptmanns war jedoch zu entnehmen, daß er sich auf Turners konfuses Gestotter keinen Reim machen konnte.

»Er will sagen, wir haben bloß gescherzt«, kam Reith ihm zur Hilfe. »Wir sind trotz alledem Freunde.«

»Ihr *Ertsuma* müßt ganz und gar verrückt sein«, konstatierte der Hauptmann kopfschüttelnd. »Macht solchen Unfug nicht noch einmal!«

»Zu Befehl, tapfrer Hauptmann«, sagte Reith.

Turner wartete, bis Najjim außer Hörweite war. Dann

fragte er: »Was sollte der ganze Quatsch jetzt eigentlich?«

»Ich wollte mir mal das Umland ein bißchen anschauen – nur für den Fall, daß ... Und da brauchte ich eben einen Vorwand, um auf den Baum zu klettern.«

»Oho! Jetzt verstehe ich! Du willst also ab ...«

»Psst! Sprich es nicht aus! Und red auch nicht mit den anderen darüber, hörst du? Irgendein Klatschmaul würde es bestimmt ausplaudern. Und wenn ich abhaue, dann nicht, um bloß meine eigene Haut zu retten, sondern weil ich das für die beste Möglichkeit halte, euch alle hier rauszuholen.«

»Kannst du Maurice und mich denn nicht mitnehmen? Wir sind jünger und kräftiger als die anderen. Wir könnten ...«

»Nein; so was macht man am besten allein. Außerdem werdet ihr zwei hier gebraucht.«

In jener Nacht teilte Reith sein Zelt mit Aimé Jussac. Als die Schlafenszeit nahte, weihte er den Franzosen in seine Fluchtpläne ein.

»Ah! *Magnifique!*« rief Jussac begeistert. »Wenn ich nicht so alt und dick wäre, würde ich auch so was machen.«

»Einer«, fuhr Reith fort, »muß die Führung der Gruppe übernehmen. Ich finde, Sie sind der richtige Mann dafür. Sie scheinen mir vernünftiger und besonnener als die meisten anderen.«

»Sie machen mich verlegen, mein Freund. Aber wenn ich einen Vorschlag machen darf; ich sage ihnen, Sie hätten mich lediglich für den Posten vorgeschlagen oder meinetwegen zum vorläufigen Führer ernannt, bis ich eine Wahl durchführe. Ein frei gewählter Führer hat immer einen besseren Rückhalt als ein bloß ernannter.«

»Okay, ganz wie Sie wollen. Habe ich Sie nicht Durou mit einem der Krishnaner sprechen hören?«

Jussac zuckte die Achseln. »Ich habe mir ein paar Grundkenntnisse angeeignet. Da ich schon sechs Sprachen spreche, fiel mir eine weitere nicht sonderlich schwer.«

»Sehr gut. So, wenn Sie sich jetzt schlafen legen und schön laut und kräftig schnarchen ...«

Jussac blies die Lampe aus. Kurz darauf verrieten leise, regelmäßige Atemzüge, daß er eingeschlafen war. Reith kauerte sich an den Eingang des Zelts und spähte durch einen Ritz zwischen den Planen nach draußen.

Draußen, außerhalb seines Blickfeldes, hörte er Wachtposten auf- und abschreiten und leise Parolen austauschen. Karrim, der größte der drei Monde, tauchte das Lager in silberweißes Licht, gut dreimal so hell wie das des irdischen Vollmonds. Etwas heulte in der Ferne.

Die Minuten verrannen. Das plötzliche leise Geräusch von Schritten ließ Reith aufhorchen. Eine schemenhafte Gestalt, die er als die von Valerie Mulroy erkannte, glitt am Eingang seines Zeltes vorbei. Zuerst glaubte er, sie sei auf dem Weg zur Latrine. Doch dann entsann er sich, daß sie sich am Mittag zu einem Rendezvous mit dem jungen Najjim verabredet hatte. Er schob die Plane ein wenig zur Seite, steckte vorsichtig den Kopf hinaus und sah ihr nach, wie sie nach Süden verschwand.

Er hob den Beutel mit Keksen auf, den er mit Turners Hilfe beim Abendessen geklaut hatte, stahl sich in geduckter Haltung, sich rasch nach allen Seiten vergewissernd, aus dem Zelt und schlich hinter Valerie Mulroy her, wobei er gerade soviel Abstand wahrte, daß er sie nicht aus den Augen verlor.

Eine Viertelstunde später hatte er die Wälder südlich des Lagers erreicht. Die bunde Vielfalt des Laubs war im Mondlicht einem einheitlichen Silberton gewichen.

Mit der Gewißheit, daß sich in der näheren Umgebung keine weiteren Wachtposten außer Najjim aufhielten (und der hatte anderes im Sinn, als nach entsprungenen Gefangenen zu lauschen), betrat Reith den Wald. Vorsichtig, bei jedem Schritt erst behutsam vorfühlend, ob er nicht auf einen trockenen Zweig trat, tastete er sich vorwärts durch die Dunkelheit.

Zu seiner Rechten vernahm er schwache Geräusche. Er blieb stehen und spitzte die Ohren. Einen Augenblick herrschte Stille; dann hörte er ein leises Kichern, in dem er Valerie Mulroy wiedererkannte, gefolgt von Najjims tieferem Tonfall.

Er hielt sich nach links, um sicherzugehen, daß er nicht über das Liebespaar stolperte. Nach ein paar Schritten blieb er erneut stehen und spähte nach rechts. In einiger Entfernung bewegte sich etwas. Etwas Längliches, Dunkles, gesprenkelt von Mondlichttupfern, lag, halb verdeckt von Gesträuch, auf dem Waldboden und bewegte sich, erst verhalten, dann immer schneller werdend, in geschmeidigem Rhythmus auf und ab.

Reith kniff den Mund zusammen, um ein Kichern zu unterdrücken. Da er um Valeries Ausdauer wußte, konnte er sich vorstellen, daß sie auch den guten Najjim bis an den Rand der Erschöpfung bringen würde. Jedenfalls würde er diesen Ritt nicht so bald vergessen.

Karrim immer rechts von sich haltend, tastete sich Reith vorsichtig durch den Wald. Nach einer Weile wurde das Unterholz spärlicher, und er kam leichter voran. Immer wieder versuchte er sich die Topographie der Landschaft zwischen dem Lager und dem Kehar-Berg in die Erinnerung zu rufen, so wie er sie von dem Baum aus gesehen hatte ...

Plötzlich legte sich eine haarige Pranke von hinten über seinen Mund, und gleichzeitig fühlte er sich an Armen und Beinen gepackt und hochgehoben. Die Hand verschwand wieder von seinem Mund; doch als er seine Lungen füllte, um zu schreien, wurde ihm ein Knebel in den Rachen gestopft.

Ein paar Minuten später hing er, an Handgelenken und Fußknöcheln gefesselt, hilflos an einer Tragstange. Soweit er das in der Dunkelheit erkennen konnte, waren seine Fänger geschwänzte Krishnaner, wie er sie schon mehrmals als Sklaven gesehen hatte. Ihr größtes unabhängiges Siedlungsgebiet in der Gegend von Novorecife waren die Koloftsümpfe, und in den meisten Varasto-Sprachen wurden sie Koloftuma genannt.

Die Koloftuma schlugen einen flotten Schritt an. Die Stange, an der Reith baumelte, ruhte auf den Schultern zweier Träger; die anderen – wie viele, vermochte Reith nicht genau zu erkennen – gingen vor und hinter ihm.

Hatte Reith den Ritt auf dem Aya vom Kehar-Berg zu Barrés Lager als unbequem empfunden, so erschien er ihm im Vergleich zu dieser Fortbewegungsart im nachhinein als der Gipfel des Komforts. Aber seine Häscher trotteten unermüdlich vorwärts, ohne seinem Ächzen und Stöhnen auch nur die geringste Beachtung zu schenken.

9

Der goldene Schädel

Als Reith schon fast einer Ohnmacht nahe war, kamen sie auf eine Lichtung. Dort warteten andere mit Laternen. Da Karrim inzwischen untergegangen war, vermochte Reith kaum etwas von diesen anderen zu erkennen. Ihren Stimmen und ihren Umrissen nach zu schließen, handelte es sich bei ihnen um gewöhnliche schwanzlose Krishnaner.

Die geschwänzten Krishnaner sprachen mit den neuen in einem Dialekt, den Reith nicht verstand. Die Koloftuma setzten Reith ab, lösten seine Fesseln und befreiten ihn von dem Knebel. Andere halfen ihm auf die Beine und stützten ihn, bis das Blut in seine abgestorbenen Arme und Beine zurückgekehrt war.

Als er ohne fremde Hilfe stehen konnte, fielen die Krishnaner zu seiner Verblüffung rings um ihn herum auf die Knie. Einer sagte auf Durou: »Sei gegrüßt, o edle Gottheit!«

»Wer, ich?« fragte Reith verdutzt. Ein paar Krishnaner führten Ayas auf die Lichtung.

»Ja, Ihr, o Gottheit. Wir sind gekommen, Euch zu unserer Herrin, der Göttlichen Beschützerin, zu bringen. Habt die Güte und steigt auf und reitet mit uns. Doch versucht nicht zu entfliehen, denn die Koloftuma können Euch mit Leichtigkeit wieder aufspüren.«

»Wenn ich so göttlich bin, warum wendet ihr dann Gewalt gegen mich an?«

»Es wird sich alles aufklären, sobald wir Euch zu ihrer Rechtschaffenheit gebracht haben. Bitte steigt auf diesen Aya.«

Reith erwog sekundenlang die Flucht, verwarf jedoch diesen Gedanken sofort wieder. In seiner gegenwärtigen Verfassung hätten sie ihn nach hundert Metern schon wieder eingeholt. Mit steifen Gliedern klomm er in den Sattel. Ein

Krishnaner auf einem anderen Aya nahm seine Zügel, die in den Schnauzbart seines Tieres eingeflochten waren.

Obwohl Reith nur wenig Erfahrung mit Pferden hatte, hätte er sich in diesem Moment nichts sehnlicher gewünscht, als statt auf diesem gehörnten sechsbeinigen Monstrum auf einem Pferd reiten zu können. Der Sattel befand sich genau über dem mittleren Beinpaar, so daß die Erschütterung, die jeder Schritt hervorrief, mit unverminderter Stärke an den Reiter weitergegeben wurde. Nicht einmal der dick gepolsterte krishnanische Sattel vermochte die Erschütterung entscheidend zu dämpfen.

Roqir erstrahlte bereits in all seiner scharlachroten Pracht am Horizont, als die Kavalkade sich eine enge Schlucht durch Felsenklippen und verkarstete Hügel hinaufwand. Der Weg wurde immer steiler. Nach einer Weile sichtete Reith eine Ansammlung von Gebäuden auf einer Felsspitze, die fast freistehend von den Bergen ringsum zu sein schien, mit dem nächststehenden jedoch durch einen schmalen Sattel verbunden war.

Der Pfad wand sich jetzt diesen Sattel hinan, eingegrenzt zur einen Seite durch eine fast vertikal aufragende Felswand, zur anderen Seite durch einen gut hundert Meter tiefen Abgrund. Jedesmal, wenn die Kavalkade eine Engstelle passierte und sich haarscharf an dem Abgrund vorbeizwängte, schloß Reith die Augen und sandte ein Stoßgebet zum Himmel, daß der Aya mit seinen sechs Beinen ausreichend Halt finden möge.

Als sie sich der Festung der Hexe von Zir näherten, spiegelte sich die gelbe Sonne gleißend in der Dachvergoldung des Hauptturms wider. Oberhalb des Hauptturms funkelte in allen Farben des Regenbogens ein facettenartig geschliffenes Glasornament. Dieses Gebäude, dachte Reith, mußte der Tempel sein.

Mehrere niedrigere Gebäude aus rohem grauen Mauerwerk gruppierten sich um den Tempel, zum Teil bis zum Dach verdeckt von einer massiven Mauer. Die dunkle Mauer und das Grau der kleineren Gebäude stand in eindrucksvollem Kontrast zu der marmorartigen Kremfarbe des Turms. Das Ganze vermittelte den Eindruck von provinzieller Roheit, die sich ängstlich geduckt um einen glanzvollen Mittelpunkt fremdartig-grausamer Pracht schart.

»Erblicket Senarzé, das geistige Zentrum dieser trostlosen Welt!« rief der Führer der Ziruma salbungsvoll.

Sie waren jetzt auf dem schmalen Grat angekommen, der die Festung mit den umliegenden Hügeln verband. Als sie näher kamen, fiel mit lautem Rasseln und einem dumpfen Schlag eine Zugbrücke herunter. Reith sah jetzt, daß der Fels unterhalb der Zugbrücke vollständig abgetragen worden war, so daß der Grat von einem tiefen Graben durchschnitten war. Damit war die Festung bei geschlossener Zugbrücke so gut wie uneinnehmbar, es sei denn, die Angreifer schafften es, die schroff aufragenden Felswände hinaufzuklettern. Dies jedoch schien Reith angesichts der glatten Wände ein schier unmögliches Unterfangen, selbst wenn niemand von oben Felsbrocken oder flüssiges Pech auf den Kletterer warf.

Sie polterten über die Zugbrücke, unterquerten ein Fallgatter und ritten durch ein massives mit bronzenen Beschlägen verstärktes Holztor in einen kleinen von drei- und vierstöckigen Gebäuden eingeschlossenen Innenhof. Dort brachten die Krishnaner ihre Reittiere zum Stehen und saßen ab.

Andere Krishnaner, darunter zahlreiche gepanzerte, nahmen sie in Empfang. Ihre Panzer hatten, wie bei den anderen Varasto-Nationen, verblüffende Ähnlichkeit mit denen der alten Mauren. Sie bestanden aus vielen kleinen Schuppen, die miteinander durch feines Kettengewebe verbunden waren.

Die Zugbrücke ging mit lautem Gerassel hinter ihnen hoch. Reiths Häscher verbeugten sich vor einer verhüllten Gestalt. Sie war kleiner als die anderen, und der Schnitt ihres Umhangs verriet, daß es sich um eine Frau handelte.

»Steigt bitte ab, göttliche Hoheit!« sagte der Krishnaner, mit dem Reith schon zuvor gesprochen hatte.

Reith unterdrückte ein Stöhnen, als er sich aus dem Sattel

schwang. Er taumelte, hielt sich am Sattel fest und blieb, auf den Rücken des Tieres gestützt, mit zitternden Knien stehen.

»Dreh dich um!« befahl die vermummte Gestalt.

Reith gehorchte. Die Frau musterte ihn einen Moment eindringlich, dann wandte sie sich an den Anführer des Trupps und sagte etwas im Zirou-Dialekt. Reith verstand: »Er ist es in der Tat!« Dann gab sie einen Befehl.

»Bitte kommt mit mir, o Gottheit!« sagte der Anführer.

Vier weitere Krishnaner nahmen Reith in ihre Mitte. Reith sah keinen Grund für eine derart übertriebene Vorsicht. Bei hochgezogener Brücke gab es nicht die geringste Möglichkeit zur Flucht.

Die Prozession setzte sich in Bewegung und marschierte die Stufen zum Tempel hinauf, dessen glänzende Fassade mit Mosaiken aus Halbedelsteinen verziert war. Reliefbilder von Göttern und Göttinnen starrten würdevoll auf sie herab. Ein paar Frühaufsteher, die ihren Geschäften nachgingen, blieben stehen und warfen neugierige Blicke auf Reith und seine Eskorte.

Im Innern des gewaltigen zweiflügligen Bronzetors wurde Reith durch ein Gewirr von Korridoren und Gängen zu einer abgeschlossenen Zimmerflucht geführt. Sie traten in ein großes von zwei goldenen Kandelabern erleuchtetes Wohn- und Schlafgemach. Hier hielten sie an, und der Führer der Eskorte sagte: »Bitte setzt Euch, göttliche Hoheit, und macht es Euch bequem! Alles für Euer Wohlbefinden Notwendige wird getan werden.«

Reith setzte sich. Dann wandte er sich in seinem Stuhl um und fragte: »Wo bin ich hier? Was will Shosti von mir?«

»Ich bitte Eure Göttliche Hoheit, ein wenig Geduld zu haben«, antwortete der Führer. »Man wird Euch alles erklären.«

Alle bis auf den Führer und einen weiteren Ziru verließen das Gemach. Die beiden bezogen Posten an der Eingangstür und ließen Reith nicht aus dem Auge.

Eine zweite Tür öffnete sich, und herein kam eine Gruppe junger Frauen, alle in durchsichtige wallende Stoffe gehüllt.

Sie knieten vor Reith nieder und verneigten sich so tief, daß sie mit der Stirn den Boden berührten. Dann plapperten sie alle gleichzeitig wie junge Gänse auf ihn ein, doch nur eine von ihnen sprach Standard-Durou. »Erlaubt uns, Eurer Göttlichkeit unsere Dienste anzubieten, o göttlicher Herr!«

Ehe Reith sich's versah, waren sie schon dabei, seine Kleider aufzuknöpfen.

»He!« protestierte Reith. »Was ...«

»Ihre Göttlichkeit wünscht sicher ein Bad, nicht wahr?« fragte die Durou-Sprecherin. »Bitte, wie öffnet man dieses Ding?« Sie nestelte an einem Reißverschluß herum.

»Wenn Ihr mir sagt, warum ich hier bin und was Ihr mit mir vorhabt, zeige ich es Euch.«

Sie brachen in lautes Gekicher und Gegacker aus. »Bitte verzeiht, Hoheit, aber das darf allein unsere Gebieterin Euch sagen.«

Reith gab sich seufzend seinem Schicksal hin. Vor seiner Gefangennahme durch Barré hatte er angefangen, sich als einen Mann der Tat zu begreifen, als Herrn seiner eigenen und der Geschicke anderer. Doch seither hatte er schmerzhaft erleben müssen, wie das Schicksal ihm Stück für Stück von seinem neugewonnenen Selbstbewußtsein wieder entrissen hatte. Physisch und psychisch erschöpft, fühlte er sich wie ein Käfer, der hilflos auf einem Stückchen Holz saß und auf dem Ozean des Lebens trieb. Er machte sich noch immer Sorgen um seine Touristen und fühlte sich für sie verantwortlich, aber im Augenblick gab es nichts, was er für sie hätte tun können.

Er half dem Mädchen beim Öffnen des Reißverschlusses. Fügsam wie ein kleines Kind ließ er sich entkleiden und in einen Baderaum führen.

Die bronzene Wanne war groß genug, um einen Bishtar darin zu baden. Über eine Trittleiter stieg er hinein. Die Mädchen entledigten sich ihrer durchsichtigen Tüllgewänder und begannen ihn zu waschen. Die Durou-Sprecherin zog ein flaches handtellergroßes Stück von einer braunen Substanz hervor, tauchte es ein, rieb einen Waschlappen damit ein und wusch mit diesem Reiths Rücken ab. Potzdonner, dachte er, das sieht ja nach richtiger Seife aus!

»Wie heißt du?« fragte er das Mädchen.

»Beizi, Herr.«

»Was ist das für ein Stoff, o Beizi?«

»Oh, mein göttlicher Gebieter, das ist ein Stück von einer magischen Essenz, die eines der ersten von euch Wesen von einer anderen Welt mitbrachte. Es befindet sich seit Generationen im Besitz der Familie unserer Beschützerin. Es wird nur zu besonderen Anlässen benutzt, da es sich sonst allzu rasch verbraucht. Unsere Gebieterin möchte Eurer Göttlichkeit durch die Benutzung dieser Essenz – *Savunit* genannt – die gebührende Ehre erweisen.«

Es fiel Reith nicht sonderlich schwer, darin das portugiesische Wort ›*Sabonête*‹ wiederzuerkennen. Schwer fiel ihm da schon, die durch die zartfühlende Fürsorge der unbekleideten Damen allmählich in ihm aufkeimenden Regungen zu unterdrücken, die sich angesichts der einladend direkt vor seinen Augen pendelnden Brüste schlagartig in Gestalt einer Erektion manifestierten. Um diesen peinlichen Zustand nicht zutage treten zu lassen, beugte er den Oberkörper nach vorn, so als wollte er seiner Pflegerin die Arbeit des Rückenwaschens erleichtern.

Indem er in Gedanken noch einmal die unregelmäßigen Verben des Durou durchkonjugierte, schaffte er es schließlich, die Erektion auf ein erträgliches Maß zurückzudämmen. Als er aufstand, um sich abtrocknen zu lassen, erhob sich erneut ein Gegluckse und Geschnatter unter den Mädchen. Beizi erklärte, warum: »Ihr *Ertsuma* seid von solch lustiger Gestalt, so schlaksig und schlotterig. Gewiß verletzt ihr euch leicht ...«

»Macht euch nichts aus meiner Gestalt«, sagte Reith. »Bringt mir lieber schnell meine Sachen, wenn ich bitten darf.«

»Oh, aber mein göttlicher Herr, Ihr dürft doch nicht wieder diese schmutzigen, zerlumpten alten Kleider anziehen! Ihr werdet in Gewänder gehüllt, die Eures göttlichen Standes würdig sind.«

»Was habt ihr denn mit meinen alten Kleidern gemacht?«

»N-nichts, o Gottheit. Wenn Ihr sie als Andenken an Eure Reise hierher aufbewahren wollt, werden wir sie flicken und waschen.«

Sie führten Reith in das Schlafgemach zurück. Während eines der Mädchen sich daran machte, einen Riß in seinem Hemd zu nähen, legten die anderen ihm einen Ornat an, der in seiner Pracht einem morgenländischen Potentaten aus Tausendundeiner Nacht zur Ehre gereicht hätte. Die Hosen, der Rock und der Turban waren aus goldglänzendem Stoff. Letzterer wurde mit einer juwelenbesetzten Spange befestigt, die wie ein Diadem auf seiner Stirn funkelte. Den krönenden Abschluß bildete eine ganz mit Smaragden besetzte scharlachfarbene Schärpe.

Nicht schlecht, dachte Reith, als er sich im Spiegel begutachtete. Wirklich nicht schlecht. Doch wo, zum Teufel, waren die Hosentaschen? Der Versuch, den Mädchen zu erklären, daß er Hosentaschen brauchte, scheiterte daran, daß er nicht wußte, was Hosentaschen auf Durou hieß.

»Gebt mir meine Hose und meine Jacke!« befahl er.

Dann zeigte er den Mädchen die Taschen. »Ich brauche sie, damit ich meine kleinen Sachen bei mir tragen kann: Brieftasche, Messer, Kamm, Schreibstift und so weiter.«

»Wie putzig!« sagte Beizi glucksend. »Aber Ihr könnt diese Sachen doch in Eure Schärpe stecken.«

»Trotzdem brauche ich diese ... diese kleinen Säckchen in meinen Kleidern. Könnt ihr sie mir nicht machen?«

»Wir werden es versuchen. Jeder Wunsch Eurer Göttlichkeit, und sei er noch so klein, ist uns Befehl – vorausgesetzt natürlich, Ihr äußert nicht den Wunsch, Senarzé zu verlassen. Doch nun, o Gottheit, habt Ihr sicherlich Hunger.«

»Hunger ist gar kein Ausdruck, mein Fräulein. Und müde bin ich auch.«

Eine Stunde später schlummerte Fergus Reith, gesättigt vom besten Frühstück, das er bisher auf Krishna gegessen hatte, tief und fest in einem weichen Bett im Tempel der Endgültigen Wahrheit zu Senarzé.

Als Reith aufwachte, verriet ihm die Richtung eines rötlichen Sonnenstrahls, der durch ein schmales Fenster hereinfiel, daß Roqir sich bereits dem Horizont näherte. Gleich darauf öffnete sich die Tür, und herein trippelte die fürsorgliche Damenriege vom Morgen. Beizi begrüßte ihn mit den Worten: »Wir warten bereits seit einer Stunde vor Eurer Tür, o Gottheit. Gestattet, daß wir Euch ankleiden und zu unserer Gebieterin führen.«

Reith strich sich über das Stoppelkinn. »Ich muß – eh – wie sagt ihr? – erst mein Gesichtshaar entfernen.«

»Oh? Ich habe gehört, daß männlichen *Ertsuma* überall im Gesicht Haare wachsen, aber ich habe das noch nie aus der Nähe gesehen. Gestattet Ihr mir einen Blick, Herr?«

Sie faßte an Reiths Kinn und zog die Hand mit einem leisen Quietschen zurück. »Wie das sticht! Wie schneidet Ihr dieses Haar, göttliche Hoheit?«

»Ich zeige es euch. Bringt mir eine Schüssel mit warmem Wasser und etwas *Savunit*.«

Sie kicherten und jauchzten vor Entzücken, als er sich mit seinem kleinen Reiserasierer die Stoppeln vom Kinn schabte. Obwohl Bärte zu der Zeit, als Reith von der Erde aufbrach, wieder einmal in Mode gewesen waren, hatten er und seine männlichen Touristen es vorgezogen, im Hinblick auf die Vorurteile der fast gänzlich bartlosen Krishnaner für die Dauer ihres Aufenthalts glattrasiert aufzutreten.

Nachdem sie ihm wieder sein prachtvolles Gewand angelegt hatten, führten sie ihn durch mehrere Gänge und Zimmer in ein Gemach, in dem eine krishnanische Frau saß. Sie trug ein durchsichtiges kobaltblaues Gewand, ähnlich wie die Gewänder der Mädchen, dazu eine juwelenbesetzte Tiara auf dem schwarzgrünen Haar. Sie stand auf und verneigte sich.

»Ich bin Shosti, o Gottheit«, stellte sie sich vor. »Ist es richtig, daß Euer sterblicher Name Ries lautet?«

»So ungefähr jedenfalls«, antwortete Reith. »Doch nun, verehrte Dame, möchte ich Euch freundlich bitten, mir zu sagen, warum Ihr mich entführt habt und was es mit diesem Gerede über meine Göttlichkeit auf sich hat.«

»Das werdet Ihr zur gehörigen Zeit erfahren, mein Herr. Bitte nehmt Platz.«

Nun, da er die Hexe von Zir aus nächster Nähe betrachten konnte, kam Reith zu dem Schluß, daß sie ein gutes Stück älter als ihre Mägde war. Sie sah nach krishnanischem Standard recht gut aus, wenn auch nicht überragend. Das Alter einer Krishnanerin zu schätzen, war nicht leicht, da ihre platten, orientalisch wirkenden Gesichter kaum runzlig wurden.

Außerdem wichen die Lebensspannen der beiden Spezies beträchtlich voneinander ab. Die durchschnittliche Lebensspanne eines Krishnaners lag etwa zwischen der eines normalen, medizinisch nicht manipulierten Terraners und der eines Terraners, der regelmäßig Langlebigkeitspillen nahm. Reith und seine Touristen gehörten der letzteren Gruppe an.

»Steht Euch nicht der Sinn nach einer kräftigenden Mahlzeit, o Herr?« fragte Shosti.

»O doch, verehrte Dame. Doch wenn Ihr mir zuvor erklären könntet ...«

»Bitte geduldet Euch noch ein wenig. Bring etwas Kvad, Beizi, und sag dem Koch, er soll das Abendmahl vorbereiten.«

Als der Kvad gebracht worden war, sagte sie: »Ich hörte, mein Herr, daß die Erdenmenschen, bevor sie den ersten Schluck nehmen, ihr Glas heben und zueinander sagen: ›Auf Euer Wohl!‹ Ist das wahr?«

»Ja, verehrte Dame. Fast alle unsere Sprachen haben einen entsprechenden Ausdruck dafür: *à votre santé, à sua saúde* und so weiter.«

»Dann, auf Euer Wohl, göttliche Hoheit!« Sie vollführte die Geste ein wenig linkisch.

Reith nahm einen kleinen Schluck. »Doch nun, gnädigste ...«

»Geduld, ich komme gleich darauf. Kennt Ihr die Prophezeiungen Gámands, des Ungeschorenen?«

»Ich fürchte nein.«

»Gámand lebte gegen Ende des Kalwm-Reiches. Seine

Prophezeiungen wurden von seinen Jüngern niedergeschrieben, doch während des Dunklen Zeitalters gingen viele der Aufzeichnungen verloren, und der Rest geriet durcheinander. Daher müssen wir sie jeweils im Lichte der Ereignisse deuten. Wenn etwas Seltsames geschieht, schauen wir in die Prophezeiungen Gámands und sagen: Seht, hier wird dieses Ereignis klar vorausgesagt! Doch aufgrund der altertümlichen Sprache und der Konfusion in der Reihenfolge der Texte konnten wir das Ereignis nicht rechtzeitig voraussehen, um ihm vorzubeugen.

Nun sagt die Prophezeiung Nummer einhundertdreiundvierzig, daß ein Gott in unirdischer Gestalt erscheinen wird, mit flammendem Haar. Er wird der Herrin des Turmes einen heroischen Halbgott zum Sohne schenken, welcher die Völker der Welt von ungerechten, tyrannischen Herrschern befreien und ein Zeitalter des Friedens, der Freude und des Wohlstandes einläuten wird.«

»Und was hat das mit mir zu tun?«

»Ihre Göttlichkeit belieben zu scherzen; denn gewiß hat Euer allwissender Geist längst erkannt, daß jener Gott mit dem Flammenschopf niemand anders denn Ihr selbst seid.«

»Wie bitte? Ich?«

»Ja, göttliche Durchlaucht. Und der tyrannische Herrscher ist kein anderer als der raffgierige Geizhals Tashian. Die Herrin des Turmes ist meine Wenigkeit; denn der Turm ist ganz klar der Felsengipfel von Senarzé, auf welchem der Tempel der Endgültigen Wahrheit steht. Glaubt Ihr, daß alle diese Dinge nur zufällig mit der Prophezeiung übereinstimmen?«

Reith schluckte nervös. »Ihr meint, ich soll also mit Euch diesen Halbgott – eh – zeugen? Hier und jetzt?«

»Gewiß, mein göttlicher Herr – doch natürlich erst, nachdem wir uns an einem kräftigen Mahl ergötzt haben. Ihr werdet gewiß verstehen, daß wir diese Euch betreffende Prophezeiung in ihrer vollen Bedeutung und Tragweite erst begreifen konnten, als die Missionare der Endgültigen Wahrheit uns über jenen kosmischen Kampf aufklärten, welcher im Universum wütet, jenen furchtbaren Kampf zwischen den Göttern des Lichtes und jenen der Dunkelheit. Euer Haar nun weist Euch klar als einen der Götter des Lichts aus; denn auch wenn ein Gott die Gestalt eines Sterblichen annimmt, kann er nicht alle äußeren Merkmale seines göttlichen Wesens verbergen. Hier, nehmt noch ein Glas Kvad!«

»Vielen Dank«, sagte Reith und nahm einen tiefen Zug. »Doch Ihr müßt wissen, daß Erdenmenschen und Krishnaner ...«

»Eh? Warum sprecht Ihr nicht weiter, göttlicher Gebieter?«

Reith wollte ihr erklären, daß eine Kreuzung zweier Spezies von verschiedenen Welten, egal, wie sehr sie sich äußerlich auch ähneln mochten, biologisch unmöglich war. Doch mitten im Satz war ihm plötzlich klargeworden, daß eine solche Äußerung zu diesem Zeitpunkt sehr unklug war. Wenn Shosti wußte, daß er und sie keinen Nachwuchs zeugen konnten, würde sie seine Anwesenheit womöglich als störend empfinden und ihn kurzerhand die Klippe hinunterwerfen lassen.

»Nun – eh – verehrte Dame«, wand er sich stotternd, »ich – eh – ich wollte nur sagen – eh –, hoffentlich paßt der – eh – der Schlüssel auch ins Schloß.«

»Keine Angst, mein Herr. Ich habe schon mehrere *Ertsuma* ausprobiert und festgestellt, daß sie ganz gut passen. Ah, da kommt unser Abendessen.«

Als ein blasser Streifen am Horizont bereits den Aufgang Roqirs ankündigte, setzte sich Fergus Reith gähnend in dem riesigen Bett auf. Shosti schlief tief und fest. Als er die Beine über die Bettkante schwang und nach seinen Pantoffeln tastete, schaute er sie mit einer leichten Grimasse des Abscheus an. Shosti war eine wohlproportionierte Frau, attraktiv auch nach terranischem Standard, aber sie schien an Sex als solchem kein Interesse zu haben. Sie hatte seine Umarmung passiv über sich ergehen lassen, so als sähe sie darin eher eine leidige religiöse Pflicht als eine Gelegenheit, sich zu vergnügen. Das Ganze hatte nichts Romantisches an sich gehabt – nicht einmal soviel wie bei seiner Begegnung mit Valerie Mulroy auf der *Goyaz*. Reith fühlte sich wie ein gemieteter Deckhengst.

Obgleich Reith erstaunliche Fortschritte gemacht hatte, was die Überwindung seiner neopuritanisch geprägten Beziehungsillusion betraf, hegte er tief in seinem Herzen immer noch die romantische Sehnsucht, eines Tages das Mädchen seiner Träume zu finden und es für immer heimzuführen. So unromantisch, wie die Umarmung mit Shosti war, empfand er sie allenfalls als eine Gelegenheit zu exobiologischen Studien. Professor Mulroy würde sich sicherlich sehr interessiert zeigen, wenn er je dazu kommen würde, ihm davon zu erzählen. Der Limerick, den er von Santiago Guzman-Vidal gehört hatte, fiel ihm ein:

Es lebte ein Gaucho bei Lima,
Der sagte: »Ich find Sex ganz prima.
Mit 'ner Frau ist es nett,
Doch ein Lama im Bett
Schafft erst das erotische Klima!

An welcher Stelle auf seiner Skala, überlegte Reith, hätte der Herr aus Lima wohl Krishnanerinnen eingestuft?

Er erhob sich von der Bettkante und schlüpfte in ein durchscheinendes, rüschenverziertes Nachthemd. Angewidert schaute er an sich herunter. Considine oder Turner stände dieses Fähnchen bestimmt besser als mir, dachte er.

Als er auf Zehenspitzen zur Tür schlich, nahm er aus dem Augenwinkel einen goldenen Schimmer wahr. Auf einem Regal über dem Fenstersturz stand ein goldener Schädel. Während der Nacht war er ihm in dem dunklen Licht nicht aufgefallen.

Er langte nach dem Schädel und nahm ihn in die Hand. Er war viel zu leicht, um aus massivem Gold zu sein. Nachdenklich wog er ihn in der Hand und betrachtete ihn.

Es war entweder der vergoldete Schädel eines Terraners oder eine hervorragende Imitation. Reith war zwar kein

Osteologe, aber er kannte sich genügend in der krishnanischen und der terranischen Anatomie aus, um mit Sicherheit sagen zu können, daß dies ein menschlicher Schädel war. Der Kiefer war mit goldenem Draht am Schädel befestigt worden.

Reith stellte den Schädel wieder an seinen Platz, stahl sich hinaus und kehrte in sein eigenes Gemach zurück. Von den Dienerinnen war keine da. Nachdem er seinem dringendsten Bedürfnis nachgekommen war, hielt er nach einer Vorrichtung Ausschau, mit der er seine Kammerjungfrauen herbeirufen konnte.

Nach kurzem Suchen entdeckte er eine Strippe, die aus einem Loch in der Wand nahe der Decke hing. Er griff sie und zog. Irgendwo ertönte eine Glocke. Augenblicklich ging die Tür auf, und zwei der Mädchen kamen quietschend und kichernd herein.

»Seid gegrüßt, sterbliche Jungfern«, begrüßte er sie in schwülstigem Ziro. »Holt bitte Beizi. Und inzwischen seid so nett und kleidet mich an.«

Gleich darauf erschien Beizi und schwatzte sofort los: »Die Beschützerin ist wach. Ihre Rechtschaffenheit war sehr angetan von Eurer nächtlichen Verrichtung.«

»Nett von ihr, aber ihre Begeisterung hielt sich in Grenzen.«

»Für sie, o göttlicher Herr, ist es eine ernste geistliche Pflicht, kein Anlaß zu frivolem Vergnügen. Dennoch möchte sie sich jede Nacht mit Euch paaren, so lange bis sie schwanger ist.«

»Das ist sehr schmeichelhaft, doch ich fürchte, die sterbliche Hülle, in welcher mein göttlicher Geist geborgen ist, bedarf von Zeit zu Zeit einer Ruhepause.«

Die Mädchen sahen sich betroffen an und tuschelten. Beizi erklärte: »Wir hatten gehofft, Ihre Göttlichkeit hätte vielleicht ein wenig göttlichen Samen für uns übrigbehalten.«

»Schäm dich, Beizi!« sagte eines der anderen Mädchen. »Du solltest nicht solch anstößige Ansinnen äußern, nicht einmal im Scherz!«

»Ich scherzte nicht«, erwiderte Beizi. »Es ist uns zwar verwehrt, mit männlichen Wesen zu verkehren, doch betrifft diese Einschränkung nicht Ihre göttliche Hoheit. Ist es nicht so, o Herr?«

»Sobald ich meine heilige Pflicht erfüllt und Shosti geschwängert habe, werden wir weitersehen«, antwortete Reith. »Doch wie will sie erkennen, ob sie schwanger ist? Terranische Frauen können das sehr leicht an bestimmten Anzeichen erkennen, aber ihr Krishnanerinnen seid doch anders.«

»Sie wird mit einem Mal all ihr sexuelles Verlangen verlieren, innerhalb weniger Tage nach der Empfängnis.«

»Ich dachte, sie hätte keines zu verlieren.«

»Doch – wenn auch nur ein geringes. Sobald die Schwangerschaft eintritt, ruft schon der bloße Gedanke an Vereinigung Ekel hervor. Keine Krishnanerin könnte dieses Gefühl verkennen.«

»Ich verstehe. Soll ich Ihrer Rechtschaffenheit beim Frühstück Gesellschaft leisten?«

»Nein, Herr. Sie läßt sich entschuldigen, da sie für die nächste Stunde ganz mit der Durchführung des Morgenrituals beschäftigt ist. Sie fordert Euch auf, Euer Morgenmahl einzunehmen und Euch danach für eine Weile selbst zu beschäftigen.«

»Sehr gut.« Während Reith frühstückte, fragte er: »Sag mir, Beizi, was bedeutet der goldene Schädel über der Tür von Shostis Schlafgemach?«

Sie kicherte. »Der gehörte einem anderen *Ertsu*, der vor einiger Zeit hier weilte. Er hatte bei uns Zuflucht gesucht, um irgendwelchen Schwierigkeiten mit seinen eigenen Leuten zu entrinnen. Da er wie Ihr Flammenhaar hatte, glaubte die Beschützerin, er wäre der göttliche Erzeuger aus der Prophezeiung. Laßt mich überlegen – er hieß Bohal oder Boghel ... oder so ähnlich.«

»Felix Borel vielleicht?«

»Ja, genauso. Dieser Borel bekannte bereitwillig, jener Gesandte des Himmels zu sein, und widmete sich mit großem Eifer seiner vorherbestimmten Aufgabe. Eine ganze

Umdrehung Shebs lang begattete er nächtens unsere Herrin, ohne jedoch ein Ei zu erzeugen. Schließlich ließ sie ihn, überzeugt, daß er lediglich ein Schwindler sei, auf dem Platze enthaupten. Den Schädel ließ sie vergolden und stellte ihn über ihre Tür, zur Mahnung an andere, die vorhaben, ihr einen ähnlichen Streich zu spielen.«

»Ein kurzes, aber lustiges Leben«, sagte Reith und fragte sich, ob er seinen nächtlichen Pflichten noch so unbefangen nachkommen konnte, während ihn der Schädel seines Vorgängers aus leeren Augenhöhlen von seinem Regal herab anstarrte. »Bitte, fahr fort.«

»Als Tashian die Regentschaft von Dur antrat, wurde der Ursprung von Shostis Irrtum offenbar. Die Prophezeiung sagte, der Gott würde während der Herrschaft des Raffzahns erscheinen, aber dieser Borel war vor Tashians Thronbesteigung aufgetaucht. Ihre Rechtschaffenheit hatte indes den Räuber Barré vas-Sarf für diesen Raffzahn gehalten, da es ihn nach unserem Tempelschatz gelüstet und er danach trachtet, uns zu erobern, um uns diesen Schatz zu rauben. Nun ist es jedoch klar, daß Gámand Tashian gemeint hat, nicht Barré; daher muß er Euch gemeint haben und nicht Borel.«

»Hm.« Reith dachte angestrengt nach. Die Vorstellung, daß sein Schädel neben dem von Borel das Regal zierte, rief keine sonderliche Begeisterung in ihm hervor. »Wenn ich dieses köstliche Mahl beendet habe, darf ich dann einen Spaziergang machen? Ich würde gerne Senarzé ein wenig erkunden.«

»Gewiß, Eure Göttlichkeit. Ich werde Euch eine Eskorte rufen.«

»Eskorte?«

»Wir können nicht riskieren, daß Eurer sterblichen Hülle ein Mißgeschick widerfährt – zumindest nicht, ehe Ihr unsere Herrin geschwängert habt.« Beizi kicherte über ihre eigene lose Zunge, öffnete die Tür und rief: »Hauptmann Parang!«

Ein großer stämmiger Krishnaner mit Helm und Panzerhemd erschien in der Tür. Reith erkannte in ihm den Anführer des Trupps wieder, der ihn entführt und nach Senarzé gebracht hatte.

»Seid gegrüßt, o göttlicher Herr!« begrüßte er Reith mit einer Verbeugung.

»Sei gegrüßt, o Sterblicher!« erwiderte Reith, dem seine Rolle langsam Spaß zu machen begann. »Ich wünsche heute morgen eine Führung durch die Stadt Senarzé. Kannst du dafür Sorge tragen?«

»Gewiß, Herr.« Der Hauptmann steckte den Kopf zur Tür hinaus und stieß einen Pfiff aus. Ein etwas schlichter gekleideter Soldat in einer Lederjacke mit bronzenen Knöpfen, trat ein.

»Seit wann bewacht ihr zwei mein Gemach?« fragte Reith.

»Wir haben erst vor einer halben Stunde die Nachtwache abgelöst«, sagte Parang. »Im Gegensatz zu Eurer Göttlichkeit müssen wir Sterblichen manchmal schlafen.«

»Ich werde dafür sorgen, daß ihr eine gerechte Ration Schlaf erhaltet. Doch nun wollen wir aufbrechen.«

Er ging hinaus, flankiert von den beiden Soldaten, die ihn schwarf bewachten und keine Sekunde aus den Augen ließen. Mit der Zeit, wenn sie miteinander erst vertrauter waren, dachte Reith, würde ihre Wachsamkeit nachlassen. Inzwischen würde er versuchen, soviel wie möglich auszukundschaften. Anderen war schon von unwegsameren Orten die Flucht geglückt. Der Trick bestand darin, den richtigen Zeitpunkt zu erwischen, nämlich genau die Phase, wenn seine Bewacher sich an ihn gewöhnt hatten und ihm vertrauten, Shosti aber noch keinen Verdacht wegen des Ausbleibens ihrer Schwangerschaft geschöpft hatte.

Sie begannen mit dem Tempel. Sein Inneres war reich verziert mit prachtvollen Säulen und goldglänzenden Götterstatuen, allesamt mit kostbaren Steinen besetzt. Reith erhob keinen Anspruch, ein Kenner krishnanischer Kunst zu sein. Ihre Konventionen und Stilrichtungen unterschieden sich vollkommen von allen ihm bekannten terranischen Kunstrichtungen, etwa so, wie die Kunst der Mayas sich von der Alten Welt unterschied. Müßig, sich die Frage zu stellen, ob es nun Kunst oder Kitsch war; jedenfalls kam er nicht umhin anzuerkennen, daß das Ganze mit seinem vielfarbigen Gefunkel ein eindrucksvolles Schauspiel bot.

»Großartig!« sagte Reith. Ein bißchen Schmeichelei konnte nie schaden.

Hauptmann Parang und der gemeine Soldat strahlten denn auch über das ganze Gesicht. »Unsere Herrin hat Künstler und Baumeister von weit her kommen lassen, sogar von Majbur und Mishé. Keine Kosten wurden gescheut, diesen Tempel zu einer würdigen Heimstatt des Wahren Glaubens zu machen.«

Am hinteren Ende der Tempelhalle, hinter dem Altar, stand eine Gruppe von Statuen, die Bákh, Qondyor und Yesht darstellten, drei führende Gottheiten des varastischen Pantheons. Dies bestätigte Reith in seiner Vermutung, daß es sich bei Shostis Kult der Endgültigen Wahrheit um eine synkretistische, eklektische Religion handelte, die die traditionellen krishnanischen Götter mit den verschiedenen Gottheiten gleichsetzte, die die terranischen Missionare nach Krishna mitgebracht hatten. So hatte er zum Beispiel gehört, daß Qondyor, der varastische Kriegsgott, von den Krishnanern mit Allah gleichgesetzt wurde.

Hinter den Statuen befand sich, den größten Teil der Wand bedeckend, ein Mosaik, das eine Landkarte von Zir nebst den angrenzenden Ländern darstellte. Für die Darstellung der Siedlungen und Grenzlinien hatte der Künstler kleine Täfelchen aus Gold, Silber und Kupfer verwendet. Im Zentrum des Mosaiks prangte in Form eines juwelenbesetzten Sterns der Senarzé-Berg, der seine segensbringenden Strahlen (dargestellt durch silberne Drähte) in alle Himmelsrichtungen aussandte.

Hauptmann Parang erklärte: »Da gemäß der Lehren der Endgültigen Wahrheit alles im Himmel eine Entsprechung auf unserem Planeten hat, glauben wir, daß Senarzé das weltliche Gegenstück zum Berge Meshaq ist, der Heimat der Götter. Doch warum erzähle ich Ihrer Göttlichkeit das? Da Ihr ein Gott seid, wißt Ihr es doch schon.«

»Doch sag mir, wo ...«, setzte Reith an. Er wollte fragen,

wo die Jünger der Endgültigen Wahrheit den Himmel vermuteten – ob auf einem anderen Planeten oder im interstellaren Raum oder in irgendeiner anderen Dimension.

Doch dann fiel ihm ein, was Pedro Arriaga, der ursprünglich an seiner Stelle als Reiseleiter der Krishna-Tour vorgesehen war, zu ihm gesagt hatte. Reith hatte bei ihm Spanisch geübt, und Pedro hatte gesagt: »*En los países extrangeros, es mas prudente de no discutir la politica o la religión.*« Eine Diskussion über Politik oder Religion in diesem fremden Land vom Zaun zu brechen, konnte ihn schneller, als ihm lieb war, auf den Richtblock bringen.

»Wo *was* ist, o Herr?« bohrte Parang neugierig nach.

»Ich habe mich bloß gefragt, wo die Quartiere von euch Soldaten wohl sein mögen.«

»Ihr werdet sie gleich sehen. Ist Ihre Göttlichkeit mit dem Tempel fertig?«

»Ja, guter Mann. Führ mich hinaus.«

Verglichen mit dem Prunk des Tempels, war der Rest der Siedlung Senarzé geradezu ein Elendsviertel. Reith folgte seinen Begleitern durch eine enge Gasse, vorbei an Reihen stinkender Hütten, zur Kaserne, dem nächst dem Tempel größten und stabilsten Gebäude in Senarzé. Diese sah von innen aus wie jede andere Kaserne, ob in Krishna oder sonstwo auf der Welt: triste scheunenähnliche Gemeinschaftssäle für die unverheirateten Soldaten, separate Quartiere für die verheirateten, Einzelzimmer für die Offiziere und so weiter.

Reith benutzte jede Gelegenheit, Hauptmann Parang zu fragen, was dieses oder jenes auf Ziro hieße. »Da ich möglicherweise längere Zeit hierbleiben werde«, erklärte er, »möchte ich gern euren hiesigen Dialekt beherrschen.«

»Dialekt!« Tiefe Entrüstung schwang in der Stimme des Hauptmanns mit. »Göttlicher Gebieter, ich bitte Euch, unsere Sprache nicht so zu bezeichnen! Ziro ist eine eigenständige Sprache, welche sich sowohl vom Durou als auch vom Gozashtando vollkommen unterscheidet. Sie ist unser unschätzbares kulturelles Erbe, das unter allen Umständen in seiner logischen und ausdrucksvollen Reinheit bewahrt werden muß.«

»Ich bitte um Verzeihung«, sagte Reith. »Eure Sprache also.«

»Hier ist der Außenwall. Wünschen Eure Göttlichkeit eine Rundpromenade zu machen? Ein solcher Spaziergang längs dem Walle erfreut sich großer Beliebtheit bei den Senarzeva, besonders bei den jungen, welche sich noch nicht gepaart haben.«

»Gern, guter Hauptmann.«

Als sie die Treppe zum Wall hinaufstiegen, grübelte Reith über die Landkarte nach, die er im Tempel gesehen hatte. Wenn er sich aus dem Staub machen wollte, brauchte er eine eigene Karte. Aber wie die im Tempel kopieren, ohne Verdacht zu erregen?

»Hauptmann«, sagte er nach einer Weile, »wann ist der nächste Gottesdienst im Tempel?«

»Um die Mitte des Nachmittages, o Herr. Warum fragt Ihr?«

»Ich würde gern daran teilnehmen. Es verlangt mich nach Gebet und Einkehr.«

»Das ist höchst verständlich, Herr. Doch – verzeiht meine Unverschämtheit – zu wem sollte ein Gott wie Eure Durchlauchtigkeit beten?«

Die unerwartete, gleichwohl sehr logische Frage brachte Reith einen Moment lang in Verlegenheit. Doch er hatte sich schnell gefangen: »Nun, zu mir selbst natürlich! Was dachtest du?«

»Das hatte ich nicht bedacht«, sagte Parang mit verblüfftem Gesichtsausdruck. »Ich bin nur ein einfacher Soldat, nicht befähigt zu theologischem Disput. Nun, es sei, wie Ihr wünscht.«

Sie hatten jetzt das Ende des Walls erreicht, wo der Fußweg in einem der großen viereckigen Türme des Haupttors endete. Reith beugte sich durch eine der Schießscharten und studierte das umliegende Gelände. Die Zugbrücke zu seiner Linken war wieder heruntergelassen. Unter der Zugbrücke sah er den Graben, der quer durch den Sattel gehauen war, welcher den Felsen von Senarzé mit dem nächstliegenden Berg verband.

Reith hatte zwar so gut wie keine praktischen Erfahrungen im Bergsteigen, aber er kannte ein paar der wichtigsten Prinzipien aus Büchern. Wenn man ein ausreichend langes Seil besaß, konnte man die Mitte des Seils um einen Vorsprung schlingen und sich mit beiden Händen zwischen den beiden Seilenden nach unten abseilen. Unten angekommen, ließ man ein Ende los und zog an dem anderen, bis das ganze Seil herunterkam.

Der Hang unterhalb des Grabens war steil, aber er schien nicht unbezwingbar. Reith sah mehrere Felsvorsprünge, die als Befestigungspunkt für das Seil durchaus geeignet schienen. Weiter unten, wo der Hang etwas abflachte, gab es sogar vereinzelte Sträucher und verkrüppelte Bäume.

Alles, was er brauchte, war ein Seil, eine Landkarte, etwas Proviant und eine dunkle Nacht, in der er unbewacht war. Sein eben noch leise aufkeimender Optimismus sank wieder in sich zusammen. Eines, vielleicht auch zwei dieser Dinge mochte er ja zusammenbekommen; aber er bezweifelte, daß er in der Lage sein würde, sie alle zu besorgen.

Tage vergingen. Nachtsüber kam Fergus seinen schweißtreibenden Pflichten in Shostis Bett nach. Tagsüber erkundete er jeden Winkel von Senarzé, eingeschlossen die Wendeltreppe, die zu einem unterirdischen Teich hinunterführte. Diese Treppe, die unter enormen Anstrengungen durch massiven Fels getrieben war, hatte in erster Linie zum Zweck, bei Belagerungen die Wasserversorgung sicherzustellen.

Er inspizierte den großen Gong über dem Stadttor, mit dem beim Herannahen des Feindes oder bei sonstigen wichtigen Ereignissen die Bevölkerung alarmiert wurde. Er nahm an Gottesdiensten im Tempel teil. Er freundete sich mit Hauptmann Parang an und spielte mit ihm Piza, um die Zeit totzuschlagen. Er hielt sich mit gymnastischen Übungen fit.

Seine Anwesenheit bei den Gottesdiensten verursachte einige Aufregung. Shosti bestand darauf, daß er nicht inmitten der Gläubigerschar saß, sondern vor dem Altar, Auge in Auge mit ihnen, auf einem vergoldeten Thronsessel. Der Thronsessel, der zuvor jahrelang ein staubiges Schattendasein im hintersten Winkel einer Rumpelkammer gefristet hatte, war auf Geheiß der Hexe von Zir eigens für Reith hervorgeholt und auf Hochglanz gewienert worden.

Als nächstes wandelte Shosti den Gottesdienst dahingehend ab, daß die Gläubigen ihre Gebete und Lobpreisungen direkt an Reith richten mußten. Nachdem er eine Woche lang tagtäglich zu hören bekommen hatte, wie gerecht, wie unsterblich, wie heldenhaft, gnädig, allwissend, allmächtig, gütig und fehlerlos er doch sei, kam er zu der Erkenntnis, daß es tödlich langweilig war, als Gott verehrt zu werden, sobald der Reiz des Neuen erst verflogen war. Eine weniger gefestigte Persönlichkeit, dachte er, würde sicher Gefahr laufen, diesen ganzen Blödsinn ernst zu nehmen. Er fragte sich, ob er nicht besser daran getan hätte, seine Göttlichkeit gleich am Anfang standhaft zu bestreiten; aber hinterher war man immer klüger als vorher.

Nach dem dritten Tag überredete Reith Shosti, den Thronsessel so plazieren zu lassen, daß die Gläubigen sein Profil betrachten konnten. Auf diese Weise hatte er die Möglichkeit, unauffällig die Mosaiklandkarte zu studieren, was schlechterdings nicht möglich war, wenn er mit dem Rücken zu ihr saß.

Die Karte zeigte zu viele Details, als daß er sie sich alle auf einmal hätte einprägen können. Sobald er wieder allein in seinem Gemach war, fertigte er sich flugs auf einem Blatt krishnanischen Papiers eine grobe Bleistiftskizze nach dem Gedächtnis an. Von nun an benutzte er jeden Gottesdienst dazu, sich soviel wie möglich von der Karte einzuprägen; sobald der Gottesdienst zu Ende war, eilte er zurück in sein Gemach und vervollkommnete die Zeichnung. Nach zahlreichen Verbesserungen, Änderungen und Korrekturen entsprach seine Karte dem Original so weit, daß sie ihm für seine Zwecke ausreichend schien.

Das nächste Problem war die Beschaffung eines Seils. Eine Seilerei schien in Senarzé offenbar nicht zu existieren. Alles was es an Seil in der Stadt gab, war von außerhalb herangeschafft worden. In einem Seehafen würde es jede Menge Seil geben; aber Senarzé war nun einmal kein Seehafen, und das bißchen Seil, das es gab, war schon anderweitig in Gebrauch. Und davon ein genügend langes Stück zu stehlen – zum Beispiel das, welches in den Windmühlen als Treibriemen diente –, war auch nicht so einfach, wenn man den ganzen Tag von zwei Soldaten auf Schritt und Tritt begleitet wurde.

Während er in seinem Zimmer saß und diesen Gedanken nachhing, fiel sein Blick auf die Klingelstrippe. Er sprang auf und schlug sich die Hand vor die Stirn. Daß ihm der Gedanke nicht schon eher gekommen war!

Er zog an der Strippe, und gleich darauf kam eine seiner Kammerjungfern herein. Es war Gháshmi, die nur Ziro sprach. Inzwischen hatte er den Dialekt jedoch so weit im Griff, daß er sich verständlich machen konnte. Er sagte: »Ich bin neugierig, Gháshmi. Wohin führt dieses Seil? Ich weiß, daß es durch Röhren verläuft und in einem anderen Teil des Tempels endet, wo dann eine Glocke ertönt.«

»Will Eure Göttlichkeit uns mit einem Besuch in der Zofenkammer beehren?«

»Ja, meine liebe Sterbliche, das will ich gewiß. Führ mich hin.«

Das im Keller gelegene Quartier der Kammerzofen war weit weniger geräumig und komfortabel als sein eigenes. Die Mädchen mußten sich in winzige Doppelbetten pferchen und hatten kaum Platz, um sich umzudrehen. Gháshmi kicherte.

»Kein Mann darf diesen Raum betreten, o Herr«, plapperte sie. »Aus einleuchtenden Grüden.« Wieder Kichern. »Ihr seid der erste seit Jahren, aber für Eure Göttlichkeit gilt dieses Verbot natürlich nicht.« Sie warf ihm einen kecken Seitenblick zu. »Wenn Ihr einer von uns befehlen würdet, alles zu tun, was Ihr wünscht, könnten wir Euch nicht widersprechen ...«

Reith räusperte sich. »Später vielleicht. Doch zunächst ist mir mehr daran gelegen, mich mit dem Tempel vertrauter zu machen.«

Neben der Treppe, die zum Hauptgang hinaufführte, hingen nebeneinander zwölf kleine Glocken an Eisenstangen, die aus der Wand ragten. An jeder Glocke war das Ende einer Zugstrippe befestigt. Die zwölf Strippen verschwanden in Löchern in der Decke. Eine andere Tempeljungfer saß auf einem Stuhl vor den Glocken und strickte. Sie stand auf und verbeugte sich vor Reith.

»Wie Ihr seht, o Herr«, erklärte Gháshmi, »sind die Glokken alle von verschiedener Größe. Daher haben sie einen verschiedenen Klang. Eines von uns Mädchen muß immer hier sein, auf daß kein Ruf ungehört verhallt. Am Klang erkennen wir, aus welchem Teil des Tempels der Ruf kommt. Wenn die diensthabende Zofe ihren Platz verläßt, um den Ruf zu beantworten, läutet sie das kleine Glöckchen dort, damit sofort eine andere ihren Platz einnimmt. Wir wechseln uns reihum ab.«

»Sehr interessant«, sagte Reith, während er neugierig die Glocken beäugte. »Welche Glocke ruft euch in mein Gemach?«

»Diese dort«, sagte Gháshmi. »Eure Göttlichkeit ehrt uns mit ihrem Interesse.«

Er hörte sich noch ein paar Minuten ihr munteres Geschwätz an und empfahl sich dann unter dem Vorwand, er müsse sich auf den nächsten Gottesdienst vorbereiten.

Als Reith einen Tag später wieder durch die Stadt spazierte, kam er an einem Haus vorbei, dessen Eigentümer gerade das Dach teerte. Interesse heuchelnd, bat er den Krishnaner, herunterzukommen und ihm seine Arbeit zu erklären.

»Als erstes, o göttlicher Herr«, erläuterte der Krishnaner, »stecke ich das kalte Pech in dieses Faß und zünde ein kleines Feuer darunter an. Sobald das Pech geschmolzen ist, schöpfe ich es in einen Eimer, trage ihn auf das Dach und streiche es mit diesem Pinsel auf.«

All das war Reith natürlich bekannt. Trotzdem ließ er den

Mann weitererzählen. Plötzlich schaute dieser in seinen Eimer und sagte: »Seht, o Herr, das Pech ist erkaltet und wieder erstarrt! Jetzt muß ich es in das Faß zurückkippen und es erneut zum Schmelzen bringen!«

»Oh, das ist meine Schuld. Ich bitte um Verzeihung!« sagte Reith.

»Aber ein Gott braucht niemals um Verzeihung zu bitten!«

»Ich tue es dennoch. Ein Gott sollte auch niemals sorglos mit dem Gut seiner Gläubigen umgehen. Darf ich einmal das erkaltete Pech sehen?«

»Aber gewiß, Eure Göttlichkeit. Hier.«

Reith grub die Finger in die weiche Masse und holte sich einen Klumpen von der Größe eines Golfballs heraus. Das Pech war noch immer so heiß, daß er sich die Finger verbrannte. Er biß die Zähne zusammen und ließ sich nichts anmerken.

»Darf ich das behalten, damit ich mich immer an meine göttlichen Pflichten erinnere?«

»Eure Göttlichkeit ehrt mich mit ihrer Bitte. Möchtet Ihr den ganzen Eimer?«

»Vielen Dank, guter Mann; das hier genügt mir. Guten Tag.«

Begleitet von seinen Wachhunden, eilte Reith zurück in den Tempel, unterwegs das Pechkügelchen zwischen den Händen hin- und herwerfend. Einer der beiden Soldaten, der große, massig gebaute Leutnant Khonj, fragte: »Gestattet Eure Göttlichkeit mir die Frage, was Eure Absicht war, als Ihr um diesen Klumpen Pech batet?«

»Bloß ein kleines Experiment, das mir durch den Kopf ging«, antwortete Reith unbekümmert. »Weißt du nicht, daß ich unter anderem auch der Gott der Erfinder bin? Ich hatte eine Idee für eine neue Vorrichtung.«

»Aber Herr, Ihr hättet doch nur ein Wort zu sagen brauchen, und wir hätten Euch soviel Pech gebracht, wie Ihr wollt!«

»Die Idee kam mir erst in dem Moment, da ich das Pech gewahrte. Ich wollte das Eisen schmieden, solange es heiß ist, wie man bei uns im Himmel sagt. Doch ich muß deine Emsigkeit und Aufmerksamkeit loben.«

In jener Nacht hatte Hauptmann Parang Wachdienst. Als Beizi Reith fragte, ob er bereit sei, Shosti beizuliegen, antwortete er: »Sei so freundlich und richte Ihrer Rechtschaffenheit aus, daß ich müde bin. Ich brauche mal wieder einen zünftigen Abend mit den Jungs, wie man bei uns im Himmel sagt. Ich werde zu ihr kommen, wenn sie schläft. Ich bin ohnehin morgens besser in Form.«

»Ich werde es meiner Herrin ausrichten.«

»Und sag Hauptmann Parang, er möchte hereinkommen.«

Als der Offizier eintrat, sagte Reith: »Wie wär's mit einer Partie Piza, alter Freund?«

»Eure Göttlichkeit ist zu freundlich.«

»Aber nicht wieder absichtlich schlecht spielen, um mich gewinnen zu lassen! Ich, dein Gott, bin ein sportlicher Gott!« Reith holte das Brett und die Steine hervor. »Ich habe eine Idee! Jedesmal, wenn einer einen Stein verliert, muß er einen Kvad trinken.«

»Wieviel Kvad, o Herr?«

»Soviel.« Reith stellte einen großen Krug Kvad und zwei kleine silberne Becher auf den Tisch. »Einen von diesen Bechern voll. Sie sollen einst Gamand dem Ungeschorenen gehört haben, aber ich glaube das nicht. Gamand war ein Asket, der niemals einen starken Trank anrührte und glitzernden Tand geradezu verabscheute. Ich stahl diese Becher aus der Prunkvitrine im Tempel.«

»Aber Herr!« Parangs Stimme klang entsetzt. »Was auch immer ein Gott tut, es ist gut! Wie könnt Ihr da im Zusammenhang mit Euch den Begriff ›Stehlen‹ verwenden? Der Tempel und alles, was in ihm ist, gehört Euch. Wenn ein Sterblicher Euch des Diebstahls ziehe, so wäre das Gotteslästerung!«

»Nun, was hat man davon, ein Gott zu sein, wenn man sich nicht einmal mehr über sich selbst lustig machen kann? Schwarz oder weiß?«

Das Spiel begann. Reith verlor als erster einen Stein und trank seinen Becher in einem Zug leer. Doch schon im Gegenzug kassierte er einen von Parangs Steinen, und gleich darauf noch einen.

So ging es munter weiter. Reith hatte während der vorausgegangenen Tage das Spiel fleißig studiert und mit jedem gespielt, den er finden konnte: mit den Tempeldienerinnen, den Soldaten, sogar mit Shosti. So kam es, daß der arme Parang bald ins Hintertreffen geriet und schon nach der ersten Partie dreimal soviel Kvad intus hatte wie Reith.

Gegen Mitte der vierten Partie machte Parang schon einen erheblich mitgenommenen Eindruck. Er gähnte fortwährend, murmelte vor sich hin und hielt sich nur noch unter größter Anstrengung wach.

Reith sah die Gelegenheit zu einem günstigen Zug, mit dem er drei von Parangs Steinen auf einmal überspringen konnte. Er machte den Zug, sammelte die Steine ein und sagte: »Jetzt mußt du einen Dreifachen trinken, mein Freund ...«

Als Antwort erhielt er ein leises Schnaufen, die krishnanische Version des irdischen Schnarchens.

Reith schaute auf die Stundenkerze auf der Kommode. Alles war ruhig. Er nahm den Kvadkrug und schlich auf Zehenspitzen zur Tür.

Draußen saß Parangs Kollege, den Rücken gegen die Wand gelehnt, den Kopf auf der Brust. Beim Anblick Reiths zuckte er hoch, rieb sich die Augen und stand auf. Reith murmelte: »Guter Ghirch, wir machen gerade ein heißes Spielchen drinnen und möchten gerne ungestört bleiben. Würde ein Schlückchen hiervon dir deinen Dienst ein wenig versüßen?«

Ghirchs Augen leuchteten auf. »Oh, fürwahr, Eure Göttlichkeit!«

Reith drückte dem strahlenden Soldaten den Krug in die Hand, ging in sein Zimmer zurück und blies alle Kerzen bis auf eine aus. Dann holte er den Klumpen Pech unter seinem Kopfkissen hervor und erwärmte ihn über der Kerzenflamme, bis er weich war.

Den Pechklumpen in der Hand, ging er schnell in den Keller zum Quartier der Tempeldienerinnen. Am Fuß der langen Treppe saß eines der Mädchen auf einem Stuhl neben den Glocken und versuchte, in dem trüben Licht ein krishnanisches Buch zu lesen. Das Buch bestand aus einem langen zickzackförmig gefaltenen Streifen Papier, zusammengehalten von zwei hölzernen Deckeln.

»Sei gegrüßt, gute Jazeri!« rief er, als das Mädchen aufstand und sich verneigte. »Würdest du deinem Gott einen kleinen Gefallen tun?«

»Was immer Ihr wünscht, mein göttlicher Gebieter.«

»Nun, könntest du mir eine Tasse heißen *Chaven* bringen?« Es handelte sich dabei um ein nichtalkoholisches, leicht stimulierendes krishnanisches Getränk. »Ich habe beim Spielen mit Hauptmann Parang soviel Kvad getrunken, daß meine sterbliche Hülle eines ernüchternden Trankes bedarf.«

»Sofort, Eure Göttlichkeit!« Jazeri huschte eilig davon.

Keith sah sich die Glocken an. Er nahm den Pechklumpen und steckte ihn in die Höhlung der Glocke, die zu seinem Zimmer gehörte, zwischen Innenwand und Klöppel. Dann drückte er den Klöppel mit dem Daumen tief in die weiche Masse. Jetzt saß er fest und würde nicht mehr klingeln.

Dann holte er sein Taschenmesser heraus und schnitt die Strippe direkt oberhalb der Glocke so weit durch, bis sie nur noch an ein paar wenigen Fasern hing und bei einem kräftigen Ruck durchreißen würde.

Als er Jazeris Schritte auf der Treppe nahen hörte, steckte er das Messer rasch wieder ein. Während er genüßlich das wohltuende heiße Getränk schlürfte, lobte er mit schmeichlerischen Worten Jazeri und ihre Kolleginnen. Er pries die Sauberkeit des Tempels und den strahlenden Glanz der Statuen und Säulenornamente. Das Mädchen strahlte über das ganze Gesicht und schnurrte vor Stolz und Wonne.

Als er die Tasse leergetrunken hatte, reichte er sie Jazeri und sagte ihr gute Nacht. Wieder in sein Gemach zurückgekehrt, stellte er zu seiner Zufriedenheit fest, daß Parang noch immer in tiefem Schlummer lag. Ein vorsichtiger Blick nach draußen zeigte ihm, daß Ghirch ebenfalls eingeschlafen war.

Reith packte die Glockenschnur und zog mit einem kräftigen Ruck daran. Sofort schlängelte sich ein Meter Seil ohne Widerstand aus dem Loch in der Wand. Er wartete einen Moment, ob es zurückgezogen wurde. Da nichts dergleichen geschah, zog er weiter, bis das abgerissene Ende aus dem Loch schlüpfte und vor ihm zu Boden fiel.

Er wickelte sich das Seil um die Hüfte und schob seinen goldenen Rock darüber. Dann warf er einen Blick auf Parang. Der Hauptmann schlief tief und fest. Sein Kapuzenumhang lag neben der Tür auf dem Fußboden.

Reith überlegte, ob er den Gürtel des Hauptmanns lösen und sein Schwert nehmen sollte. Doch da er befürchtete, daß Parang davon aufwachen würde, entschied er, statt dessen lediglich die Scheide aus dem Gürtel zu haken. Ganz vorsichtig ging er zu Werke. Hauptmann Parang schnaufte weiter.

In Ermangelung eines geeigneten Schwertgürtels steckte Reith sich die Scheide kurzerhand in die smaragdbesetzte Schärpe. Das war zwar unbequem und hinderlich, aber es mußte einstweilen reichen.

Alsdann zog er den Beutel mit Keksen, die er heimlich beiseite geschafft hatte, unter dem Bett hervor. Da er schon vor einiger Zeit damit begonnen hatte, mußten die ersten reichlich vertrocknet sein; aber das war jetzt unwichtig. Er nahm die Landkarte vom Tisch.

Er schlüpfte in Parangs Umhang und zog sich die Kapuze so tief wie möglich ins Gesicht. Einen Moment war er versucht, eine Notiz zu hinterlassen, daß Hauptmann Parang keine Schuld an seiner Flucht trüge, weil er, Reith, ihn hereingelegt hätte. Er mochte den alten Krishnaner. Aber bei seinen mageren Kenntnissen der krishnanischen Schriftzeichen würde es eine Stunde dauern, bis er einen halbwegs leserlichen und verständlichen Brief zuwege gebracht hätte. Nun, vielleicht, sagte er sich, wie um sich zu beruhigen, passiert dem guten Parang ja auch nichts. Aber das Wohl und das seiner Touristen war jetzt erst mal wichtiger.

Wenig später stieg Reith die Steintreppe zur Stadtmauer neben dem Haupttor hinauf. Ein Wachtposten sah ihn, salutierte beim Anblick des Offiziersumhangs und schritt weiter seine Runde. Die Posten vor dem Tempel hatten sich genauso verhalten.

Mit schweißnassen Händen und klopfendem Herzen entrollte Reith die Glockenschnur von seiner Hüfte. Er warf sie über die Schartenbacke direkt neben dem Torturm, kroch durch die Scharte, wobei er sich so ungeschickt anstellte, daß sich seine Schwertscheide zwischen zwei Schartenbakken verkantete, und ließ sich, nachdem er die Scheide mit zitternden Fingern wieder freigezerrt hatte, langsam an der Außenfront des Walls herunter.

Auf halbem Wege fiel ihm plötzlich ein schreckliches Versäumnis ein. Bei seinen Vorbereitungen für die Flucht hatte er an alles gedacht; nur eines hatte er in der Hast vergessen: nämlich die Schuhe zu wechseln. Er trug noch immer die hauchdünnen, slipperartigen vergoldeten Zierpantöffelchen, die einen Teil seines prunkvollen Tempelkostüms bildeten. Er hatte beabsichtigt, die derben Stiefel anzuziehen, in denen er gefangengenommen worden war und die er bei seinen Spaziergängen in der Stadt immer angehabt hatte. Die aber standen jetzt friedlich in seinem Kleiderschrank, und es war zu spät, noch einmal umzukehren und sie zu holen.

10

Ein Paar Stiefel

Am Fuß der Mauer angekommen, zog er das Seil herunter und machte sich auf die Suche nach einem geeigneten Felsvorsprung für seinen weiteren Abstieg. Es war stockdunkel, und er tastete sich vorsichtig auf allen vieren am Rand des Abhangs entlang, um nicht hinunterzustürzen. Nach kurzer Suche fand er einen Vorsprung dicht unterhalb des Mauerfußes. Er suchte die Mitte des Seiles, schlang sie um den Vorsprung und ließ sich vorsichtig, den Rücken zum Abgrund gewandt, Schritt für Schritt herunter.

Der Himmel war dicht bewölkt. Das hatte den Vorteil, daß man ihn nicht sehen konnte, andererseits konnte aber auch er kaum die Gestalt des Abhangs erkennen. Unterhalb der Kante fiel die Felswand nahezu senkrecht. Wenn er abglitt, würde er im freien Fall in die Tiefe stürzen.

Als er unten ankam, fühlte er fast ebenen Halt unter den Füßen. Er spähte um sich in die Dunkelheit und sah, daß er auf einem schmalen Felsensims stand. Unter ihm flachte der Hang etwas ab.

Reith ließ ein Seilende los und begann das andere Ende einzuholen. Das freie Ende verschwand nach oben in die Dunkelheit. Plötzlich blieb das Seil hängen. Er zog mit einem leichten Ruck, aber es gab nicht nach. Er packte das Seil mit beiden Händen und zog so fest, daß er fast das Gleichgewicht verlor. Er fing sich, aber im selben Moment hörte er von oben ein Poltern: Der Vorsprung, um den er das Seil geschlungen hatte, war durch den Ruck herausgebrochen! Das Geräusch kam näher und verwandelte sich in eine Serie dumpfer Schläge, als der Felsen mit zunehmender Geschwindigkeit aufzuspringen begann. Reith wußte, daß ein Riesenbrocken von mindestens einem halben Zentner genau auf ihn zugedonnert kam.

Zum Ausweichen bot der Sims nicht genug Platz. Selbst wenn er Zeit gehabt hätte und den näherkommenden Felsen hätte sehen können, wäre bei einem seitlichen Ausweichen die Gefahr eines Treffers zu groß gewesen. Also preßte er sich so eng wie möglich gegen die Wand.

Der Felsbrocken schlug dicht über seinem Kopf gegen die Wand, prallte ab und verfehlte ihn nur um wenige Zentimeter. Er spürte den Luftzug im Nacken. Vor Erleichterung zitternd, lauschte er dem leiser werdenden Donnern, als der Brocken den Hang hinuntersprang. Mehrere kleinere Steine folgten. Einer schlug ihm heftig gegen die Schulter, aber er mißachtete den Schmerz.

Als seine Knie zu zittern aufhörten, spähte er hinunter in die Dunkelheit. Der Abhang war unterhalb des Simses so schräg, daß er ohne Seil zu bewältigen war. Er rollte das Seil zusammen und setzte, jetzt lediglich unter Zuhilfenahme der Hände, seinen Abstieg behutsam fort.

Als er sich dem Fuß des Felsens näherte, wo der Hang sanft abflachte, so daß er bereits aufrecht und vorwärts gehen konnte, hörte er von oben einen tiefen Glockenton herunterhallen. Es war der große Gong über dem Haupttor. Weit oben, entlang des Walls, tanzten und flackerten Lichter wie ein aufgeregter Schwarm Glühwürmchen. Kettengerassel verriet, daß die Zugbrücke heruntergelassen wurde.

So schnell, wie das Gelände und die Dunkelheit es zuließen, tastete Reith sich vorwärts über die Böschung am Fuße des Felsens von Senarzé und in das Unterholz des angrenzenden Waldes. Er stolperte über Steine und umgestürzte Bäume, stieß gegen tiefhängende Äste und tappte in den kleinen Bach, der hinunter ins Tal plätscherte. Ohne anzuhalten und zu verschnaufen, wühlte und zwängte er sich vorwärts durch das Gestrüpp.

Als die Sonne aufging, ließ Reith sich ermattet auf einen umgestürzten Baum sinken und zog seine Karte hervor. Sein buntes Flittergewand hing ihm in dreckigen Fetzen vom Leib; er war wund, zerkratzt, von Insekten zerstochen. Obwohl er nur im Schneckentempo vorangekommen war, mußte er mindestens ein halbes Dutzend Kilometer gelaufen sein. Senarzé war nicht mehr zu sehen.

Er sah sich um. Wenn er einen irgendwo weiter östlich gelegenen Hügel erklomm und auf der anderen Seite herunterging, mußte er an einen Bach kommen, der ihn zum Kehar-Berg führte. Wenn er den schneebedeckten Gipfel einmal im Blick hatte, konnte er, vorausgesetzt, daß seine Kräfte reichten, Gha'id und das Bahncamp erreichen.

Doch die Müdigkeit und die Erschöpfung machten sich immer stärker bemerkbar. Er mußte etwas essen und sich einen geschützten Platz zum Schlafen suchen. Die Füße schmerzten von der beschwerlichen Wanderung über Stock und Stein in den dünnen, halb aufgelösten Tempelschuhen.

Er kaute einen altbackenen Keks und spülte ihn mit einem Schluck kalten Wassers aus dem Bach herunter, als ein Knacken im Unterholz ihn auffahren ließ. Ein Wildpfad zog sich den Hügel zu seiner Linken hinauf, und auf eben diesem Pfad tauchte in diesem Moment ein gepanzerter Krishnaner auf.

Reith und der Soldat sahen sich gleichzeitig. Reith erkannte in ihm Leutnant Khonj, einen seiner regelmäßigen Bewacher. Beim Anblick Reiths schrie Khonj: »*Ohé!* Da ist er!«

Er stürzte auf Reith zu. Im Laufen riß er sein Schwert heraus und packte seinen Rundschild mit der Linken. Die meisten Krishnaner waren Rechtshänder.

Reith sprang auf und zog blank, alle Erschöpfung vergessend. »Was willst du?«

»Deinen Kopf, Betrüger!« schnarrte Khonj. »Befehl der Beschützerin.«

Der Krishnaner blieb stehen. Dann begann er, sich langsam auf Reith zuzubewegen. Den linken Fuß vorgeschoben, das Gewicht auf den rechten verlagert, den Schild mit der Linken vor sich haltend, rückte er Zentimeter um Zentimeter näher. Den rechten Arm hielt er erhoben, die Faust über dem rechten Ohr, so daß sein Schwert waagrecht in der Luft lag, mit der Spitze nach hinten.

Offensichtlich verließ sich Khonj ganz auf seine Schneide. Aus dieser Stellung heraus konnte er zuschlagen, ohne erst ausholen zu müssen. Zugleich konnte er leicht einen senkrecht geführten Hieb gegen seinen Kopf parieren.

Reith nahm die Haltung ein, die Heggstad ihm eingepaukt hatte: den rechten Fuß vorgeschoben, das Schwert leicht angeschrägt nach vorn, mit der Spitze zum Gegner. Auch wenn er die Grundkenntnisse der Säbeltechnik in Novorecife gelernt hatte – wie man sich gegenüber einem Gegner mit Schild verhielt, hatte Heggstad ihm nicht beigebracht; dazu war die Zeit zu knapp gewesen.

Khonj sprang vor und ließ seine Klinge niedersausen. Der Hieb kam mit voller Kraft, aber Reith kriegte seine Klinge rechtzeitig hoch und parierte. Die Schwerter krachten mit lautem Klirren aufeinander, und die Wucht des Schlags riß Reith fast die Waffe aus der Hand. Einem unmittelbar folgenden Rückhandschlag Khonjs entging er durch geschicktes Zurückweichen.

»Bleib stehen und stirb, Feigling!« schrie Khonj. »*Ohé!* Hierher! Ich habe den Gotteslästerer gefunden!«

Es kam keine Antwort. Reith schloß daraus, daß Khonj und der Rest des Suchtrupps sich aus den Augen verloren hatten.

»Wir sollten nicht miteinander kämpfen«, rief Reith, »sondern die Sache in aller Ruhe besprechen!«

»Ha!« schnaubte Khonj. »Ein niederträchtiger Erdling, der uns schamlos prellt und sich als Gott anbeten läßt! Ist das kein Grund zum Kämpfen, eh?«

»Es war nicht mein Einfall«, erwiderte Reith. »Ihr bestandet darauf, daß ich ein Gott wäre, und ich hatte nicht das Gefühl, daß es gut für mich gewesen wäre, dem zu widersprechen.«

Er parierte einen erneuten Hieb und erwiderte ihn mit einem mächtigen Schlag auf Khonjs Schild. Khonj riß seinen Schild zwar noch rechtzeitig hoch und fing den Hieb ab, aber er konnte nicht verhindern, daß die Spitze von Reiths Klinge ihm den Waffenrock aufritzte und über die Schulter schrammte. Er wich einen Schritt zurück und hielt inne, so als sei er unschlüssig, welche Kampftaktik er gegen den Terraner einschlagen sollte.

Dann drang er aufs neue mit einem wütenden Hagel von Streichen auf Reith ein. Seine Klinge war ein wenig kürzer als die von Reith, dafür aber schwerer. Dies verlieh seinen Hieben zwar eine größere Wucht, machte sie aber zugleich auch langsamer, so daß Reith sie immer noch rechtzeitig parieren konnte. Als Khonj wieder einmal nach einem furiosen Angriffswirbel einen Augenblick innehielt, um zu verschnaufen, machte Reith einen blitzschnellen Ausfallschritt und führte einen Stoß gegen Khonjs Gesicht. Der Stoß ging fehl; doch Khonj riß seinen Schild hoch und wich keuchend einen Schritt zurück.

»Du Tor!« schnaubte Reith. »Warum hörst du nicht auf? Ich habe nichts gegen Senarzé – begreif das endlich!«

»Lügner! Du bist schuld am Tod meines geliebten Freundes, des Hauptmanns Parang!«

»Das tut mir leid. Ich mochte ihn.«

»Eine fürwahr feine Art, das zu zeigen! Doch nun wird dein Kopf neben seinem das Stadttor zieren, Schurke!«

»Ich mußte fliehen. Du weißt selbst, welches Schicksal meinen Vorgänger Borel ereilte.«

»Du hättest uns gleich am Anfang sagen sollen, daß du nur ein normaler Sterblicher bist.«

»Vielleicht. Aber ich wußte nicht, wie ...«

Reith brach ab, als Khonj ihn aufs neue mit wütenden Hieben attackierte. Hin und her wogte der Kampf, ohne daß einer der beiden einen entscheidenden Vorteil erringen konnte. Mehrere Male gerieten sie auf dem unebenen Boden ins Stolpern, konnten sich aber jedesmal wieder fangen, bevor der Gegner heran war. Reith probierte mehrere blitzartige Vorstöße, aber Khonj blockte sie mit seinem Schild ab, und Reith hatte alle Hände voll zu tun, die mächtigen Hiebe und Stöße des Krishnaners seinerseits abzufangen.

Reiths goldenes Gewand war schweißdurchtränkt, und auch unter Khonjs Helm rann Schweiß hervor und lief ihm in Bächen über das schmutzverkrustete Gesicht. Immer wieder hielten sie erschöpft inne und standen sich schwer atmend gegenüber.

Offenbar war Khonj entschlossen, Reith zu töten, egal wie. Reith sah ein, daß jede Diskussion zwecklos war. Er beschloß, seine Kräfte nicht mit weiterem Reden zu vergeuden, sondern sie für den Kampf aufzusparen. Das nächste Mal, als Khonj auf ihn einstürmte, fintierte er einen Stoß gegen das Gesicht des Krishnaners.

Der Krishnaner wich aus. Dabei rutschte er auf einem Stein aus und geriet ins Straucheln. Um das Gleichgewicht wiederzuerlangen, riß er unwillkürlich den Schild höher, als er wollte, und bot Reith damit eine unerwartete Angriffsfläche. Reith setzte sofort nach und stieß nach Khonjs linkem Bein. Er spürte, wie die Spitze seiner Klinge auf Fleisch biß. Doch bevor er wieder zurückspringen konnte, kam der blitzende Stahl des Gegners auf ihn herabgesaust.

Reith glaubte, das Ende sei gekommen. Doch zu seiner Verblüffung spürte er lediglich einen heftigen Schlag, und ihm wurde für den Bruchteil einer Sekunde schwarz vor Augen. Die Falten seines Turbans hatten dem Hieb die Wucht genommen; die Klinge hatte ihm lediglich die Kopfhaut leicht aufgeritzt. Khonj sah ihn taumeln und wollte die Gelegenheit nutzen, ihm den Todesstoß zu versetzen. Doch als er vorspringen wollte, knickte sein verwundetes Bein unter ihm ein, und er schlug der Länge nach auf die Erde.

Seiner terranischen Erziehung gehorchend, ließ Reith sein Schwert sinken und trat auf den Krishnaner zu. »Entschuldige. Kann ich dir helfen?«

Mit vor Schmerz zusammengebissenen Zähnen richtete Khonj sich auf dem Ellbogen auf und schwang sein Schwert nach Reiths Beinen. Reith rettete sich mit einem Satz zur Seite.

»Dreckskerl!« stieß er wütend hervor; dann auf Ziro: »Du willst mich unbedingt töten, nicht wahr?«

»Dein Kopf oder meiner!« zischte Khonj. Er wälzte sich stöhnend herum und begann, auf allen vieren auf Reith zuzukriechen, das Schwert mit der Rechten umklammernd.

»Baghan!« knurrte Reith und ärgerte sich, daß er nicht

mehr krishnanische Schimpfwörter wußte. Er raffte einen dicken Stein von der Erde und schleuderte ihn Khonj an den Kopf. Das Wurfgeschoß prallte mit einem metallischen *Bong!* am Helm des Krishnaners ab und riß ihn auf die Seite. Khonj fuhr sich mit den Händen an den Kopf und ließ das Schwert fallen. Reith sprang zu ihm und schleuderte die Waffe mit einem Fußtritt aus seiner Reichweite. Dann ging er zu dem Schwert und hob es auf.

Khonj richtete sich mühsam auf. Er hielt sich immer noch den Kopf. Ein dünnes Rinnsal blaugrünen Blutes tropfte ihm auf der Seite, wo der Stein seinen Helm eingebeult hatte, über die Schläfe. Sein linkes Hosenbein war ebenfalls blutdurchtränkt.

»Töte mich!« ächzte er.

»Warum sollte ich? Ich fresse keine Krishnaner. Weder brauch ich deine Haut, um Leder daraus zu gerben, noch liegt mir daran, deinen Kopf als Trophäe mitzunehmen, ganz abgesehen davon, daß er mir viel zu schwer wäre. Welchen Nutzen hätte ich also von deinem Leichnam?«

»Was willst du dann?«

»Deine Stiefel.«

»Dann ziehe sie meiner Leiche aus, wenn du es wagst!«

»Wenn du unbedingt darauf bestehst!« Reith hob erneut einen Stein auf und holte aus.

»Du würdest mich tatsächlich auf solch unkriegerische Weise töten?«

»Warum nicht? Wie du nun stirbst, dürfte doch gleich sein. Tot ist tot.«

»Eine wahrhaft bäurische Art des Kampfes, eines Kriegers unwürdig!«

»Wie du meinst.« Reith warf den Stein. Er schlug gegen Khonjs Brust und prallte ab.

Khonj stöhnte vor Schmerz auf, aber es gelang ihm, den Stein im Wegrollen zu packen. Er bäumte sich auf und versuchte, ihn nach Reith zu schleudern, doch der Wurf ging weit vorbei.

»Du kennst unsere terranischen Spiele nicht«, sagte Reith und hob einen neuen Stein auf.

»Warte!« ächzte Khonj.

»Ja?«

»Du läßt mir keine Wahl. Ich war ein Narr, gegen einen *Ertsu* zu kämpfen. Sie haben nur Verachtung für unsere Auffassungen von Ehre und Ritterlichkeit. Nimm die Stiefel. Ich werde wahrscheinlich verblutet sein, ehe ich Senarzé erreiche, aber das macht nichts.«

»Zieh du sie für mich aus«, sagte Reith. Er hatte Angst, in die Reichweite von Khonjs sehnigen Händen zu kommen.

Nach einigem Kampf gelang es Khonj, den rechten Stiefel auszuziehen. Doch er scheiterte bei dem Versuch, auch den anderen auszuziehen; der Schmerz in seinem verletzten Bein war zu groß.

»Leg dich auf den Rücken!« befahl Reith.

Vorsichtig, mit erhobenem Schwert, näherte er sich der ausgestreckt am Boden liegenden Gestalt. Mit der linken Hand faßte er den Absatz des Stiefels und zog, das Gesicht seines Kontrahenten keinen Moment aus den Augen lassend, bereit, sofort zuzuschlagen, falls dieser auch nur die geringste verdächtige Bewegung machen sollte.

Khonj lag auf dem Rücken, die Hände vor Schmerz in den Erdboden gekrallt. Er stöhnte. Sein Gesicht wurde blaß unter der grünlichen Hautfarbe. Schließlich bekam Reith den Stiefel frei und wich sofort wieder auf sichere Distanz zurück.

»Du mußt die größten Füße auf ganz Krishna haben, mein Freund«, sagte er, als er die Stiefel betrachtete.

»Verhöhne mich nicht!« zischte Khonj mit vor Schmerz und Wut zusammengepreßten Zähnen.

Reith probierte die Stiefel an. Dann setzte er den Turban ab, der ebenfalls blutdurchtränkt war von der Schnittwunde auf seinem Kopf, wickelte ihn auf, riß ihn in zwei gleichbreite Streifen und wickelte sich einen davon um jeden Fuß. Dann zog er die Stiefel erneut an. Jetzt paßten sie einigermaßen. Er erhob sich, sammelte seinen Proviant auf und sagte:

»Leb wohl, Leutnant! Da ich keine Verwendung für zwei Schwerter habe, stecke ich deines in den Baum dort, wo du es dir wieder holen kannst. Die Tempelschuhe lasse ich dir auch da. Sie fallen zwar schon auseinander, aber sie sind immer noch besser als gar nichts.

Wenn ich dir einen letzten Rat geben darf – mach dich lieber aus dem Staub. Du weißt ja, was Shosti mit Untergebenen macht, die ihre Befehle nicht ausführen. Du siehst, ich habe wirklich nichts gegen dich.«

»Natürlich hast du nichts gegen mich!« knurrte Khonj. »Für euch Fremdweltler sind wir nichts weiter als interessante Tiere. Ihr bringt uns nicht mehr Verständnis und Gefühle als denkenden, fühlenden Lebewesen entgegen als wir einem Unha oder Kargán. Wir sind für euch bloß Gegenstände, die sich bewegen.«

»Ich muß dich enttäuschen. Einige meiner besten Freunde sind Krishnaner.« Er wandte sich zum Gehen.

»Denk nur nicht, daß du entkommst!« schrie Khonj hinter ihm her. »Die Koloftuma werden dich aufspüren und zur Strecke bringen!«

Reith schob sein von zahlreichen Zacken lädiertes Schwert in die Scheide und stieg den Wildpfad hinauf, auf dem Khonj gekommen war. Als das Dickicht sich hinter ihm schloß, vernahm er einen letzten wütenden Schrei – zweifellos eine letzte Schmähung oder Beleidigung zum Abschied – von Khonj. Dann machte er sich auf den Weg zu dem Hügel, hinter dem, wie er glaubte, der Bach floß, der ihn in Sichtweite des Kehar-Berges führen würde.

Sigvard Lund blickte verdutzt von seinem archaischen Meßgerät auf und schrie: »*För Guds skull!* Wenn das nicht unser Herr Reiseleiter ist!«

Reith brachte als Erwiderung nur noch ein kaum verständliches Murmeln heraus, während er, seine Schwertscheide als Krücke benutzend, auf den Ingenieur zuhumpelte. Sein Tempelgewand schlotterte ihm in Fetzen um den Leib. Wo sein Gesicht nicht unter kupferfarbenen Bartstoppeln verschwand, war es von einer Maske aus verkrustetem Staub bedeckt. Ein dunkelbrauner Streifen geronnenen Blutes zog sich von der Stirn über die Wange bis zum Kinn.

War er vorher schlank gewesen, so erschien er jetzt hohlwangig und dürr wie ein Gerippe. Er taumelte auf Lund zu, der ihm entgegenstürzte, um ihn aufzufangen, und schrie: »Kenneth! Wo steckst du?«

»Hier!« rief Strachan und trat hinter einem Stapel Bahnschwellen hervor. »Ja, seh ich recht?« brüllte er. »Wenn das nicht mein alter Schotte Fergus ist! Mensch, das gibt's ja gar nicht! Wir dachten, du wärst längst tot!«

»Wie du siehst, lebe ich noch«, sagte Reith mit einem matten Grinsen. »Aber gerade so eben noch. Könnt ihr mich zum Camp runterbringen, Jungs? Ich weiß nicht, ob ich das zu Fuß noch schaffe.«

Lund rief dem nächststehenden Krishnaner zu: »Besorg rasch einen Bishtar! Ken, sei so nett und bring ihn runter.«

Nachdem Reith in den Howdah gehievt worden war, kletterte auch Strachan hinauf und nahm neben ihm Platz. »Was brauchst du am nötigsten, Fergus? Hast du dir irgendwas gebrochen?«

»Als erstes brauche ich deine Erste-Hilfe-Apotheke. Ich habe ein paar aufgeplatzte Blasen, die sich entzünden könnten.«

»Ich werde sie dir verpflastern. Aber vor einer Entzündung brauchst du keine Angst zu haben. Nur ganz wenige krishnanische Mikroorganismen können in einem terranischen Wirtskörper überleben.«

»Das ist ja schon mal eine gute Nachricht. Und dann brauche ich einen Eimer mit heißem Wasser für ein ausgiebiges Fußbad. Hast du schon mal probiert, in einem Paar krishnanischer Stiefel, die drei Nummern zu groß sind, dreißig Kilometer durch einen Gebirgswald zu wandern, noch dazu, wenn es fast ständig regnet? Und dann brauche ich eine schöne kräftige Mahlzeit. Ich habe meinen letzten Keks vor drei Tagen aufgegessen und habe einen Hunger, daß ich glatt diesen Bishtar verspeisen könnte, mitsamt Fell und Haaren. Aber jetzt erzähl mir erst mal, was eigentlich aus meinen Touristen geworden ist. Hält Barré sie noch immer gefangen?«

»Ja, leider. Sein Gesandter und Tashian palavern noch

immer herum, aber bis jetzt ist noch nichts dabei herausgekommen. Die beiden trauen sich genausowenig über den Weg wie einst Qarar und die Hexe der Va'andao.«

»Hat Barré seine Drohung wahrgemacht, einem meiner Touristen zur Bekräftigung seiner Forderungen ein Ohr oder gar Schlimmeres abzuschneiden?«

»Nein; zumindest bis jetzt noch nicht. Wie ich hörte, will er erst dann zu solch drastischen Maßnahmen greifen, wenn die Verhandlungen endgültig gescheitert sind.«

»Dann muß ich so schnell wie möglich zurück nach Baianch. Könntest du das für mich organisieren?«

»Hör mal, Kumpel! In deinem Zustand kannst du unmöglich eine solche Reise auf dich nehmen! Was du jetzt brauchst, sind Ruhe und Pflege.«

»Über meinen Zustand mach dir mal keine Gedanken. Ich habe mir alles mögliche durch den Kopf gehen lassen, wie ich meine Schäfchen wieder freikriegen könnte, aber bis jetzt habe ich noch keine halbwegs probate Lösung gefunden. Ich muß unbedingt mit Mjipa in Verbindung treten; vielleicht weiß der einen Rat.«

»Wenn Percy nicht helfen kann, dann kann es keiner. Aber jetzt erzähl mir mal, wo du dich rumgetrieben hast! Barré ließ melden, du wärst abgehauen, und er vermutete, du wärst wieder bei uns. Er forderte uns auf, dich an ihn auszuliefern, anderenfalls würde er einen oder zwei von deinen Touristen töten. Wir sagten ihm, daß wir dich nicht gesehen hätten, aber er glaubte uns kein Wort. Wo hast du bloß die ganze Zeit gesteckt?«

Reith schilderte in Kurzform seine Erlebnisse bei der Hexe von Zir. »Wo ist Missis Whitney Scott? Sie war doch in Gha'id zurückgeblieben.«

»Ich habe sie mit dem Zug nach Baianch zurückgebracht. Tashian hat sie fürs erste im Palast untergebracht.«

»Und was ist mit dem Leutnant Gandubán geschehen, der ja kurz nach unserer Gefangennahme durch Barré fliehen konnte? Ist er durchgekommen?«

»Ja. Aber als Tashian erfuhr, was passiert war, kassierte er den armen Kerl aus der Armee. Das paßt zu diesem alten

Geizknopf; erst seinem Offizier nicht genug Leute für den Job geben, und ihn dann rausschmeißen, wenn er den Job nicht ordentlich gemacht hat! Gandubán kann noch von Glück reden, daß er seinen Kopf behalten hat. Aber jetzt hör mir mal zu, Kumpel: Du mußt wenigstens so lange bei uns bleiben, bis du wieder einigermaßen bei Kräften bist. Wir können nicht verantworten, daß du uns am Ende auf dem Weg nach Baianch vor Schwäche umfällst.«

Sie stritten sich noch eine Weile freundschaftlich um diesen Punkt, bis Reith sich schließlich dazu überreden ließ, wenigstens einen Tag im Lager auszuspannen, ehe er wieder aufbrach. Und so stieg er denn zwei Tage später gewaschen und rasiert, bekleidet mit seinen Reservesachen, die er im Camp zurückgelassen hatte, und gestärkt durch eine Reihe gewaltiger Mahlzeiten, mit frischer Tatkraft in einen kleinen Gleiskarren, der von einem einzigen Aya gezogen wurde. Das Fahrzeug war eine ganz gewöhnliche krishnanische Kutsche, ähnlich einem terranischen Landauer, das man durch Austauschen der Räder zu einem Schienenfahrzeug umgerüstet hatte. Mit ihm fuhr Strachan, und auf dem Bock nahm ein krishnanischer Kutscher Platz.

Strachan erklärte, daß er und Lund das Vehikel zu Inspektionsfahrten benutzten. Es war doppelt so schnell wie ein Bishtar-Zug, so daß sie die normalerweise drei Tage dauernde Fahrt nach Baianch in zwei Tagen bewältigen würden. Als ihnen kurz hinter Jizorg der planmäßige Gegenzug entgegenkam, hoben sie das Gefährt kurzerhand aus den Schienen und ließen den Zug passieren.

Als sie am zweiten Tag ihrer Reise kurz nach Einbruch der Dunkelheit in den Bahnhof von Baianch ratterten, sagte Reith: »Das ging schneller, als man es auf der Erde mit einem Pferd schaffen könnte. Wir müssen fast vierhundert Kilometer gefahren sein. Wieviel Hoda sind das?«

»Sechs Beine haben eben ihre Vorteile«, sagte Strachan mit einem Lächeln.

»Wie finde ich Percy Mjipa?«

»Ich würde zuerst beim Polizeichef fragen, aber jeder höhere Beamte im Alten Palast kann dir das genausogut sagen.

Vorher solltest du allerdings deine Aufwartung bei Seiner Majestät dem Regenten machen.«

»Ich hab's aber eilig, Ken! Solange meine Touristen in Lebensgefahr sind, habe ich keine Zeit für diesen ganzen höfischen Firlefanz.«

»Mag sein, aber Tashian wird sich brüskiert fühlen, wenn du ihn vorher nicht aufsuchst. In diesem Fall komplizierst du durch deine Hast die Sache nur unnötig, glaub mir. Du kommst schneller zum Ziel, wenn du dich an die Etikette hältst. Diese Leute haben ein anderes Verhältnis zur Zeit als wir.«

Schließlich hatte Strachan ihn überzeugt, sich dem Protokoll zu unterwerfen. Er klopfte Reith auf die Schulter und sagte: »Gute Nacht, Kumpel! Du weißt, warum ich mit in die Stadt gekommen bin. Hast du keine Lust, mitzukommen und deinen Docht irgendwo einzutauchen?«

»Vielen Dank für das Angebot. Aber das, was ich mit Shosti erlebt habe, reicht mir für eine Weile.«

Am Morgen nach seiner Ankunft stand Reith in dem kleinen Gemach für Privataudienzen. Ihm gegenüber saßen Tashian bag-Gárin, in sein übliches schäbiges Schwarz gekleidet, zwei höhere Regierungsbeamte des Regenten sowie, ebenfalls stehend, die unvermeidlichen Wachen. Mehr als eine krishnanische Stunde quetschten sie Reith über Barré vas-Sarf und seine Armee und über Senarzé und die Hexe von Zir aus. Ein Beamter schlug vor: »Exzellenz, mich dünkt, eine bescheidene Beihilfe an die Dame Shosti würde Senarzé gewiß so sehr den Rücken gegen Barré stärken, daß er es nicht wagen wird, sich mit uns anzulegen.«

»An wieviel hast du gedacht?« fragte Tashian alarmiert.

»Oh, ich denke, eine kleine Anzahlung von, sagen wir, zehntausend ...«

Der Regent gab einen erstickten Laut des Entsetzens von sich. »Bist du des Wahnsinns, mit einem solch verschwenderischen Angebot anzufangen? Beginnt sie erst einmal Reichtum zu schnuppern, dann fordert sie in ihrer Unersättlichkeit gleich die dreifache Summe. Nein, nein, laß uns lieber mit ... sagen wir ... tausend anfangen ...«

Jetzt ging das Gefeilsche erst richtig los. Reith paßte einen Moment ab, da beide gleichzeitig Luft holen mußten, und sagte schnell: »Eure Exzellenz, darf ich mich zurückziehen? Ich möchte gern meinen Erdenlandsmann Mjipa aufsuchen.«

»Ja, Ihr dürft gehen, Meister Ries. Ihr findet Euren Freund im fast fertiggestellten neuen Konsulatsgebäude in der Bourujird-Allee in der Nähe des Seetors. Oh, wartet noch einen Moment. Seid vor dem Abend wieder zurück zum Souper mit der Douri und mir. Ihr sollt uns mehr von Euren Abenteuern erzählen.«

»Ich danke Eurer Exzellenz«, sagte Reith und entschwand unter hastigen Verbeugungen durch die Tür.

Nicht weit von der Hafenpromenade fand er den hoch aufgeschossenen schwarzen Diplomaten, als er gerade dabei war, die letzten Arbeiten an einem neuen, aber bescheidenen zweistöckigen Haus zu überwachen. In fließendem Durou schimpfte er einen durischen Stukkateur aus, weil dieser seiner Meinung nach bei der Gestaltung der Fassade Pfusch geliefert hatte. Er wandte sich um, als Reith auf ihn zukam.

»Na so was, Mister Reith!« rief er erfreut und schüttelte Reith überschwenglich die Hand. »Ich hörte schon Gerüchte, daß Sie von den Toten zurückgekehrt seien. Ich hab's nicht geglaubt – Sie wissen ja, diese Eingeborenen –, aber um so glücklicher bin ich jetzt zu sehen, daß es nicht übertrieben war. Was ist mit Ihren Touristen?«

»Deswegen bin ich hier.«

»Hm. Ich sehe schon, wir werden uns länger unterhalten müssen. Es gefällt mir zwar gar nicht, diese Lumpen unbeaufsichtigt zu lassen – kaum dreht man mal den Rücken, schon haben sie wieder was falsch gemacht –, aber die Pflicht ruft. Kommen Sie mit in meine Wohnung.«

Mjipa bewohnte ein kleines Apartment, zwei Häuserblocks vom Konsulat entfernt. Hier sah Reith zum ersten Mal Mjipas Frau, eine riesige (sie überragte Reith, der mittelgroß war, fast um Haupteslänge) schwergewichtige Schwarze. Sie muß, dachte Reith, mindestens doppelt so schwer sein wie ihr Mann.

»Mister Reith«, sagte sie, »ich bin richtig froh zu sehen, daß es offenbar doch noch jemanden gibt, der es fertigbringt, Percy von der Arbeit wegzulocken. Er ist nämlich einer von diesen Arbeitssüchtigen; glaubt, er müsse sich um jeden Kleinkram persönlich kümmern, da sonst alles im Chaos versänke.«

»Dann probier du mal, was passiert, wenn du einem Krishnaner eine Arbeit machen läßt, ohne dich um jeden Kleinkram selbst zu kümmern«, erwiderte Mjipa. »Du wirst dich wundern, was dabei rauskommt. Sei so nett und mach uns einen Drink, Liebes.«

»Werden Sie und Ihre Frau in das neue Haus ziehen?« fragte Reith.

»Nur für kurze Zeit. Sobald ich das Konsulat in Schwung gebracht habe, übernimmt Ishimoto den Laden. Er ist ein tadelloser Mann, ein bißchen trocken und phantasielos vielleicht, eben der typische brave Verwaltungsmensch. Auf mich selbst wartet, sobald ich meine Zelte hier abgebrochen habe, die undankbare Aufgabe, ein Konsulat in Zanid einzurichten, der Hauptstadt von Balhib. Die haben da draußen ein paar seltsame Sitten und Bräuche, selbst nach krishnanischen Maßstäben; es stellt also eine echte Herausforderung dar. So, aber jetzt erzählen Sie mir mal, was mit Ihren Touristen ist.«

Reith erzählte abermals seine Geschichte. Mjipa lauschte interessiert, das Kinn auf die Hand gestützt.

»Puh, sieht ziemlich düster aus!« sagte er, als Reith mit seinem Bericht fertig war. »Das Problem ist, daß ich keinerlei Druckmittel gegen Barré habe, und er weiß das natürlich. Wenn die Weltföderation nicht so ein Haufen zimperlicher Weiber wäre, der sich nicht einmal traut, seine eigenen Leute gegen Übergriffe zu schützen, aus lauter Angst, jemand könne ihnen womöglich Imperialismus vorwerfen ... Aber lassen wir das, sonst rege ich mich nur wieder auf.«

»Und was ist mit Lösegeld?«

»Barré hat bereits zu verstehen gegeben, daß er daran nicht interessiert ist. Das kann natürlich ein Bluff sein. Aber selbst wenn – Novo würde sich niemals darauf einlassen, aus Angst, einen Präzedenzfall zu schaffen. Was Tashian betrifft, der ist zu geizig, und ich selbst habe keine Mittel zur Verfügung, zumindest keine nennenswerten. Außerdem möchte ich ebensowenig wie Novo, daß das Beispiel vielleicht Schule macht. Zu schade, daß Ihre Hexe nicht die Richtige für Sie ist, sonst könnten Sie sie vielleicht dazu bewegen, Barré zu verzaubern.«

»Warten Sie mal, da war doch irgendwas«, sagte Reith. Er schloß die Augen und kramte in seiner Erinnerung. »Richtig, jetzt habe ich's wieder. Barré erwähnte mir gegenüber mal, er bräuchte dringend eine neue Religion, um seine politische Position zu festigen. Wie wär's, wenn wir ihm eine präsentieren ...«

»Mag sein, daß er eine will, aber was er noch viel lieber will, sind Waffen.«

»Lassen Sie mich nachdenken.« Reith starrte Mjipa eine Weile an, dann sagte er: »Kennen Sie einen indischen Missionar namens Ganesh Kosambi, einen von diesen ›Herren des Lichts‹-Leuten?«

»Ich glaube, ich habe schon mal von ihm gehört, aber begegnet bin ich ihm mit Sicherheit noch nicht.«

»Haben Sie schon mal an einem seiner Gottesdienste teilgenommen?«

»Nein.«

»Ich aber. Ich habe mir gerade vorgestellt, daß Sie mit einem Turban und einer von diesen orangefarbenen Roben selbst einen ganz guten Inder abgeben würden.«

»Aber mein lieber Freund, das ist doch völlig absurd! Jeder, der Augen im Kopf hat, kann sehen, daß ich zur negroiden Rasse gehöre! Mein krauses Haar würde mich sofort verraten. Aber dafür bietet es einen verdammt guten natürlichen Sonnenschutz in den Tropen.«

»Aber unter dem Turban würde man es doch gar nicht sehen. Außerdem, was wissen die Krishnaner schon von terranischer Ethnologie?«

»Sagen Sie, alter Freund, wollen Sie mir allen Ernstes zumuten, als irgend so ein verrückter Sektenprediger aufzutreten?«

»Ja, Sir. Aber nun hören Sie doch erst mal!« fuhr Reith hastig beschwichtigend fort, als Mjipa den Mund öffnete, um zu protestieren. »Sie können ja immer noch nein sagen. Barré hat mir selbst gesagt, er fände den Kult der Herren des Lichts am geeignetsten für seine Zwecke, und Sie haben meinen Plan ja noch gar nicht gehört ...«

Eine halbe Stunde später sagte Mjipa: »Also gut, Sie haben mich überzeugt. Das Ganze hört sich zwar haarsträubend an, aber wir müssen es versuchen, da es wirklich die einzige Möglichkeit zu sein scheint. Ein echtes Himmelfahrtskommando, und das bei meinem miserablen Gehalt ... Aber ich schwöre Ihnen, wenn ich das überlebe, stelle ich einen Antrag auf Beförderung.«

Reith saß mit dem Regenten und der Douri an der Abendtafel. Hinter jedem von ihnen stand ein Diener. Das Kerzenlicht spiegelte sich auf den versilberten Brustpanzern der Wachen wider, die links und rechts der Tür standen.

»... und so fand ich mich also im Tempel der Endgültigen Wahrheit wieder«, sagte Reith und nahm einen kräftigen Schluck. »Ich muß sagen, es war verdammt luxuriös.«

»Was wollte die Hexe von Euch?« fragte Vázni.

Reith machte eine vage Handbewegung. »Ach, irgend so eine alberne Idee, die in ihren Köpfen herumspukt, von einem rothaarigen Erlöser, der von den Sternen kommt.«

»War das alles?« fragte Tashian und musterte Reith scharf.

»Also – eh – die Einzelheiten ihrer Theologie kenne ich wirklich nicht ...«

Tashian lächelte. »Meister Ries, ich bin besser unterrichtet, als Ihr glaubt. Shosti hat die fixe Idee, daß ein Erdenmensch wie Ihr ihr einen Sohn schenkt, der aufbrechen wird, die Welt zu befreien. Ihr seht, ich habe meine Quellen.«

»Und habt Ihr die Hexe tatsächlich begattet?« fragte Vázni, die vor Neugier fast platzte. »Bieten die Damen von unserer Welt ein ebenso großes Vergnügen wie die von Eurer Welt? Aber, Meister Ries, warum erglüht Euer Gesicht so? Seid Ihr krank? Ist Euch zu heiß?«

Reith räusperte sich. »Sagen wir, ich tat das, was ich tun mußte, um meine Haut zu retten. Erdenmenschen von meiner Art erörtern solcherlei Dinge nicht so frei.«

Tashian hob die Antennen. »In der Tat? Dann müßt Ihr zu einem anderen Stamm oder einer anderen Sekte gehören als Euer Erdenlandsmann Meister Strachan. Er ist nicht so zurückhaltend. Im Gegenteil, er rühmt sich noch seiner Lüsternheit, wann immer er kann. Natürlich unterscheiden sich, wie Ihr wißt, auch auf unserem Planeten die Sitten von Nation zu Nation. Manche unterwerfen den sexuellen Akt einem strengen Kodex, andere wieder lassen Männer und Frauen nach Lust und Laune kopulieren. Habt Ihr der alten Vettel ein Ei hinterlassen?«

Reith schüttelte den Kopf. »Das ist unmöglich, Herr. Erdenmenschen und Krishnaner können sich ebensowenig kreuzen wie – wie ein Aya und ein Shomal. Professor Mulroy, einer meiner Touristen, könnte es Euch genau erklären; es hat etwas zu tun mit den winzigen Zellen, aus denen alle Lebewesen entstehen. Die ... die – unser Wort dafür ist *Chromosomen* – passen nicht zusammen.«

»Ich verstehe, was Ihr meint«, sagte Tashian, wobei er Reith mit einem merkwürdigen Gesichtsausdruck anschaute. »Dies ist auch Gegenstand eines heißen Disputs unter unseren Gelehrten. Ich habe Gerüchte gehört, daß tatsächlich ein solcher Mischling existieren soll, doch ich habe noch nie einen zu Gesicht bekommen, wiewohl ich meinen Agenten befohlen habe, jeden Winkel des Reiches danach abzusuchen.«

»Eure Exzellenz kann es als erwiesen annehmen, daß solche Gerüchte jeder Grundlage entbehren. Ich bin kein Wissenschaftler, aber ich habe mich ausreichend mit derlei Dingen befaßt, um Euch versichern zu können, daß es unmöglich ist.«

»Wenn also einer von euch *Ertsuma* ein Weib aus einem unserer Herrschaftshäuser heiratete, in der Hoffnung eine Dynastie zu gründen, so würde diese seine Hoffnung enttäuscht werden?«

»Ganz recht, Eure Exzellenz.«

Vázni meldete sich ungeduldig zu Wort. »Wenn Ihr schon nicht von Euren Heldentaten in der Hexe Lotterbett erzählen wollt, so laßt uns wenigstens hören, wie Ihr ihrer Umarmung entfloht!«

Als Reith seine Erzählung beendet hatte, sagte sie mit schwärmerischem Blick: »Bei den grünen Augen des Hoi, Meister Ries! Ihr mögt vielleicht kein Gott sein, aber wenn nur die Hälfte von dem, was Ihr berichtet, wahr ist, dann seid Ihr in der Tat ein wahrer Held. Ihr habt eine Belohnung verdient.«

»Ach, ich habe doch wirklich nichts Besonderes ...«, begann Reith verlegen.

Weiter kam er nicht. Vázni sprang auf, lief um den Tisch herum, und ehe er sich's versah, saß sie auf seinem Schoß und küßte ihn mit leidenschaftlicher Hingabe.

»So!« rief sie atemlos. »Habe ich es richtig gemacht? Diese terranische Sitte ist erst jüngst in unser unkultiviertes Nordland vorgedrungen.«

Reith tat einen tiefen Atemzug. Auf der anderen Seite des Tisches strahle Tashian selbstgefällig.

»D-danke, Douri«, stotterte Reith.

»Und nun«, sagte Tashian, »erzählt uns von Euren Plänen.«

»Ich breche morgen in der Frühe mit Mjipa nach Gha'id auf, zu einem weiteren Versuch, meine Leute zu befreien.«

»Möge das Glück Maibuds des Langfingrigen Euch begleiten«, sagte der Regent. »Wenn Ihr zurückkehrt, werden wir einige Dinge zu besprechen haben. Es gibt viele Möglichkeiten.«

»Eure Exzellenz meint, *falls* ich zurückkomme.«

Vázni ergriff das Wort. »Ein echter Qarar wie Ihr kann nicht scheitern; die Sterne in ihrer Himmelsbahn kämpfen für Euch. Wenn Ihr zurückkehrt, und mein Vetter zeigt sich so knauserig wie gewohnt, dann werde ich selbst für Eure Belohnung sorgen.«

11

Mit Pauke und Trompete

Fergus Reith und Percy Mjipa saßen mit Strachan und Lund im Aufenthaltsraum der Ingenieure im Bahncamp. Mißmutig starrten sie den sechs Fuß langen Streifen karmesinroten Tuchs an, den sie um Mjipas Kopf drapiert hatten. Mjipa knurrte: »Jedesmal, wenn ich eine heftige Bewegung mache, fällt das Ding auseinander. Als ich in den Konsulatsdienst eintrat, hat mir keiner gesagt, daß ich wissen müßte, wie man einen Turban wickelt. Zum Henker mit diesem ganzen blödsinnigen Eingeborenen-Mummenschanz!«

»Ich weiß, was wir machen«, meldete sich Reith. »Wir wickeln das Ding erst und lassen es dann von jemand festnähen.«

»Nicht gerade die feine indische Art, könnte ich mir denken«, meinte Mjipa. »Aber unser Banditenkönig wird's schon nicht merken. Wer von euch hat denn Nähzeug?«

»Ich kenne eine gute Näherin in Gha'id«, sagte Strachan. »Khars Frau Gulási.«

»Kannst du sie herholen?« fragte Lund.

»Klar.«

»Aber sei so gut und laß dich nicht von ihrer Sippschaft umbringen.«

»Ich habe ihr doch nichts Böses getan! Wir haben nur ein bißchen harmlosen Spaß miteinander gehabt, als ihr Mann zum Angeln war.«

»Ich weiß, aber diese Dorfleute denken bezüglich Sex manchmal ein bißchen altmodisch. Nun, Mister Mjipa, wie soll denn Ihr indischer Name lauten? Barré hat vielleicht schon von Ihnen gehört; es wäre also zu gefährlich, unter Ihrem eigenen Namen aufzutreten. Außerdem würde ein so offensichtlicher Bantu-Name Verdacht erwecken.«

»Augenblick«, sagte Mjipa. »Fergus, wie heißt doch gleich dieser Bursche, von dem Sie mir erzählt haben? Der die Sekte in Majbur leitet?«

»Ganesh Kosambi. Aber seinen Namen können Sie auch nicht nehmen, weil Barré von ihm vielleicht auch schon gehört hat. Außerdem sehen Sie ganz anders aus als er; er ist klein und fett. Das gleiche trifft auf Richter Keshavachandra zu – zu gefährlich.«

»Dann lassen Sie mich nachdenken«, sagte Mjipa. »Auf Vishnu haben sie einen Konsul, der aus Indien stammt, Vasant Panikkar. Ich bin sicher, daß er noch nie seinen Fuß auf krishnanischen Boden gesetzt hat, zumindest nicht außerhalb von Novo. Wie wär's, wenn ich mir seinen Namen ausborgte?«

Ein paar Tage später bestiegen Reith und Mjipa, letzterer in safrangelber Robe und karmesinrotem Turban, zwei Bishtare. Dann wurde ihnen ihr Gepäck heraufgereicht. Das von Reith bestand aus einem schweren Segeltuchsack, aus dem beim Anheben und Absetzen verdächtige Klirrgeräusche drangen.

Das Basislager hatte sich seit der Entführung beträchtlich verändert. Tashian hatte eine Kompanie Soldaten geschickt, die als erstes einen Graben gezogen und eine Pfahlmauer um das Gelände errichtet hatten. Unter dem Kommando eines bärbeißigen Hauptmanns mußten die Soldaten gleich mehrmals täglich zum Drill antreten. Von morgens bis abends hallte das Lager von schnarrenden Komandos und dem Klirren der Übungswaffen wider.

Die Soldaten öffneten das massive Holztor, um die Bishtare hinauszulassen. Die Tiere stampften schaukelnd den Nachschubpfad zur Baustelle hinauf. Dort, so hatte man ihnen mitgeteilt, erwartete sie Barrés Abgesandter.

An der Baustelle angekommen, kletterte Reith an einer der Strickleitern, die seitwärts vom Howdah herunterhingen, nach unten. Er schüttelte Barrés Mann, einem ältlichen Ziro namens Ramost, die Hand und sagte: »Ihr müßt Seine Hochwürden, Vasant Panikkar, entschuldigen, daß er Euch nicht die Hand gibt. Er fürchtet, daß dadurch seine Aura Schaden nehmen könnte.«

»Ah«, sagte Ramost. »Ich verstehe. Doch sagt, Meister Ries, warum sitzt ihr zwei Erdmänner auf zwei Bishtaren, wo doch ein solches Tier allein sechs bis acht Reiter mühelos tragen kann?«

»Seine Hochwürden ist zu heilig, um sein Tier mit anderen zu teilen. Die schiere Ausstrahlung seiner Heiligkeit könnte einen normalen Sterblichen verbrennen, so er ihm zu nahe kommt.«

»Ah, ich verstehe. Seid ihr denn schon zum Aufbruch bereit?«

»Ja, guter Mann.«

Reith kletterte zurück in seinen Howdah, während Ramost sich auf einen Aya schwang und in den Wald vorausritt. Die beiden Bishtare setzten sich schwerfällig in Bewegung und trotteten hinterher.

Für den Rest des Tages wurden Reith und Mjipa in ihren Howdahs durchgeschüttelt, als ihre Tiere über verschlungene Pfade stapften, bergauf und bergab, durch reißende Gebirgsbäche wateten und sich mit ihren Säulenbeinen den Weg durch dichte Vegetation bahnten, wo der Pfad von Dickicht überwachsen war. Buntbelaubte Zweige peitschten ihnen ins Gesicht, ratschten ihnen die Haut auf. Nachdem Mjipa seinen Turban zum zweiten Mal kurz hintereinander verloren hatte, nahm er ihn ab und legte ihn auf den Boden seines Howdahs.

Der Tag war heiß und schwül, so daß Reiths Kleider schon bald schweißdurchtränkt waren. Einmal mußten sie durch einen Sumpf, wo die Beine der Bishtare so tief einsanken, daß ihnen die blubbernde Brühe bis zum Bauch schwappte. Reith sah sich in Gedanken schon mit rudernden Armen hilflos im Morast versinken, als die Stempelbeine der Bishtare mit schmatzenden Geräuschen wieder aus ihren Löchern herauskamen.

Es dunkelte schon, als plötzlich ein lauter Anruf ertönte. Ramost antwortete. Zwei bewaffnete Ziruma lösten sich auf ihren Ayas aus dem Dickicht und eskortierten die Neuankömmlinge zu Barrés Lager. Kurz bevor sie eintrafen, setzte Mjipa schnell wieder seinen Turban auf.

Reith fiel sofort auf, daß das Lager sich von dem anderen unterschied. Barré mußte seine Basis verlegt haben, um einem Überraschungsangriff durch die Truppen Durs zuvorzukommen. Als Reith aus seinem Howdah kletterte, trat Barré vor, reichte ihm die Hand und sagte: »Das hätte ich nie für möglich gehalten, Meister Ries! Ich hätte nicht gedacht, daß Ihr, einmal Euren Fesseln entronnen, Euch freiwillig wieder in meine Gewalt begeben würdet. Ihr müßt das sein, von dem ich glaubte, es würde unter den *Ertsuma* nicht existieren: ein echter Idealist – oder aber der größte Dummkopf beider Welten zusammen. Was führt Euch her?«

»Ich habe Euch Euren Missionar der Herren des Lichts mitgebracht«, antwortete Reith, »in der Hoffnung, damit die Strenge Eurer Forderungen bezüglich der Freilassung meiner Leute zu erweichen.«

»Gut, gut. Doch glaubt ja nicht, daß ich sie nun aus diesem Grund freilasse; meine Forderungen bleiben nach wie vor bestehen. Doch als Mann von Ehre will ich mich für den Gefallen, den Ihr mir getan habt, erkenntlich zeigen: Euch, Meister Ries, steht es frei, mein Lager ganz nach Eurem Belieben zu verlassen.«

»Ich danke Eurer Hoheit«, antwortete Reith. »Doch nun darf ich Euch sicher Hochwürden Vasant Panikkar vorstellen ...«

Reith war noch dabei zu erklären, warum Hochwürden Panikkar keine Hände schüttelte, als ein weiblicher Aufschrei von eindeutig terranischem Timbre ihm verriet, daß seine Touristen von seiner Rückkehr erfahren hatten. Sie bestürmten ihn freudig erregt und drängten Barré beiseite. Die Frauen küßten ihn, die Männer schüttelten ihm die Hand und klopften ihm auf die Schulter. Unter dem Schutz des Begrüßungslärms sagte Reith leise zu Aimé Jussac:

»Hör zu! Wir haben uns was ausgedacht. Wenn Seine Hochwürden sagt: ›Los!‹, dann springt ihr alle auf, rennt zu den Bishtaren und klettert auf die Howdahs. Klar? Und kein

Sterbenswörtchen zu den Ziruma! Sag's den anderen weiter!«

Silvester Pride trat auf Mjipa zu, der in statuesker Würde dastand, die Arme auf dem Rücken verschränkt. Kurz vor ihm blieb er stehen, musterte ihn scharf und blökte los: »Sagen Sie, sind Sie nicht der Bursche ...«

»Dies«, fuhr Reith mit lauter Stimme dazwischen, »ist seine Heiligkeit, Hochwürden Vasant Panikkar, ein Bischof der Kirche der Herren des Lichts. Sprich ihn nicht an, Silvester. Er muß meditieren, damit er seine heilbringenden Strahlen zu uns aussenden kann.«

»Was redest du da für einen Stuß, Furchtloser?« fragte Pride mit verdutztem Blick. »Du hast doch selbst gesagt, daß du diesen ganzen Schwindel ...«

Guzmán-Vidal zischte Pride ins Ohr: »Benn du jetzt nicht sofort die Schnauze hältst, *Idiota*, dann reiß ich dir eigenhändig den Sack ab!«

Pride gehorchte murrend. »Danke, Santiago«, sagte Reith erleichtert.

»Wann, meine Herren, wird Hochwürden denn seinen ersten Gottesdienst abhalten?« wollte Barré wissen. »Ich bin gespannt zu erfahren, wie meine tapferen Männer es aufnehmen.«

Auf ein Nicken von Mjipa hin entgegnete Reith: »Roqirs Scheibe nähert sich dem Horizont. Wenn Ihr gestattet, daß wir uns ein wenig erfrischen und ausruhen, würde Seine Hochwürden gern bei Sonnenuntergang zum Gebet rufen.«

»So sei es«, sagte Barré.

Im Zelt, das ihm und Mjipa zugewiesen worden war, schlug Reith sich die Hand vor die Stirn. »O Gott, welch ein Dummkopf ich bin! Selbst wenn meine Leute noch so leise sind, sie werden auf jeden Fall soviel Lärm machen, daß die Ziruma etwas merken. Warum habe ich Idiot nicht daran gedacht, ein paar Lärminstrumente mitzubringen, um das Ganze zu übertönen?«

»Ich hätte ja auch dran denken können«, sagte Mjipa. »Aber vielleicht ist noch nicht alles verloren. Benutzen Barrés Leute Trommeln oder Trompeten?«

»Beides. Beim Drillen schlagen sie eine Trommel, und mit der Trompete blasen sie Signale. Vielleicht können wir uns eine Trommel ausleihen.«

»Am besten beides.«

»Aber dann müßte einer von den Ziruma die Trompete blasen, und das kann er wohl schlecht, wenn er mit dem Gesicht auf dem Boden liegt.«

»Können Sie mit so einem Ding umgehen? Oder vielleicht einer Ihrer Touristen?«

»Ich habe mein Lebtag noch nicht auf einer Trompete geblasen. Und was die Touristen betrifft, selbst wenn einer von ihnen es beherrschte, könnte er schlecht gleichzeitig blasen und zu den Bishtaren rennen.«

»Zu dumm, daß wir nicht Strachan mit seinem Dudelsack hier haben! Hören Sie, mein Junge, Sie gehen jetzt die Trommel und die Trompete besorgen, während ich mir noch mal meine Notizen durchlese. Wenn es soweit ist, spielen Sie die Trommel, und ich blase die Trompete.«

»Können Sie denn Trompete spielen?«

»Ich konnte mal ganz passabel Jagdhorn blasen, als ich noch bei den Pfadfindern in Botswana war. Das ist zwar einige Zeit her, aber ich traue mir schon zu, mit dieser Eingeborenentröte zurechtzukommen.«

Reith ging zu Barré und erklärte ihm, daß der Gottesdienst der feierlichen Untermalung durch sakrale Musik bedürfe. Als er zurück ins Zelt kam, saß Mjipa, die Bügel seiner Brille unter den Turban geklemmt, in seine Notizen vertieft.

»Hier ist das Zeug«, sagte Reith.

»Hervorragend! Geben Sie das Ding mal her.«

Er nahm das glänzende Messinghorn und setzte es an den Mund. Ein mißtönendes Quäken entrang sich dem Instrument. »Hört sich an wie ein verendender Dinosaurier«, spottete Reith.

»Braucht ein bißchen Gewöhnung, das ist alles.« Schon nach wenigen weiteren Versuchen hatte Mjipa die Tonleiter herausgefunden. Gleich darauf trötete er, wenn auch ein wenig schräg, eine kleine zusammenhängende Melodie.

»Wollen wir hoffen, daß sich unter den Ziruma keine Kenner terranischer Musik befinden«, sagte Reith.

»Wenn Sie meinen, Sie könnten es besser, mein lieber Freund, dann probieren Sie es.«

Der Abendhimmel zog sich zu, im Westen ballten sich drohend Gewitterwolken zusammen. Reith und Mjipa standen vor Barrés versammelter Streitmacht. Die elf Touristen standen ein wenig abseits in einer Gruppe zusammen.

»Liebe Freunde«, begann Reith, »wir haben heute abend die große Ehre, einem Gottesdienst der Herren des Lichts beiwohnen zu dürfen, der erhabensten unter all den vielen Religionen meiner Welt und der einzigen, die die vollkommene Wahrheit verkündet. Ich darf euch nun in Dankbarkeit und tiefer Demut Seine Hochwürden Bischof Panikkar vorstellen, an welchen ich nun das Wort weitergebe.«

»Liebe Brüder und Schwestern«, begann Mjipa in makellosem Durou, »ich bin gekommen, euch die Geschichte von dem wahren Boten Gottes, dem Märtyrer Tallal Homsi, zu erzählen. Geboren in Not und Armut in dem Lande, das da heißt Syrien ...«

Mjipa trug in bewegenden Worten die Geschichte vom Gründer der Sekte vor, wobei er die Version, die Reith von Ganesh Kosambi gehört hatte, noch um einiges ausschmückte. Schrieb die offizielle Lesart Homsi noch drei Wundertaten zu, so bauschte Mjipa diese gleich zu einem vollen Dutzend auf.

Mächtige Wolkenberge verdunkelten jetzt die Sterne. Ein lavendelfarbener Blitz zuckte, begleitet von Donnergrollen. »Und nun, liebe Freunde«, schloß Mjipa salbungsvoll, »kommen wir zum wichtigsten Teil unseres Rituals. Ihr müßt meine Anweisungen strikt befolgen. Sobald ich rufe *shar pu'án!*, müßt ihr eure Augen bedecken und das Gesicht zur Erde neigen. Ich werde dann zu einem der Herren des Lichts beten und ihn bitten, uns leibhaftig zu erscheinen. Dies geschieht nicht sehr oft; doch wenn er kommt, und eure Augen sind nicht bedeckt, dann werdet ihr von seinem furchtbaren Glanze geblendet darniedersinken. Ich kannte einen Unglücklichen drunten auf der Erde, der die Augen nur einen winzigen Wimpernschlag öffnete. Der arme Wicht konnte sich danach nur noch mit Hilfe eines eigens dazu ausgebildeten Tieres, genannt *Hund*, verwandt mit eurem Eshun, fortbewegen. Ihr dürft erst wieder aufblicken, wenn ich sage ›Steht auf!‹ Bis dahin ist unser himmlischer Gast entweder wieder zu den Sternen emporgefahren, oder ich werde wissen, daß mit seinem Erscheinen nicht mehr zu rechnen ist.«

Mit lautem Klirren sanken Barrés Krieger und der Anführer selbst auf die Knie. Mjipa hub zu einem feierlichen Sermon in einer Sprache an, die Reith unbekannt war. Aus den zahlreichen Kehllauten schloß Reith, daß es sich um Mjipas afrikanische Stammessprache handelte. Schließlich hielt Mjipa inne und schrie:

»Shar pu'án!«

Barré und seine Männer neigten die Gesichter zur Erde und bedeckten die Augen mit den Händen. Mjipa nickte Reith zu, der sofort auf die Trommel zu schlagen begann. Mjipa hob die Trompete und fing an, sein Lied zu spielen. Reith blickte zu seinen Touristen hinüber und rief so laut, wie er sich eben traute: »Los! Los, verdammt, haut ab!«

Der Lärm, den er und Mjipa veranstalteten, war so laut, daß die Touristen erst einen Moment brauchten, bis sie es mitgekriegt hatten. Doch dann rappelten sie sich auf und begannen zu den Bishtaren zu rennen. Die Mahouts hatten die Tiere inzwischen gewendet, so daß sie mit der Nase in Richtung Gha'id standen, bereit, sofort loszulaufen.

»Spiel weiter, Percy!« keuchte Reith und drosch wie ein Wilder auf seine Trommel.

Die beiden lärmten weiter auf ihren Instrumenten, bis der letzte Tourist die Strickleiter hochkletterte. Dann nickten sie sich zu, ließen gleichzeitig Trommelstock und Trompete fallen und rannten los.

Reiths Bishtar war schon in Bewegung, als Reith ihn erreichte. Er angelte nach der herabbaumelnden Strickleiter, verfehlte sie, angelte erneut und bekam sie zu fassen. Sofort riß es ihn von den Beinen, und er wurde mitgeschleift, mit den Händen die unterste Sprosse umklammernd. Einen

Augenblick glaubte er, er würde unter die Säulenbeine geraten und zerquetscht werden. Die ersten dicken Regentropfen fielen.

Reith hangelte sich, wie ein Uhrpendel an der Flanke des Tieres baumelnd, von Sprosse zu Sprosse weiter. Zu allem Überfluß verhedderte sich dabei auch noch sein Schwert in der Strickleiter, und es dauerte eine Weile, bis er, eine Hand an der Sprosse, die Waffe wieder freibekam.

»Komm rauf, Furchtloser!« rief Valerie Mulroy von oben.

»Was meinst du, was ich die ganze Zeit versuche, verdammt noch mal?« rief er zurück.

Der Regen wurde heftiger. Aus der Richtung des Lagers ertönte ein entsetzter Ruf, und gleich darauf setzte ein Chor wütender Schreie ein.

Reith nahm die letzten Sprossen und stemmte sich mit einem kräftigen Schwung in den Howdah. Er drängte sich sofort nach hinten, wo sein Sack lag.

»Ach, du verdammter Mist!«

»Was ist denn los, Fergus?« fragte einer.

»Wir müssen hinter die andern! Laßt mich mal durch!«

Obwohl das Lager bereits außer Sicht war, verrieten laute Rufe und Kommandos, daß die Ziruma die Verfolgung in Angriff nahmen. Auf ihren Ayas würden sie die schwerfällig dahinstampfenden Bishtare rasch einholen.

Reith zwängte sich nach vorn durch und schrie zu dem Mahout hinüber: »Geh an die Seite und halt an! Wir müssen die anderen vorbeilassen!«

Der Krishnaner, der sich mit einer Hand einen Regenschirm über den Kopf hielt, ignorierte den Befehl. Reith packte ihn an der Schulter, rüttelte ihn und wiederholte seine Anweisung.

»Ich traue mich nicht«, stammelte der Mahout. »Die Ziruma werden uns fangen und umbringen!«

»Tu, was ich dir sage!« blaffte Reith.

»Ich kann es nicht. Ich habe Angst ...«

Indem er sich mit einer Hand an der Kante des Howdahs festhielt, riß Reith mit der anderen sein Schwert heraus und drückte dem Mahout die Klinge an den Hals. »Bei Qondyors

Eisenstachel! Du machst jetzt sofort, was ich dir sage, oder ich schlage dir den Kopf ab!« Um seiner Drohung Nachdruck zu verleihen, verstärkte er den Druck ein wenig.

Murrend gehorchte der Mahout. Considine, der hinter Reith stand, schrie: »He, Furchtloser, wieso hältst du an? Die schnappen uns doch, du verdammter Idiot! Willst du uns schon wieder ...« Der Rest ging in einem gewaltigen Donnerschlag unter.

»Halt's Maul!« brüllte Reith. Wie ein Wilder fuchtelte er mit den Armen in der Dunkelheit und rief nach hinten: »Percy, schnell, an uns vorbei! Ich muß hinter euch!«

Der zweite Bishtar stampfte vorbei, seine Stempel patschten mit schmatzenden Geräuschen durch den Morast. Es war so dunkel, daß Reith kaum mehr als die Umrisse des Kolosses erkennen konnte.

»So, und jetzt marsch!« rief er dem Mahout zu. »Bleib dicht hinter den anderen!«

Er steckte sein Schwert zurück in die Scheide, ging wieder nach hinten und hob den Sack auf. Mit fliegenden Fingern versuchte er den Knoten der Durchziehschnur aufzunesteln, doch der hatte sich so mit Wasser vollgesogen, daß er allen Versuchen widerstand. Weiter hinten vom Pfad her hörte man jetzt Hufgetrappel, das Klirren von Eisen und Kommandorufe.

»Jetzt hast du es endlich geschafft, uns umzubringen!« heulte Turner.

Reith zückte erneut sein Schwert und durchschnitt die Schnur. Er warf die Waffe zu Boden, langte in den Sack und zog eine Sterndistel heraus. Diese bestand aus vier Eisendornen von je sechs oder sieben Zentimetern Länge, die an der Basis so zusammengeschmiedet waren, daß ihre Spitzen ein Tetraeder oder eine dreiwinklige Pyramide bildeten. Folglich landete sie, wenn man sie fallen ließ, immer auf den Spitzen dreier Dornen, während der vierte nach oben ragte. Der Schmid in Gha'id hatte zusammen mit seinen Söhnen Tag und Nacht gearbeitet, um Reiths Großauftrag über hundertfünfzig dieser kleinen teuflischen Geräte rechtzeitig fertigzubekommen.

Reith begann jetzt, in regelmäßigen Abständen Sterndisteln über den Rücken des Bishtars hinweg auf den Pfad zu werfen. Der Lärm der Verfolger wurde lauter.

»Was tust du da?« fragte einer der Touristen.

Reith ignorierte die Frage und warf weiter seine Sterndisteln auf den Pfad. Valerie Mulroy krähte mit einem Mal: »Ach, jetzt wird mir klar, warum du nach hinten wolltest!«

»Beruhigend zu wissen, daß wenigstens einer Grips im Kopf hat«, knirschte Reith, ohne seine Arbeit zu unterbrechen.

Die Geräusche der Verfolger kamen immer näher. Doch plötzlich nahmen die Laute hinter dem Regenvorhang einen anderen Klang an. Man hörte Schreie, Wehrufe, die rasch schwächer wurden.

Reith warf seine letzte Sterndistel. Die Geräusche der Verfolger schienen nicht mehr näherzukommen.

»Die Dinger verletzen die Ayas«, erklärte Reith. »Die armen Viecher treten sich die Stacheln in die Hufe, brechen aus und werfen ihre Reiter ab.«

»Wie grausam!« sagte Shirley Waterford. »Furchtloser, wie konnten Sie nur!«

»Ich mag auch keine Tierquälerei. Aber möchten Sie lieber zurück in Barrés Lager?«

Schweigen kehrte ein. Die Touristen hockten zusammengekauert unter dem prasselnden Regen, während die Bishtare schwerfällig dahinstampften. Von den Verfolgern war nichts mehr zu hören.

Einen Tag später, kurz nach Mittag, trotteten die zwei Bishtare ins Basislager. Reith war beeindruckt, mit welcher Disziplin die durischen Truppen die Einfriedung bewachten: Alle paar Meter stand ein Wachtposten mit schußbereiter Armbrust. Mit großer Sorgfalt wurden die Ankömmlinge identifiziert, ehe sie das Tor passieren durften. Falls Barré einen Vergeltungsangriff starten sollte, würde er eine harte Nuß zu knacken haben.

Elf verdreckte Touristen, dazu Reith und Mjipa, kletterten

erschöpft die Strickleitern herunter. Lund und Strachan kamen herbeigeeilt, um die Flüchtlinge zu begrüßen. Strachan sagte: »Als ihr heute früh noch nicht da wart, nahmen wir an, daß Barré euch allesamt umgebracht hat.«

»Stimmt, wir haben verdammt lange gebraucht«, erwiderte Reith. »Unsere Mahouts haben sich mehrmals verirrt. aber ich kann ihnen keinen Vorwurf machen, bei dem Regen und in der Dunkelheit!«

»Hat Barré seine Leute nicht zu Fuß hinter euch hergeschickt, als er sah, daß ihr den Weg vermint hattet?«

Reith zuckte die Achseln. »Wenn, dann haben sie uns jedenfalls nicht erwischt. Gut möglich, daß sie sich auch verlaufen haben. Aber zu Fuß kann man ohnehin nicht mit einem Bishtar Schritt halten. Kannst du uns innerhalb von – sagen wir – zwei Stunden einen Zug nach Baianch organisieren?«

»Warum so eilig, Kumpel? Wir möchten uns doch so gern noch eure Geschichten anhören. Es ist so langweilig hier draußen, da sind wir immer froh über ein bißchen Abwechslung.«

»Ich versteh dich ja, Ken, aber wir müssen wirklich auf dem schnellsten Wege von hier verduften. Barré könnte euch überfallen, und es ist meine Pflicht, meine Schäfchen da herauszuhalten.«

»Wenn der Banditenkönig wirklich kommt, werden wir jeden Mann brauchen, den wir kriegen können.«

»Tut mir leid, Ken. Aber von meinen Leuten könnten sich außer mir höchstens noch zwei oder drei bei einem Kampf einigermaßen nützlich machen. Der Rest würde ohnehin bloß im Weg stehen.«

Strachan stieß einen Seufzer aus. »Nun denn, was sein muß, muß sein, wie mal einer ihrer Philosophen gesagt hat. Ich mache euch einen Sonderzug fertig.«

Als die Gruppe mit Sack und Pack beladen in den Sonderzug stieg, fragte Aimé Jussac: »Sagen Sie, Mister Mjipa, was war das für eine Melodie, die Sie da auf diesem ... diesem *Clairon* gespielt haben, oder wie immer das Ding auf Englisch heißt?«

»Ein alter australischer Song, *Waltzing Matilda*«, antwortete Mjipa.

»Oh! Ich hielt es für von Souppés *Kavallerie-Ouvertüre*!«

»Mein lieber Monsieur Jussac«, sagte Mjipa lachend. »Das beweist entweder, daß ich kein Musiker bin oder aber daß Sie kein Ohr für Musik haben. Wobei ersteres das Wahrscheinlichere ist.«

12

Der störrische Prinzgemahl

In Baianch angekommen, sorgte Fergus Reith als erstes dafür, daß seine Touristen wieder im alten Palast untergebracht wurden. Dann ging er, dem Regenten seine Aufwartung zu machen.

Als er seinen Bericht beendet hatte, wurde er erneut zu einem privaten Souper mit dem Regenten und der Douri eingeladen. Zur verabredeten Stunde erschien er, vorschriftsmäßig im durischen Hofstaat gewandet, an der Tür des Speisezimmers. Der Regent begrüßte ihn mit einem herzlichen Händedruck und sagte: »Ich muß mich leider entschuldigen, Meister Ries. Dringende Staatsgeschäfte harren meiner, so daß ich zu meinem Leidwesen des Vergnügens beraubt bin, Euren Abenteuern zu lauschen. Nach allem, was ich gehört habe, sind diese wahrlich der Feder eines Saqqiz oder eines Harian würdig. Aber der Banditenführer ist bereits im Anzug, und wir müssen beraten, wie wir ihm am besten begegnen können. Ich überlasse Euch daher der Obhut meiner verwöhnten jungen Base.«

Der Regent entschwand mit einer Verbeugung, und Reith fand sich, abgesehen von den unvermeidlichen Bediensteten und Wachtposten, allein im Speisezimmer mit Vázni bad-Dushta'en, der Douri von Dur. Die Prinzessin saß am anderen Ende der Tafel. Reith quollen fast die Augen über, als er ihr Gewand sah. Es war ein feierliches Gewand im Gozashtando-Stil, aus glitzerndem smaragdgrünen Stoff, der die Brüste vollkommen ausgespart ließ, ähnlich wie die Gewänder im alten Kreta. Hals, Handgelenke und Stirn funkelten von Juwelen.

»Gefällt es Euch?« fragte sie fast schüchtern. Sie stand auf und vollführte eine Pirouette.

»Ich bin sprachlos; es ist einfach hinreißend«, sagte Reith heiser.

»Wir tragen solchen Flitterputz nicht oft in diesen kühlen Regionen, doch wollte ich zum feierlichen Anlaß unseres Wiedersehens wenigstens einmal wie eine der großen Damen der kultivierteren Höfe des Südens vor Euch auftreten. Wie ich hörte, soll der Anblick der Milchdrüsen einer Frau die Männer Eurer Rasse erregen. Ist das wahr?«

Reith schluckte. »Der Anblick berührt mich in der Tat, Douri.«

»Seltsam; bei uns ist das nicht so.« Sie schenkte für beide Kvad ein. »Doch es freut mich natürlich, daß mein Anblick Euch angenehm erregt. Welche echte Frau wünscht sich nicht, daß jeder Mann bei ihrem Anblick Begehren verspürt? Doch sagt mir, erfüllt der Anblick meines Leibes Euch mit ebenso großer Leidenschaft wie der einer Eurer terranischen Damen?«

»Er erfüllt mich mit solch großer Leidenschaft, daß ... ich weiß nicht, wie ich es ausdrücken soll, Verehrteste, ohne die Grenzen der höfischen Etikette zu überschreiten.«

Die Douri kicherte. »Exzellent und höchst galant formuliert, Meister Ries! Ich habe verstanden, was Ihr meint, und erfreue mich Eurer unausgesprochenen Gedanken. Denn ach!, die Ebene der Gedanken ist notgedrungen die einzige, die meinen Leidenschaften zugebilligt wird, erlaubt mir doch mein tyrannischer Vetter weder einen Gemahl noch einen Geliebten. Doch nun erzählt mir von Eurer jüngsten Rettungstat. Ihr müßt, bevor Ihr von hier scheidet, die Geschichte einem unserer Schreiber diktieren. Unsere Dichter sollen daraus ein Heldenepos machen.«

Froh darüber, daß er eine Gelegenheit hatte, das Gespräch in weniger verfängliche Bahnen lenken zu können, begann Reith mit seiner Geschichte. Die Konzentration bewirkte, daß er das heftige Pochen seines Pulses nach einiger Zeit wieder vergaß. Er war noch immer beim Erzählen, als das Geschirr weggetragen wurde.

»Kommt in mein Wohngemach«, schlug Vázni vor, »dort können wir uns ungestört weiter unterhalten, ohne daß uns ständig diese tölpelhaften Diener ihren Atem in den Nacken blasen.«

Sie führte ihn in das Zimmer, in das er sich seinerzeit nach seiner feuchtfröhlichen Pizapartie mit Strachan verirrt hatte. Die Prinzessin läutete eine kleine Glocke auf dem Tisch, und eine Zofe brachte einen neuen Krug Kvad und zwei Kelche. Beim Einschenken sagte Vázni: »Ich habe gehört, Meister Ries, daß ihr Erdenmenschen immer zwei Namen habt.«

»Mindestens zwei«, sagte Reith.« Häufig sogar drei. So lautet zum Beispiel mein voller Name: Fergus MacNairn Reith.«

»Und es heißt, daß ihr den zweiten Namen – ich meine, den letzten Namen – zur förmlichen Anrede benutzt, den ersten jedoch zur Anrede unter intimen Freunden. Ist das richtig?«

»Ja, Douri. Freilich sind die Gebräuche oftmals von Land zu Land verschieden. In meinem Land, Amerika, verwendet man den ersten Namen schon nach kurzer Bekanntschaft.«

»Das ist bei uns ganz anders. So ist mein wirklicher und einziger Name Vázni. Das ›bad-Dushta'en‹ bedeutet lediglich ›Nachkommen von Dushta'en‹. Auch redet man sich unter Freunden nicht mit ›Ihr‹, sondern mit ›Du‹ an. Doch nun genug dieser philologischen Spitzfindigkeiten! Darf ich ›du‹ und ›Fergus‹ zu Euch sagen, Meister Ries?« Sie sprach seinen Namen ›Färgos‹ aus.

»Es ist mir eine große Ehre, Douri.«

»Er ist leichter als dein anderer, welcher mit einem seltsamen Zischlaut endet, den ich nicht zu bilden vermag. Und du sollst Vázni zu mir sagen. Fahr fort mit deiner Geschichte, Färgos. Du erzähltest zuletzt, wie du, verfolgt von den Häschern Barrés, in dunkler Nacht auf schwankendem Bishtarrücken durch Sturm und Regen den Pfad hinansprengtest.«

Fergus fuhr mit seiner Geschichte fort. Er hatte mittlerweile soviel Kvad getrunken, daß sein Kopf sich langsam zu drehen begann. Er hielt inne und unterdrückte ein Gähnen.

»Schlimmer, Schlimmer!« sagte Vázni und drohte scherzhaft mit dem Finger. »Doch, um die Wahrheit zu sagen, auch ich beginne müde zu werden. Aber ich will um keinen Preis das Ende der Geschichte deiner Ruhmestaten verpassen, welche fürwahr die Sechs Arbeiten des Qarar noch an Größe und Heldenmut übertreffen. Ich weiß was!«

Sie läutete erneut die kleine Glocke. Als die Zofe erschien, winkte Vázni sie zu sich heran und flüsterte ihr irgend etwas ins Ohr. Das Mädchen ging wieder, und Vázni erhob sich.

»Komm!« hauchte sie. »Ich habe dafür sorgen lassen, daß wir ungestört bleiben.«

Sie ergriff Reith bei der Hand und führte ihn in ihr Schlafgemach. Sie zog leise die Tür hinter sich zu, drehte sich zu Reith um, ließ die Hände an seinen Armen hochgleiten und schloß sie hinter seinem Hals. Dann küßten sie sich.

Von diesem Augenblick an schien alles wie von selbst zu gehen, schienen Wollen und Denken ausgeschaltet, wie in einem Traum. Reith hatte das Gefühl, als öffneten sich alle Knöpfe und Schnallen wie von selbst; ihre Kleider schienen wie flüssiger Rauch von ihren Körpern zu fließen. Váznis Juwelen glitzerten wie Tautropfen auf dem Teppich.

Dann gingen sie ganz ruhig zum Bett, ohne Hast, ohne Zögern, wie selbstverständlich, so als wären sie sich schon seit langer Zeit vertraut. Das Eindringen war so leicht und sanft, als glitte ein Schlüssel in ein gut geöltes Schloß.

Reith lag wohlig entspannt auf dem Laken. Vázni hob den Kopf vom Kissen und sagte: »Färgos, mein Lieb, was ist das für ein seltsames kleines Loch in der Mitte deines Bauches? Ist das eine Narbe von irgendeiner Verletzung?«

»Ach, du meinst meinen Nabel, wie wir dieses Loch nennen. Ihr Eierleger habt keinen, nicht wahr? Das hängt mit der Art unserer Geburt ...«

Eine tiefe Stimme unterbrach ihn: »Fein, fein, mein Herr! Wie ich sehe, hat die Gastfreundschaft meiner Base Euer Wohlgefallen gefunden!«

Ţashian stand mit gezücktem Schwert vor dem Bett, umringt von vier gepanzerten Gardisten. Der riesige Regent trug das krishnanische Äquivalent eines Grinsens auf dem Gesicht.

Reith gab einen erstickten Laut von sich. Die krishnanische Legende von den beiden Liebenden Sivandi und Zerré schoß ihm durch den Kopf. Letzterer hatte die erstere aus den Klauen des Riesen Damghan gerettet. Auf der Flucht waren sie stehengeblieben, um sich zu lieben. Der Riese, der ihnen gefolgt war, hatte sie *in coitu* erwischt und beide mit einem einzigen Stoß seines Speers an die Erde genagelt. Reith fragte sich, ob Tashian etwas Ähnliches vorhatte. Ein nackter Mann in seiner derzeitigen Lage war so schutzlos, wie man überhaupt nur sein konnte.

»Steht schon auf!« sagte Tashian. »Ihr könnt nicht die ganze Nacht dort herumliegen, und wir haben wichtige Dinge zu erledigen.«

Reith, der im ersten Moment vor Schreck wie gelähmt gewesen war, löste sich von Vázni und stieg mit zitternden Knien aus dem Bett. »Au!« rief er, als er mit einem seiner nackten Füße auf einen von Váznis Juwelen auf dem Boden trat.

»Mach nicht solch ein ängstliches Gesicht, Erdenmann!« sagte Tashian grinsend. »Ich will dich weder morden noch verstümmeln. Zum Glück gibt es einen weniger blutigen Weg, den Schaden, den du unserer Familienehre zugefügt hast, wiedergutzumachen, wenn du nur tust, was ich verlange.«

»Darf – darf ich meine Kleider anziehen?«

»Sicher! Es würde ohnehin wider den Brauch verstoßen, nackt zu heiraten, wie es die Wilden von Zhamanak machen. Du auch, Vázni!«

»O Tashian!« rief Vázni. »Ist das dein Ernst?« Reith fand, daß sie entschieden zu fröhlich aussah.

»Gewiß«, versetzte der Regent. »Ich meine im allgemeinen auch das, was ich sage, abgesehen von diplomatischen Angelegenheiten.«

»Heißt das, daß er mein werden soll?«

»Ja, mein kleiner Flaumkopf. Beeilt Euch mit dem Anziehen, Meister Ries. Ach, Vater Khorsh, da seid Ihr ja! Ihr könnt hereinkommen; sie sind angezogen.«

»Guten Abend, Meister Ries!« begrüßte ihn der Priester erfreut. »Es ist eine ganze Weile verstrichen, seit ich das letzte Mal das Vergnügen Eurer Gesellschaft hatte. Und nun wünscht Ihr also mit der Douri in den Stand der Ehe zu treten?«

»*Schluck*«, machte Reith mit einem kurzen Blick auf die fünf blanken Schwerter.

»Das bedeutet ›ja‹ in einer der zahlreichen terranischen Sprachen«, sagte Tashian.

»Und Ihr, meine Dame?«

»Von ganzer Leber!« hauchte Vázni verklärt.

»Nun, sehr gut.« Der Priester sprach ein langes Gebet zu Bákh, dem Reith nicht folgen konnte, da es in Alt-Varastou war. Danach fragte er das Paar, ob es Mann und Frau werden wolle. Während Vázni ihr ›ja‹ fast hinausjubelte, nuschelte Reith ein kaum hörbares »Mmm«. Als dann verkündete Khorsh: »So erkläre ich euch hiermit kraft meines priesterlichen Amtes nach den Gesetzen von Dur und besiegelt mit dem Segen der unsterblichen Götter für getraut, auf daß ihr einander liebet und achtet, bis daß der Tod euch scheidet. Haltet fest zueinander in Freud wie in Leid!«

Dann zog er eine Urkunde mit verschnörkelten Hieroglyphen hervor. Obwohl Reith kein Wort von dem Text entziffern konnte, unterzeichnete er an der Stelle, auf die Khorsh mit dem Finger tippte. Vázni unterzeichnete ebenfalls.

Khorsh stimmte erneut ein archaisches Gebet an und schloß mit einem Segen. Tashian überreichte ihm eine goldene Münze. Khorsh bedankte sich, steckte sich die Münze in den Gürtel, verbeugte sich vor Reith und Vázni und ging hinaus.

»So, verehrter Schwippvetter«, sagte Tashian, »ein paar einfache Worte haben dich unter die Großen dieses mächtigen Reiches eingereiht und dich zum Prinzgemahl meiner wohlgestalten Base erhoben. Du tätest gut daran, dich in Frieden darein zu schicken und dich an deinem Los zu erfreuen. Und denke nicht, daß du entfliehen kannst. Du wirst streng bewacht werden. Solltest du dennoch unbesonnenerweise zu flüchten versuchen, so wisse, daß es da ein gewisses Eiland namens Pák gibt, auf welches ich solche Untertanen verbanne, deren Freiheit für den Staat von Gefahr ist. Noch nie ist jemand von dort geflohen oder zurückgekommen.«

»Aber ... aber meine Touristen!« krächzte Reith. »Ich bin dafür verantwortlich, daß sie heil nach Novo zurückkommen!«

»Dafür ist bereits Sorge getragen. Khorsh wird sie begleiten.«

»Aber er spricht kein Englisch, und sie sprechen kein Portugiesisch!«

»Dann werden sie sich mit Zeichensprache verständigen müssen. Und nun gute Nacht und angenehme Träume!«

Tashian und die Gardisten gingen hinaus. »Färgos, ach, Färgos!« jubelte Vázni. »Ist es nicht wundervoll? Schon lange träumte ich von einem heldenhaften Gemahl, doch mein Vetter wies alle Freier mit Hohn und Spott ab. Und jetzt habe ich den heldenhaftesten aller Helden zum Gemahl, der nicht nur im Kampfe, sondern auch auf der ehelichen Lagerstatt sein Schwert zu führen versteht! Es war schöner, als ich mir in meinen kühnsten Träumen je erhofft habe. Laß es uns gleich noch einmal tun, o Geliebter mein!«

»Ich sehe nichts Heldenhaftes darin, aus ein paar mißlichen Situationen herauszukommen, in die man erst gar nicht hineingeraten sollte. Und was das Wiederholen des Liebesaktes betrifft, so mußt du, fürchte ich, dich bis zum Morgen gedulden. Die Ereignisse dieses Abends haben mich all meiner heroischen Kraft beraubt. Wie komme ich an meine Sachen, die noch im Alten Palast sind? Ich brauche zumindest meine Zahnbürste.«

»Ich schicke einen Diener nach deinen Sachen. O Liebling, wir werden so glücklich miteinander sein!«

Das werden wir noch sehen, dachte Reith.

Fünf Tage nach diesem Ereignis betrat Kenneth Strachan das Gemach im Neuen Palast, das Reith als Privatgemach zugewiesen worden war. Reith saß gerade über einem durischen Grammatikbuch und büffelte die Schriftzeichen. Vor ihm auf dem Tisch lag ein Blatt Papier, das mit seinen ersten krakeligen Schreibversuchen bedeckt war.

»Ken!« rief er und sprang erfreut auf. »Wie bist du denn reingekommen? Sie halten mich von allen anderen Terranern fern.«

Strachan grinste. »Zu Fuß. Ich bin einfach durchgegangen. Die Wachen kannten mich alle noch und ließen mich durch, offenbar aus Gewohnheit. Diese Leute sind amüsant. Aber effizient sind sie nicht.«

»Woher wußtest du, wo ich bin?«

»Ich habe heute morgen deine Touristen an Bord der *Sárbez* gebracht. Als ich dich nirgendwo sah, habe ich nachgefragt. Ich schätze, ich darf dir gratulieren.«

»Oder kondolieren. Meine Idee war das nämlich nicht.« Reith erzählte ihm mit ein paar Worten von seiner erzwungenen Trauung.

Strachan mußte ein Grinsen unterdrücken. »Du bist aber auch ein ausgemachtes Rindvieh! Siehst du denn nicht, welchen Zweck Tashian damit verfolgt? Er will sichergehen, daß Vázni kein rechtmäßiges Ei legt. Wenn sie nämlich ein männliches Küken ausbrütet und das heranwächst, dann wäre das das Ende seiner Herrschaft. Er ist davon überzeugt, daß er der einzige ist, der dieses gewaltige von Adelsfehden, Stammesrivalitäten, Sektenkriegen und Klassenkämpfen und was weiß ich noch alles zerrissene Reich zusammenhalten und zu einem modernen Staatswesen formen kann. Und damit mag er gar nicht mal so unrecht haben. Bisher hat er alle Freier von Vázni zum Teufel gejagt, egal wie reich oder edel oder fähig sie waren. Vázni ist ein scharfes kleines Luder, das wild auf einen guten Stich ist, und genau das hat er immer wieder zu hintertreiben gewußt. Und dann kommst du daher, wie vom Himmel gesandt. Wenn er sie mit dir verheiratet, dann ist nichts mit Ei und ergo auch nichts mit Nachfolger, weil er genau weiß, daß du und sie keinen Nachwuchs kriegen können.

Auch weiß er, daß du keine Bedrohung für ihn darstellst,

weil ein Ausländer – und erst recht ein Nicht-Krishnaner – sich niemals eine persönliche Hausmacht aufbauen könnte. Tony Fallon hat das auf Zamba zwar mal für eine Weile geschafft, aber das war zu den Zeiten, als man die Krishnaner noch damit reinlegen konnte, daß man sich als einer von ihnen verkleidete. Da hat Tashian dir eine saubere Falle gestellt, und du Kamel tappst auch prompt rein.«

»So was ähnliches hatte ich mir schon gedacht, aber ich war zu blöd, es zu durchschauen.«

»Wie find'st du das Frauenzimmerchen denn eigentlich? Bist du in sie verliebt?«

»Ich mag sie; der Begriff ›lieben‹ wär zu hoch gegriffen. Sie ist hübsch, auch nach unserem Standard, sie ist gutmütig, nett und verfügt über einen nicht unliebenswerten Jungmädchencharme. Außerdem ist sie ein echter Feger im Bett. Das Blöde daran ist nur, daß sie ständig scharf ist. Ich bin ja auch nicht gerade ein Kostverächter, aber dreimal pro Nacht und manchmal auch noch morgens, das schafft mich auf die Dauer ganz schön. Aber leider ist sie ein echter Kindskopf, und nicht gerade einer von der hellen Sorte. Wenn du es genau wissen willst, sie ist von geradezu umwerfender Hohlköpfigkeit! Das einzige, was sie außer Sex interessiert, sind Kleider. Sobald ich länger als eine Stunde mit ihr zusammen bin, halte ich es vor Langeweile nicht mehr aus und suche mir irgendeinen Vorwand, um mich davonmachen zu können.«

»Nun ja, wie sagen die Krishnaner so schön: Einem geschenkten Shomal schaut man nichts ins Maul. Es gibt Männer, die stehen auf dumme Frauen. Das erhöht ihr Selbstbewußtsein, weil sie sich so schlau vorkommen können.«

»Zu denen gehöre ich leider nicht. Ich möchte meine Traumfrau finden, mich mit ihr auf der guten alten Erde niederlassen und ein Haus voll Kinder mit ihr haben.«

Strachan schüttelte den Kopf und lächelte mitleidsvoll. »Armer Fergus! Und das, wo du jede zweite umlegen könntest! Auf dich stehen sie doch fast alle. Es müssen deine schönen roten Haare sein.«

»Sehr schmeichelhaft, aber dafür kann ich mir jetzt auch nichts kaufen.«

»Wenn du schlau gewesen wärst, dann wärst du mit mir gekommen. Ich hätte schon dafür gesorgt, daß du dich so leergebumst hättest, daß du der königlichen Familie nicht mehr in die Falle getappt wärst.«

»Es war dieses Oben-ohne-Kleid, das mich so heiß gemacht hat. Trotzdem – ich bezweifle, daß Vázni wußte, was der Regent im Schilde führte. Sie hat für so was nicht den Grips ...«

»Nee, nee, die hat bloß das getan, wonach ihr zumute war. Aber wenn ich mich hier so umsehe, fährst du eigentlich doch gar nicht so schlecht.«

»Ich habe die Schnauze gestrichen voll von dem, was auf Krishna als Luxus gilt. Ich hasse nun einmal jede Art von Knast, und wenn er noch so bunt angestrichen ist, besonders einen ohne Strom, fließendes Wasser und Zentralheizung.«

»Aber im Vergleich zu Zir hast du's doch hier fast wie im Dreisternehotel.«

»Das war ja auch was anderes. So was wie hier ist für eine gewisse Zeit vielleicht ganz nett, aber nicht für ein ganzes Leben.«

Strachan senkte die Stimme. »Hast du schon daran gedacht abzuhauen? Von Barré und Shosti bist du doch auch weggekommen.«

»Und ob ich daran gedacht habe! Was dachtest du? Aber leider hat Tashian auch daran gedacht. Er läßt mich Tag und Nacht bewachen.«

»Diese Episode wird Tashians Tourismusplänen nicht gerade guttun.«

»Das habe ich ihm auch gesagt, aber er hat bloß abgewinkt. Er meint, im Gegenteil, das würde das Geschäft höchstens noch heben. Ich würde noch seine Hauptattraktion werden, sobald ich erst begriffen hätte, welchen Glücksgriff ich getan hätte.«

»Ich weiß. Er hat deinen Touristen erzählt, du und Vázni wärt so höllisch ineinander verknallt, daß er gar nicht anders gekonnt hätte, als in die Heirat einzuwilligen, und daß ihr beide beschlossen hättet, den Rest eures Lebens in Dur zu verbringen. Tatsache ist, das Touristengeschäft gefällt ihm, aber noch viel mehr gefällt ihm seine Macht.

Aber laß den Kopf nicht hängen, Kumpel. Vielleicht stirbt der Regent ja, oder Vázni stirbt, oder du stirbst. In allen drei Fällen bist du aus deinem goldenen Käfig frei. So, jetzt muß ich aber nach Gha'id zurück.«

»Bestell Siggy schöne Grüße von mir.«

Die drei Monde Krishnas – Karrim, Golnaz und Sheb – zogen unbeirrt ihre Bahn um den Planeten. Wochen vergingen. Und ganz allmählich, je länger Reith den braven, zufriedenen Prinzgemahl spielte, begannen sich die Beschränkungen, die ihm auferlegt waren, zu lockern. Zäh und geduldig folgte er derselben Taktik, die schon bei der Hexe von Zir erfolgreich gewesen war.

Er nahm an Staatsempfängen teil (wo er die Feststellung machte, daß krishnanische Redner die Kunst, mit vielen Worten wenig zu sagen, noch besser beherrschten als ihre irdischen Kollegen), ging auf Diplomatenparties (wo er die Entdeckung machte, daß die, die über die interessanten Insiderinformationen verfügten, sich geschlossen hielten, so daß sich die Gespräche wie auf irdischen Diplomatenparties um Häuser, Kinder, Einkommen, Probleme mit den Dienstboten, Mode, Krankheiten und sonstige Wehwehchen drehten) und übergab eine neuerbaute Brücke dem Verkehr, indem er ein quer darüber gespanntes Seil mit dem Schwert durchschlug.

Er stand geduldig dabei, wenn Vázni die tagtäglich von geschäftstüchtigen Händlern in den Palast geschleppten Kleider anprobierte. Dabei entwickelte er im nachhinein ein gewisses Mitgefühl mit Tashian. Vázni hatte so viele Kleider auf Kredit gekauft, daß sie bei der gegenwärtigen Höhe ihrer Apanage Jahre brauchen würden, um allein die abzubezahlen, die sie bereits vor der Heirat mit Reith gehabt hatte.

Das erinnerte Reith daran, daß auch sein eigenes Bargeld, das er noch besaß, nicht ewig halten würde, auch wenn er

Essen und Wohnen frei hatte und nur wenig ausgab. Er fragte daher den Regenten: »Eure Exzellenz, sollte ich nicht als Prinzgemahl und Mitglied des Königshauses auch eine reguläre Zuwendung bekommen?«

»Ihr habt recht, Herr Fergus.« (Tashian sprach seinen Namen »Forgäs« aus.) »Sobald mir meine Staatsgeschäfte Zeit lassen, daran zu denken, werde ich die entsprechende Anordnung erteilen.«

Obwohl Reith seine Bitte von da an alle paar Tage aufs neue vortrug, war Tashian immer in dem Moment gerade zu beschäftigt, um sich um die Sache zu kümmern. Andererseits fand er aber genügend Zeit, Reith in den Ritterstand zu erheben – ein Titel, der in Dur seit langem nur mehr rein dekorative Funktion hatte. Reith hatte nichts dagegen, als ›Garm‹ Fergus angeredet zu werden; ein festes Einkommen indes, selbst ein noch so geringes, wäre ihm bedeutend lieber gewesen.

Einstweilen bestritt er sein Taschengeld noch durch den Verkauf der Smaragde von der Schärpe seines Tempelgewandes aus Senarzé. Wie die Dinge lagen, würde er, wenn diese Einnahmequelle erst erschöpft war, wohl oder übel nach einem Job suchen müssen, vielleicht als Lehrer für terranische Sprachen ....

Einmal besuchte er, wie immer dezent bewacht, mit Vázni eine Theateraufführung. Es handelte sich um die Wiederaufführung von Harians *Die Verschwörer,* in fünf Akten und zweiundzwanzig Szenen. Er fing sogar an, einen Versroman zu lesen, *Abbeq und Danqi,* in der Originalfassung auf Gozashtando. Aber er schaffte nur einige wenige der insgesamt 264 Gesänge, dann gab er das Unterfangen entnervt auf.

Er schwatzte Tashian die Erlaubnis ab, in Baianch herumspazieren zu dürfen, begleitet von vier kräftigen Gardisten. Schon bald reduzierte der Regent, der immer ein waches Auge für mögliche Einsparungen hatte, die Eskorte auf zunächst zwei Mann und schließlich auf einen, einen freundlichen, aber einfältigen jungen Duru namens Tázád.

Reith erforschte die Stadt genauso sorgfältig wie einst Senarzé. Er durchstreifte und erkundete jeden Winkel. Er schleifte seine Bewacher so oft auf verschiedenen Pfaden in die Unterstadt und wieder zurück, daß diese über Blasen an den Füßen klagten. Da lieh er sich Roller aus den königlichen Stallungen aus und sauste mit seinen Gardisten im Schlepptau über die Kopfsteinstraßen von Baianch.

Eines Tages kamen Reith und Tázád aus einer Schenke an der Hafenpromenade. Als sie nebeneinander zum Ausruhen auf einem Poller am Rand des Kais Platz nahmen, unter den düsteren grauen Zinnen der Oberstadt, rief Reith plötzlich: »*Ohé,* was ist das denn dort drüben?«

Er wies mit ausgestrecktem Arm auf ein Schiff, das in der schimmernden Bucht draußen vor Anker lag. Es unterschied sich deutlich von den üblichen Rahseglern, die in diesen Gewässern zu Hause waren.

»Das?« fragte Tázád. »Meinen Eure Hoheit jenes schwarze Schiff mit dem großen Rohr in der Mitte?« Tázád hatte die Unart, jedesmal so zurückzufragen, daß man ihm alle Fragen zweimal stellen mußte.

»Ja, Bursche.«

»Das, Garm Fergus, ist die *Mokinam,* ein Schiff des Prinzen von Sotaspé.«

»Ich wußte doch, daß ich die schon mal gesehen habe«, sagte Reith leise zu sich selbst. »Ich habe sie schon einmal gesehen, in Reshr.«

»Es heißt, sie wird vorwärtsgetrieben von einer magischen Kraft, welche Prinz Ferrian von den *Ertsuma* gestohlen haben soll«, erklärte Tázád. »Die Priester warnen uns vor solchen geheimnisvollen Kräften. Sie sagen, man könne sie nur mit Hilfe böser Geister erzeugen.«

»Was macht Prinz Ferrian her?«

»Meint Ihr, Garm Fergus, zu welchem Behufe er Dur besucht?«

»Gewiß.«

»Nun, Herr, natürlich kenne ich die Wege und Geheimnisse der Mächtigen nicht in all ihrer Tiefe. Diese zu ergründen, stünde Eurer Hoheit gewißlich eher an. Es heißt, er sei hier auf einer Mission bei seiner Exzellenz, wage es jedoch nicht, an Land zu kommen, aus Furcht, Herr Tashian könne ihn ins Gefängnis werfen. So läßt sich denn ein Bote des Regenten ohne Unterlaß zwischen Schiff und Ufer hin- und herrudern, um die Einzelheiten ihres Schachers zu überbringen.«

»Interessant«, murmelte Reith und starrte versonnen auf das Dampfschiff. »Trinken wir noch einen!« Vielleicht gelang es ihm, Tázád auf die gleiche Weise außer Gefecht zu setzen wie seinerzeit den unglücklichen Hauptmann Parang.

»Wenn Eure Hoheit erlauben«, wandte Tázád ein, »schau ich zu, während Ihr trinkt, enthalte mich selbst jedoch des Trunkes. Mein Vorgesetzter hat mir strikten Befehl erteilt, nüchtern zu bleiben.«

Reith grunzte. Wirklich Pech, daß er ausgerechnet einen so pflichtbewußten Krishnaner zum Wachhund hatte! Er nahm Tázád mit in die Schenke, bestellte zwei Kvad und forderte ihn augenzwinkernd auf, mit ihm anzustoßen. Tázád lehnte höflich, aber bestimmt ab. Da Reith befürchtete, durch zu große Hartnäckigkeit womöglich Verdacht zu erregen, trank er schließlich beide Becher selber aus.

Zwei Tage später lag die *Mokinam* noch immer vor Anker. Obwohl Tashian versucht hatte, Reith von den Hebeln der Macht möglichst fernzuhalten, war es diesem trotzdem gelungen, aus den Duruma, die er in der Umgebung der Paläste kannte, einiges über die Hintergründe von Ferrians Besuch herauszukitzeln. Die meisten Krishnaner waren nun mal große Klatschmäuler.

Der Besuch, so erfuhr er, schien bisher zu keinen Ergebnissen geführt zu haben. Ferrian hatte den ehrgeizigen Plan, die Inseln der Sabadao-See – Zamba, Jerud, Zá, Ulvanagh und natürlich sein eigenes Reich, Sotaspé – zu einem Staatenbund zusammenzuschmieden. Und nun forderte er für diese zukünftige Konföderation Handelsprivilegien in der Va'andao-See, die bisher für alle nichtdurischen Schiffe gesperrt war. Tashian indes wollte sein Schiffahrtsmonopol auf der Va'andao nur zu Bedingungen lockern, die im Grunde genommen die Sabadao-Inseln zu einem Protektorat Durs machten.

Es hieß, die Verhandlungen drohten jeden Tag zu scheitern. Von der Hafenpromenade aus starrte Reith sehnsüchtig auf Prinz Ferrians Schiff. War die *Mokinam* erst wieder weggedampft, dann wußte nur noch Bákh, wann Reith je wieder eine Chance haben würde zu fliehen. Der Tag war warm, sonnig und windstill, kaum ein Lufthauch kräuselte das blaugrüne Wasser.

Während Reith noch schaute, brach am Kai ein Tumult aus. Jemand schlug einen Feuergong. Rauch quoll aus dem Gebäude eines Schiffslieferanten.

»*Ohé!* Es brennt!« schrie Tázád. »Kommt, Hoheit, wir helfen löschen!«

Der Gardist rannte zu dem Feuer. Reith folgte ihm ohne große Eile. Aus allen Richtungen kamen jetzt Leute angelaufen. Eine Pfeife schrillte, und ein Trupp Feuerwehrmänner bog im Laufschritt um die Ecke, ihren Spritzwagen vor sich herschiebend. Dieser bestand aus einem großen leeren mit Eimern behängten Holzzuber auf Rädern. Eine Pumpe mit einem langen Schwengel und einer schwenkbaren Spritze ragte aus dem Zuber.

Die Feuerwehrmänner brachten ihren Apparat vor dem brennenden Haus zum Stehen und verteilten die Eimer an die Umstehenden. Diese bildeten sofort eine Doppelreihe von der Brandstelle zur Bucht. Die leeren Eimer wurden bis zum Wasser weitergereicht, dort gefüllt und liefen über die andere Reihe wieder zurück, wo sie in den Zuber geleert wurden und sofort wieder den Weg zur Bucht antraten. Gleichzeitig betätigten mehrere Feuerwehrleute mit vereinten Kräften den Pumpenschwengel, und ein kräftiger Wasserstrahl schoß in das brennende Haus. Tázád stand in einer der Reihen und war vollauf mit seiner Arbeit beschäftigt, so daß er gar nicht auf Reith achtete.

Reith lief zum Wasser und schloß sich ans Ende der Reihe an, die die leeren Eimer durchgab. Er nahm die Eimer entgegen, beugte sich über den Rand des Kais, füllte sie mit

Wasser und reichte sie an den Schlußmann der anderen Reihe weiter. Es war echte Schwerstarbeit.

»*Ché,* seid Ihr nicht der *Ertsu,* der die Douri geheiratet hat?« meldete sich ein Krishnaner neben ihm.

»Der bin ich«, gab Reith keuchend zur Antwort. »Könntet Ihr mich mal für einen Moment ablösen?« Er trat ein Stück zur Seite und schälte sich aus Jacke und Hemd.

»Ruht Euch nur ein wenig aus!« rief ihm der Krishnaner zu. »Es ist gut zu sehen, daß Eure Hoheit sich nicht zu schade und zu erhaben sind, uns einfachen Leuten zu helfen ... *Iyá!* Was macht Ihr da?«

Von Rock und Hemd befreit, spähte Reith nach Tázád. Der Gardist hatte ihm den Rücken zugewandt. In Sekundenschnelle stand Reith im Unterzeug da. Unter der Unterhose, direkt auf der Haut, trug er die smaragdbesetzte Schärpe von seinem senarzeanischen Tempelgewand. Ehe der Krishnaner den Mund wieder zu hatte, war Reith mit einem Kopfsprung im Wasser verschwunden.

Nach zwanzig Metern kam er prustend hoch, angewidert die ölige Brühe des Hafenbeckens aus den Augen schüttelnd. Abfall und anderes Gerümpel, darunter ein toter Eshun, schwammen auf der Oberfläche. Reith wich dem Kadaver aus und kraulte mit kräftigen Zügen auf die *Mokinam* zu.

Eine blaue Rauchfahne stieg aus dem großen dünnen Schornstein des Dampfers. Der Anblick spornte ihn zu noch größerer Anstrengung an. Das schwarze Schiff konnte jeden Moment abfahren!

Er warf einen raschen Blick zurück zum Kai. Dort hatte sich eine Traube von Krishnanern gebildet, die heftig gestikulierend auf ihn zeigte. Auf die Entfernung konnte Reith nicht erkennen, ob Tázád unter ihnen war. Der größte Teil der Menge war noch immer mit den Löscharbeiten beschäftigt.

Atemnot zwang ihn, sein Tempo zu verlangsamen. Die letzten hundert Meter bis zum Schiff legte er kräfteschonend im Bruststil zurück.

Als er sich dem Schiff näherte, hörte er Kommandorufe

und nahm Anzeichen erwachender Betriebsamkeit wahr. Die Ankertrosse begann quietschend aufwärts durch die Klüse zu gleiten.

»He!« schrie Reith und schluckte einen Mundvoll von der dreckigen Brühe.

Mit einem letzten verzweifelten Sprint pflügte sich Reith zur Ankertrosse und packte sie. Er hörte, wie oben die Matrosen ein Shanty sangen, währen sie die Ankerwinde drehten.

Die Trosse glitt langsam hoch und zog ihn aus dem Wasser. Er schloß die Beine um sie, um die Arme zu entlasten. Einen Meter unter ihm tauchte der Anker aus dem Wasser auf.

Er schaute nach oben. In wenigen Augenblicken würde er loslassen müssen, sonst quetschte er sich die Hände zwischen Trosse und Klüsenrand ein. Den Blick auf die näherkommende Öffnung geheftet, wartete er, bis seine Hände nur noch Zentimeter von dem Rand entfernt waren. Im letzten Moment ließ er die Trosse fahren und klammerte sich am Dollbord fest. Er versuchte, sich zur Reling hochzuziehen, doch er schaffte es nicht; er hatte keine Kraft mehr in den Armen.

»Hilfe!« schrie er verzweifelt. »Hilfe! Im Bug!«

Nackte Füße tappten über das Deck. Zwei wettergegerbte krishnanische Gesichter schauten über die Reling. Worte schossen kurz hin und her, dann flog ein Seil über die Reling.

Reith angelte nach dem Seil, bekam es zu fassen und hängte sich mit letzter Kraft daran. Es wurde hochgezogen, bis er die Reling erreichen konnte. Schwielige Hände packten ihn bei den Armen und halfen ihm hoch. Er purzelte über die Reling und brach erschöpft auf dem Deck zusammen.

»Nun, Sir«, sagte eine krishnanische Stimme in exzellentem Englisch, »als wir unsere kleine Fechteinlage in Reshr hatten, hätte ich mir auch nicht träumen lassen, daß ich Sie mal aus dem Wasser fischen würde. Was im Namen all Ihrer terranischen Götter treiben Sie hier?«

Prinz Ferrian, gestiefelt und mit scharlachroter Schärpe, stand über ihm, die Hand auf dem juwelenbesetzten Griff seines Schwertes.

»Ich freue mich, daß Sie mich wiedererkennen.«

»Ich vergesse niemals Gesichter. Aber wie wär's, wenn Sie mir meine Frage beantworteten?«

»Das ist eine lange Geschichte, Sir, und ich bin noch ziemlich außer Atem. Um es kurz zu sagen: Der Regent hielt mich gefangen, und ich bin abgehauen.«

»Was haben Sie getan, das seinen Zorn so erregt hat?«

»Nichts. Er fand, daß ich der geeignete Prinzgemahl für seine Douri wäre, und zwang mich mit einem miesen Trick, sie zu heiraten.«

»Tatsächlich? Viele würden sich an Ihrer Stelle glücklich schätzen. Aber die Geschmäcker sind eben verschieden, besonders zwischen Krishnanern und Terranern. Was ist aus Ihren Touristen geworden?«

»Sie sind zurück in Novo, hoffe ich.«

Den Blick zum Kai gewandt, sagte Ferrian: »Ihre Flucht scheint bemerkt worden zu sein. Da kommt ein Boot mit Tashians Flagge am Bugspriet.«

»Bitte, Hoheit, schicken Sie mich nicht zurück!«

»Welche Gründe sollten mich davon abhalten, Mister – wie war doch gleich Ihr Name?«

»Fergus Reith.«

»Mister Reith. Ein Erdling bedeutet mir nichts im Vergleich zum Wohle meines Reiches, noch hege ich irgendwelche besonderen Sympathien gegenüber Ihrer Rasse. Warum sollte ich Tashian mehr verärgern als notwendig?«

»Ich habe gehört, Ihre Verhandlungen mit ihm sind ergebnislos abgebrochen worden.«

»Richtig, aber das ändert nichts an der Sache. Abgesehen davon – wenn ich Sie nicht ausliefere, könnte Tashian Sie sich vielleicht mit Gewalt holen. Gleichzeitig hätte er einen günstigen Vorwand, mich, das Schiff und die Besatzung gleich mit einzukassieren.«

»Können Sie nicht einfach abdampfen?« fragte Reith.

»Leider nicht. Genau das hatte ich vor, aber meine verdammte Maschine scheint irgendeinen Defekt zu haben. Die Schaufelräder drehen sich nicht. Wir haben zwar Segel, aber damit können wir bei dieser Flaute nichts anfangen.«

Die Jolle war inzwischen so nahe heran, daß Reith den scharlachroten Yeki, Tashians Wappen, deutlich auf der schlaff an ihrer Stange baumelnden Bugflagge ausmachen konnte. Ein Ruf scholl herüber, und Ferrian trat an die Reling.

»Was ist los?« rief er durch ein Sprechrohr.

»Der Gemahl der Douri, ein *Ertsu*, ist auf Euer Schiff geflohen, Hoheit. Gebt ihn heraus!«

»Halten Sie ihn hin, Hoheit!« flehte Reith. »Sagen Sie ihm, Sie bräuchten ein wenig Bedenkzeit.«

Ferrian verzog den Mund zu einem dünnen Lächeln. »Gewährt mir eine Stunde, um die Fakten zu prüfen, meine Herren!« rief er zu der Jolle hinüber. Er wandte sich an Reith: »Was haben Sie für einen Plan, Mister Reith?«

Der Krishnaner im Bug der Jolle rief zurück: »Abgelehnt, Hoheit! Der Regent besteht auf der sofortigen Auslieferung dieser Ries-Kreatur!«

»Ich kann Ihre Maschine reparieren«, stieß Reith in größter Not hervor.

»Sind Sie Ingenieur?«

»Das nicht, aber solche Sachen gehörten zu meinem Lehrstoff, als ich noch Schullehrer war.«

Ferrian setzte das Sprechrohr wieder an den Mund und rief zum Boot hinüber: »Ich sagte, ihr werdet ihn bekommen, sobald ich alle Tatsachen erfahren habe, vorher nicht!«

»Ich habe den Befehl des Regenten!« kreischte der Krishnaner im Bug. »Laßt sofort die Leiter herunter, oder Ihr zieht Euch das höchste Mißfallen seiner Exzellenz zu!«

»Ihr habt gehört, was ich sagte«, gab Ferrian zurück. »Ihr werdet ihn vor Sonnenuntergang bekommen. Habe ich mich klar ausgedrückt?«

»Ihr werdet Eure Unbotmäßigkeit bereuen!« zeterte der Duru. Das Boot drehte ab und steuerte zum Kai zurück.

»Sehr gut, Mister Reith«, sagte Ferrian. »Wenn Sie meine

störrische Maschine reparieren können, dann tun Sie das am besten verdammt schnell.«

»Bei einer solchen Flaute«, gab Reith zu bedenken, »wie können Tashians Segelschiffe Sie da einholen?«

»Seine Segelschiffe nicht, aber er hat für solche Fälle ein paar Galeeren. Er benutzt sie nicht oft, weil diese Gewässer zu stürmisch sind und die Dinger nicht besonders seetüchtig sind. Auch wird es einige Zeit dauern, bis er die Ruderer zusammengetrommelt hat. Trotzdem legen Sie besser einen Schlag zu, wie man bei euch zu sagen pflegt.«

Reith hastete nach unten in den Maschinenraum, wo der krishnanische Maschinist verzweifelt versuchte, zwischen Stangen, Rohren und Wellen den Fehler ausfindig zu machen. Als Reith ihn nach näheren Einzelheiten fragte, antwortete er in einem solch starken Gozashtando-Dialekt, daß Reith kein Wort verstand. Er mußte Prinz Ferrian herunterbitten, damit er ihm übersetzte.

Das Feuer prasselte munter in der Feuerbüchse; das Wasser brodelte im Kessel. Das Sicherheitsventil öffnete sich mit einem schrillen Pfeifen, stieß eine halbe Minute Dampfwolken aus und schloß sich wieder. Aber die Kurbelwelle drehte sich nicht.

Reith inspizierte die Maschine. Er versuchte, sich an die Schaubilder und Texte aus den Naturlehrebüchern für Kinder zu erinnern, mit denen er einst im Unterricht gearbeitet hatte. Das Aggregat war eine simple Zweizylinder-Kolbendampfmaschine aus den Kindertagen der Dampfmaschine, wie man sie auf der Erde allenfalls noch in technischen Museen besichtigen konnte.

Reith konnte nirgenwo ein Leck entdecken. Die Hauptzylinderdichtung schien in Ordnung zu sein. Auch an der äußeren Mechanik war kein Fehler zu finden. Was in drei Teufels Namen konnte an so einer simplen Maschine kaputt sein und selbst einem Nichtfachmann wie ihm nicht sofort ins Auge stechen?

Ein Matrose rief etwas herunter. Prinz Ferrian sagte: »Entschuldigung, Mister Reith, aber ich höre gerade, die

Galeeren sind bereits unterwegs. Tashian hat sie offenbar schneller bemannen können, als ich erwartet hatte.«

Der Prinz stieg wieder nach oben. Das Sicherheitsventil fuhr fort, sich in regelmäßigen Abständen zu öffnen und den Maschinenraum mit Dampfschwaden vollzupusten. Reith wischte sich den Schweiß aus den Augen und inspizierte die Maschine erneut. Konnten die Kurbelwellenlager sich vielleicht festgefressen haben? Sie sahen aus, als wären sie in Ordnung, aber um das genau überprüfen zu können, würde man erst die Pleuelstangen ausbauen müssen.

»Meister Hurgash«, rief er den Maschinisten zu sich, »wo ist Eure Griffstange?«

»Dort«, sagte der Krishnaner und zeigte auf eine stemmeisenähnliche Stange, die in einer Wandhalterung steckte.

»Drehen wir sie mal ein bißchen. Dann können wir sehen, ob sich die Schaufeln überhaupt bewegen.« Er nahm die Stange herunter und steckte sie zwischen die Speichen des Schwungrads. Dann stemmten sie sich mit vereinten Kräften dagegen. Sowohl die Kurbelwelle als auch die Schaufelräder machten eine Viertelumdrehung.

»Sie läßt sich ziemlich leicht drehen«, sagte Reith. »An den Lagern kann's also nicht liegen. Aber irgendwo muß der Fehler doch stecken!«

Der Krishnaner machte eine hilflose Geste. Ferrian rief von oben: »Sie haben nur noch ein paar Minuten, bis die Galeeren da sind, Mister Reith. Ich werde mich auf keinen Fall auf einen Kampf einlassen. Wenn man die Ruderer mitzählt, sind sie uns zahlenmäßig zehn zu eins überlegen.«

Reith ging die gesamte Kette der Kraftübertragung erneut durch. »Hurgash! Was ist das denn?« rief er plötzlich.

Er zeigte auf einen Fliehkraftregulator am Hauptdampfrohr. Er verstand nicht, was der Maschinist antwortete, aber das änderte jetzt auch nichts mehr. Er erinnerte sich daran, daß in einem der Naturlehrebücher beschrieben worden war, wie der große James Watt diese Vorrichtung erfunden hatte. Er hatte den Regulator bisher übersehen, weil er sich an einer Stelle des Hauptrohrs befand, die im Schatten lag.

Der Regulator war in Geschlossen-Stellung, mit den Kugeln ganz nach außen, die Schenkel fast horizontal. Reith kroch hoch, bis er ihn mit der Hand erreichen konnte, und schrie »Au!«, als er mit dem Handrücken an ein heißes Rohr kam.

»Hurgash! Rasch, irgendeinen spitzen Gegenstand!«

Der Maschinist reichte Reith einen Schraubenzieher. Reith steckte das Werkzeug zwischen die Schenkel des Regulators und zog mit einem kräftigen Ruck. Die Lagermuffe löste sich zäh. Ein lautes Zischen kam aus dem Rohr; der Regulator begann sich zu drehen, und ganz langsam, dann immer schneller, auch die Kurbelwelle.

»Ich hab's, Herr Prinz!« brüllte Reith. »Sie haben Ihren Regulator nicht ordnungsgemäß gewartet. Das Öl ist eingetrocknet und zäh geworden, und das Ding ist in Geschlossen-Stellung steckengeblieben. Hurgash! Die Ölkanne her!«

Immer schneller drehte sich die Kurbelwelle. Ein Zittern lief durch das Schiff, als die Schaufelräder das Wasser zu pflügen begannen. Reith sprang herunter und kletterte die Leiter hinauf auf Deck.

Dort herrschte bereits geschäftiges Treiben. Unter Ferrians kurzen, knappen Kommandos errichteten die Matrosen einen Schilderwall entlang der Reling. Andere brachten auf dem Achterdeck ein Katapult in Stellung.

Die *Mokinam* gewann an Fahrt. Achteraus, in ihrem Kielwasser, pflügten die zwei durischen Galeeren wie gigantische Tausendfüßler durch das Wasser. Die Anfeuerungsrufe und Gongschläge der Bootsführer schollen herüber.

»Runter!« schrie Ferrian und ließ sich auf die Decksplanken fallen. Die Matrosen folgten seinem Beispiel. Ein lautes schnappendes Geräusch kam von einer der Galeeren. Reith war noch nicht ganz unten, als ein Katapultpfeil laut kreischend über sie hinwegpfiff.

»Wenn Sie beim nächsten Mal wieder so langsam sind, fliegt Ihnen der Kopf weg«, sagte der Prinz und erhob sich wieder. »Sie holen immer mehr auf.«

Zentimeter um Zentimeter schoben sich die Galeeren heran. »Tja, Mister Reith, das war's dann wohl«, sagte Ferrian mit einem resignierten Achselzucken. »Ich fürchte, wir müssen beidrehen. Tut mir leid für Sie.«

»Nein, warten Sie!« stieß Reith hervor. »Die haben in der letzten Minute keinen Boden mehr gutgemacht.«

»Pures Wunschdenken, mein Freund ... he! Sie könnten sogar recht haben! So ein Tempo können die Ruderer nicht lange durchhalten. Das ist der große Vorteil der Dampfkraft gegenüber der Muskelkraft: Dampf wird nicht müde.«

Ein zweiter Katapultpfeil kam herübergeflogen und bohrte sich in die Decksplanken.

»Sie fallen zurück!« stieß Reith frohlockend hervor. »Ich wette meinen Kopf darauf.«

Der dritte Pfeil senkte sich hinter ihrem Heck ins Wasser.

»Sehen Sie?« jubelte Reith.

Die Ruderer schienen in der Tat mit ihrer Kraft am Ende. Die Galeeren fielen merklich zurück. Die *Mokinam* stampfte mit Volldampf voraus.

»Juhuu!« brüllte Reith. »Sie kehren um!«

Ferrian klappte das Fernglas zusammen, mit dem er die Verfolger beobachtet hatte. »Spiel, Sieg und Satz an Sie, Mister Reith!« Dann rief er auf Gozashtando: »Meister Pasháu, nehmt Kurs auf die Meerenge von Uporé!« Er wandte sich wieder an Reith. »Kommen Sie, gehen wir in meine Kajüte. Ich schätze, wir haben da ein paar wichtige Sachen zu bereden.«

Die Tür der Nova Iorque-Bar ging auf, und herein trat Fergus Reith. Seine Kleidung war die eines krishnanischen Seemanns. An der Hüfte baumelte ein kurzer Säbel mit einem Messinggriff. Das Gesicht war stark gerötet, die Nase pellte sich.

An einem Tisch in der Bar saß Herculeu Castanhoso und spielte eine Sambamelodie auf einer Blockflöte. Ein paar Tische waren beiseite geschoben worden, um eine kleine Tanzfläche zu schaffen. Darauf drehten sich vier Paare im Kreis: Percy Mjipa und seine gewaltige Frau, Kenneth Strachan und eine Krishnanerin, Sigvard Lund, ebenfalls mit einer Krishnanerin, und Ivar Heggstad mit einem der terranischen Mädchen, die in Novorecife arbeiteten. Zu Castanhosos brasilianischer Weise legten sie gerade einen flotten skandinavischen Volkstanz aufs Parkett, mit Fußstampfen, Händeklatschen und Küssen.

Strachan starrte zur Tür und verharrte mitten in der Bewegung. Mit weit aufgerissenen Augen brüllte er: »He, Leute, guckt mal, wer da ist! Es ist entweder der alte Fergus oder sein Geist!«

Alles stürmte auf Reith zu, um ihn zu begrüßen. Strachan posaunte: »Jedesmal, wenn wir glauben, der arme Fergus ist auf Nimmerwiedersehen verschwunden, taucht er quicklebendig wieder auf. Wie machst du das bloß?«

»Ich kann auch nichts dafür, daß ich der größte Entfesselungskünstler seit Houdini geworden bin. Irgendwie gerate ich immer in so verrückte Situationen, und dann muß ich sehen, wie ich am besten wieder rauskomme.«

Sie nötigten ihn an den Tisch. Castanhoso sagte: »Sie haben aber einen ganz ordentlichen Sonnenbrand.«

»Das kommt davon, daß ich eine Weile auf Ferrians Dampfer herumgefahren bin. Wir Rothaarigen kriegen leicht einen Sonnenbrand.«

»Wir hörten schon, daß er die *Kerukchi* wieder ersetzt haben soll«, sagte Castanhoso. »Aber jetzt erzählen sie uns mal von Ihren jüngsten Heldentaten. Wir dachten, Sie hätten sich als verhätschelter Prinzgemahl der Douri in Baianch zur Ruhe gesetzt.«

Reith gab einen kurzen Bericht von seiner Flucht.

»Donnerwetter, Mann!« sagte Strachan. »Als deine Touristen dich ›Furchtloser‹ tauften, haben sie sich wahrhaftig den richtigen Namen ausgesucht.«

»Verrat's keinem, aber ich hatte die meiste Zeit einen Heidenbammel. Aber wo wir gerade von meinen Touristen sprechen – was ist aus ihnen geworden?«

Mjipa antwortete: »Die sind wieder nach Novo zurückgekommen, aber auch nur mit Ach und Krach.«

»Wie sind sie denn mit dem Sprachproblem fertiggeworden? Khorsh konnte ja nur Portugiesisch.«

»Das war gar nicht das Hauptproblem. Wie sich herausstellte, sprach Jussac ein wenig Portugiesisch, und Guzmán-Vidals Spanisch war eng genug mit Khorshs Brasilo-Portugiesisch verwandt, daß die beiden sich ausreichend miteinander verständigen konnten.«

»Was war dann das Problem?«

»Zuerst einmal kriegte Jussac irgendwas am Magen.«

»Kein Wunder, so wie der alles, was ihm in die Quere kam, in sich reinstopfte«, sagte Reith. »Und dann?«

»Das große Chaos. Als Jussac aufgrund seiner Magenbeschwerden als Sprecher zurücktrat, konnten sich Guzmán-Vidal und Considine nicht einig werden, wer von ihnen beiden sein Nachfolger werden sollte. Die beiden zankten sich und intrigierten Tag und Nacht gegeneinander. In Chesht hätte die Schwarze – wie heißt sie doch gleich? Waterton? –, Waterford, Shirley Waterford, sie um ein Haar alle in den Knast gebracht. Die dortige Lokalzeitung schickte einen Reporter für ein Interview mit ihnen, und wie der Teufel es will, suchte der sich ausgerechnet Shirley Waterford aus. Sie hielt ihm einen halbstündigen Vortrag über die Rückständigkeit und Verderbtheit der sozioökonomischen Systeme Krishnas. Alles sehr wahr und richtig natürlich, aber deshalb fühlte der Pandr von Lusht sich nicht weniger auf den Schlips getreten, als die Zeitung rauskam.«

»Was heißt ›sozioökonomisch‹ auf Gozashtandou?« wollte Strachan wissen.

»Keine Ahnung«, sagte Mjipa achselzuckend. »Das Nächste war, daß die Guzmán-Vidals zu spät zur Abfahrt kamen und die *Sárbez* ohne sie in See stach. Khorsh mußte alle seine Überredungskünste aufbringen, um Kapitän Denaikh schließlich zur Umkehr zu bewegen.

In Reshr legte sich dieser Hornochse von Pride mit einem Souvenirverkäufer an. Die beiden beschimpften sich wie die Marktweiber, ohne daß sie auch nur ein Wort verstanden von dem, was der andere sagte. Die Bullen steckten Pride ins Kittchen, und erst auf Khorshs Intervention hin kam er wieder frei.

In derselben Nacht zogen Considine und Turner mit besoffenem Kopf durch die Straßen und schmissen Fensterscheiben ein. Als einer von der Nachtwache sie aufhalten wollte, warfen sie ihn im hohen Bogen in den Kanal. Zum Glück wurde der Bursche rausgefischt, ehe er ertrunken war, sonst hätte es die beiden den Kopf gekostet. Nun, jedenfalls wurde der ganze Haufen, einschließlich Khorsh, in den *Calabouço* geworfen, bis ich von Monyisotri rüberkommen und sie rausholen konnte.

Die eine Woche in dem stinkenden Loch brachte sie wenigstens etwas zur Vernunft. Sie wählten sich Missis Whitney Scott zum Sprecher, und ich muß sagen, das alte Mädchen erwies sich als der beste Mann von dem ganzen Haufen. Ich brachte sie nach Novo, und dort nahmen sie alle das nächste Schiff zur Erde, bis auf die Guzmán-Vidals und Considine.«

»Was war denn mit den Guzmán-Vidals?«

»Señora Pilar war schwanger geworden. Die Pille war ihr ausgegangen. Als ich Santiago fragte, warum in drei Teufels Namen er sich nicht wenigstens für die paar restlichen Wochen hätte bezähmen können, kam er mir mit seinen üblichen Sprüchen.« Mjipa imitierte Guzmán-Vidals Akzent: »›Ein Vollwlutmann bie ich kann nicht plötzlich zum Mönch berden! Es ist gegen die Natur!‹ Jedenfalls trauten sie sich nicht, zusammen mit den anderen abzufliegen, aus Angst vor der Beschleunigung.«

»Und wo stecken sie jetzt?«

»Hier in Novo, und warten auf das freudige Ereignis.«

»Und Considine?«

»Eine ganz verrückte Sache. Während sie hier in Novo herumhingen und auf das Schiff warteten, bändelte er mit einer Krishnanerin aus dem Hamda' an. Turner wurde eifersüchtig, sie kriegten sich fürchterlich in die Haare und machten Schluß. Turner flog allein ab, völlig verheult. Considine, der inzwischen soviel von der einheimischen Sprache beherrscht, um einigermaßen klarzukommen, schaffte es mit tausend Tricks, an einen Job als Dozent für Bildhauerei an der Uni von Hershíd zu kommen. Die Krishnanerin nahm er mit dorthin.«

»Glauben Sie, daß Maurice tatsächlich zum Hetero geworden ist?«

Mjipa zuckte die Achseln. »Sieht ganz so aus. Vielleicht üben Krishnanerinnen einen Reiz auf ihn aus, den er bei Terranerinnen vermißt.«

»Die Gozashtanduma werden jedenfalls ihre liebe Not mit ihm haben«, orakelte Reith. »Maurice ist ein verdammt schwieriger Charakter. Sie täten jedenfalls gut daran, ihre kleinen Jungs von ihm fernzuhalten.«

»Das ist ihr Problem. Turner beschuldigte die Mulroy, seinen Maurice überhaupt erst auf den Geschmack gebracht zu haben. Zuzutrauen wär's ihr ja; sie scheint so ziemlich alles ausprobiert zu haben, was Eier hat.«

»Jedenfalls hat Valerie sich mehr als einmal auf meine Seite gestellt, als alle anderen gegen mich waren, und ich möchte nicht undankbar sein. Überhaupt hatten sie alle, jeder auf seine Weise, ihre Qualitäten, abgesehen vielleicht von diesem Schwachkopf Pride.« Er wandte sich an Strachan. »Wie weit ist eure Bahn gediehen, Ken?«

»Sieht gut aus. Tashian und Barré zimmern gerade an einem Vertrag über die Anbindung Zirs an die Bahnlinie. Die Sache scheint kurz vor dem Abschluß zu stehen. Barré griff, kurz nachdem ihr weg wart, wie erwartet das Basislager an, aber er mußte sich unter großen Verlusten zurückziehen. Einen der Bastarde habe ich eigenhändig erledigt, mit dem Schwert.«

»Ein dreifach Hoch auf Schottland!« sagte Reith grinsend. »Und was geschah dann?«

»Tashy schickte eine Strafexpedition nach Zir, aber Barré lockte sie in einen Hinterhalt und rieb sie fast völlig auf. Der Regent hatte es wie üblich auf die billige Tour versucht – zu wenig Leute, miserable Ausrüstung. Und so einigten sie sich denn darauf, nachdem sie eingesehen hatten, daß keiner den anderen entscheidend schlagen konnte, es auf friedlichem Wege mit Verhandlungen zu versuchen.«

Die Tür öffnete sich, und herein kam ein untersetzter plattgesichtiger schwarzhaariger Mann auf Krücken. Castanhoso stand auf und sagte: »Mister Reith, darf ich Ihnen einen Kollegen von Ihnen vorstellen, Mister Wang Tso-liang vom ›Reich der Mitte‹-Reisebüro. Mister Wang, Mister Fergus Reith – oder Garm Fergus, wie ich jetzt wohl sagen muß.«

Reith stand auf und schüttelte Wang die Hand. »Habt ihr's also auch endlich geschafft?«

Wang senkte den Kopf. »Ja, Sir. Es ist eine große Enttäuschung für uns, daß Sie uns geschlagen haben, aber das ist nichts im Vergleich zu unserem gegenwärtigen Mißgeschick.«

»Was ist denn passiert?«

»Ich bin ein Idiot, das ist alles. Bei der Ankunft, als ich mit meinen Touristen die Landerampe hinunterging, bin ich hingefallen und habe mir das Bein gebrochen. Jetzt sitzen sie hier fest. Das wird fürchterlichen Ärger geben, wenn ich wieder in China bin.«

»Das tut mir leid für Sie«, sagte Reith. »Aber sind Sie denn nicht rechtzeitig wieder aus Ihrem Gips raus, bevor Ihre Tour losgeht?«

Wang seufzte. »Der Doktor sagt, es dauert mindestens einen Monat, nach irdischer Zeit. Wenn ich wenigstens einen Ersatzmann ...« Er brach mitten im Satz ab und starrte auf Reith. »Mister Reith, könnten Sie nicht meine Gruppe übernehmen? Es ist alles vorbereitet. Und was die Bezahlung betrifft, werde ich dafür sorgen, daß Sie dasselbe kriegen, was ich gekriegt hätte.«

»Alles, nur das nicht!« rief Reith entsetzt. »Großer Gott, ich habe gerade erst den Staub Krishnas von den Füßen geschüttelt! Ihr Angebot ehrt mich, Mister Wang, aber was ich hier in den letzten Monaten an Nervenkitzeln durchgemacht habe, reicht mir den Rest meines Lebens. Abgesehen davon spreche ich kein Chinesisch.«

»Das wäre auch gar nicht nötig«, versicherte Wang. »Ich habe vierzehn Chinesen, einen Koreaner und einen Japaner dabei. Mister Kamimura, Mister Chien und Missis Li sprechen ganz ausgezeichnet Englisch, und die meisten anderen können immerhin ein bißchen.«

Reith beharrte weiter höflich, aber bestimmt auf seiner ablehnenden Haltung, bis Wang sich vorbeugte und in sehr ernstem Ton sagte: »Mister Reith, wie Sie wissen, ist in China alles staatlich. Meine Regierung hat einen Notfonds eingerichtet, für den Fall, daß etwas Unvorhergesehenes passiert – wie zum Beispiel das jetzt. Ich bin bevollmächtigt, frei darüber zu verfügen. Wenn Sie meine Leute übernehmen, überweise ich Ihnen den gesamten Betrag auf Ihr persönliches Konto. Wir können uns einen so großen Gesichtsverlust einfach nicht erlauben.«

»Wieviel wäre das?« fragte Reith.

»Einhunderttausend Liang.«

Reith unterdrückte den Impuls, einen Pfiff durch die Zähne auszustoßen. »Wohin wollten Sie fahren?«

»Unsere Route ist fast dieselbe wie Ihre. Majbur, Zamba, Katai-Jhogorai und Dur.«

»Nach Dur kriegen mich keine zehn Pferde! Warum, erkläre ich Ihnen ein andermal. Als Ersatz dafür böte sich aber eine Kreuzfahrt auf der Sabadao, auf Prinz Ferrians Dampfer, nach Varzeni-Ganderan und Sotaspé. Ferrian und ich sprachen darüber, als er mich nach Majbur brachte. Er müßte natürlich die Garantie haben, daß ihr WF-Leute nicht wieder sein Schiff entert und verbrennt, wie damals die *Kerukchi.*«

»Er braucht sich in diesem Punkt keine Sorgen mehr zu machen«, versicherte Castanhoso. »Wir sind davon ab, irgendwas gegen seine Schiffe zu unternehmen. So, wie die Dinge sich entwickeln, werden die Krishnaner das, was an technischen Informationen nicht durch die Blockade sickert, früher oder später ohnehin selbst rausfinden. Wir rechnen sowieso schon jeden Tag mit der Nachricht, daß irgendeiner das Schießgewehr erfunden hat«, fügte er grimmig hinzu.

»Mensch, Fergus, mach's!« sagte Strachan. »Wenn du wieder zu Hause auf der Erde bist, kannst du dir von dem Geld für den Rest deiner Tage einen sonnigen Lenz machen. Außerdem bist du jetzt der fähigste und erfahrenste lebende Krishnaführer.«

»Dem kann ich wohl schlecht widersprechen, da ich neben Mister Wang ja wohl auch der einzige bin«, erwiderte

Reith. »Aber ich bin auch entschlossen, weiter am Leben zu bleiben.«

Mjipa stopfte sich die Pfeife. »Tatsache ist«, knurrte er, »daß du ein verdammter Held bist, ob dir das paßt oder nicht. Wenn man deine Touristen hört, dann bist du der größte Reiseführer seit Moses. Nach dem, was du erlebt hast, bist du auch geheilt von jeglichen albernen sentimentalen Vorstellungen über die Eingeborenen. Dir kann keiner mehr was vormachen.«

»Genau«, ließ sich jetzt auch Heggstad vernehmen. »Und du hättest eine gute Gelegenheit, deine Fechtkenntnisse zu verbessern, bis es losgeht.«

»Mister Reith«, brach Lund sein gewohntes Schweigen, »Sie sind jetzt gewissermaßen der große alte Mann des Krishna-Tourismus. Sie sollten Ihre Erfahrungen auch nutzbringend anwenden.«

Reith nahm einen langen, tiefen Atemzug. »Okay, Mister Wang. Ich übernehme Ihre Tour. Meine Traumfrau wird sich eben noch ein bißchen gedulden müssen.«

»Was? Wie bitte?« fragte Wang verdutzt.

»Ach, nichts; war bloß so dahergesagt. Aber eins sag ich trotzdem noch: Ich würde mir gern mal diesen Otis Burroughs oder wie der Kerl heißt, vorknöpfen, der diese Geschichten geschrieben hat über Erdenmänner, die auf andere Planeten fliegen und einheimische Prinzessinnen heiraten. Schade, daß der schon tot ist. Dem könnte ich ein paar Takte erzählen!«